AUF DER SUCHE NACH DEM GLÜCK

1. Kapitel

Der Start in ein neues Leben war gründlich schief gegangen.

Isabell schaute Gedanken versunken einem Zug hinterher, der gerade den Stuttgarter Hauptbahnhof verließ. Es war März. Obwohl es in Baden Württemberg immer etwas wärmer war als in anderen Teilen Deutschlands, schien der Frühling noch nicht Einzug gehalten zu haben. Das Wetter war grau und trostlos, genau wie ihre Stimmung. Nicht einmal die Weinberge in der Ferne schienen sie willkommen zu heißen.

Dabei hatte alles so gut angefangen. Sie war so glücklich gewesen, als sie die Anzeige im Internet entdeckt hatte. Ein hübsches und bezahlbares Appartement in einer ruhigen Wohngegend Stuttgarts wurde dort angeboten. Sie hatte ihre Chance sofort ergriffen und sich beim Vermieter gemeldet. Er hatte versprochen, ihr die Wohnung zu geben, auch ohne dass sie einen Arbeitsvertrag vorlegen musste. Und blauäugig wie sie war, hatte sie die Zelte hinter sich abgebrochen und sich auf dem schnellsten Weg in die Landeshauptstadt gemacht.

Isabell seufzte und fuhr sich mit der Hand durch ihr schulterlanges blondes Haar. Wie dumm sie doch gewesen war! Sie hätte erst hierherkommen sollen, wenn sie mehr Vorbereitungen getroffen hatte. Aber bei ihr musste immer alles schnell gehen. Sie hatte einfach keine Lust mehr gehabt, noch ein halbes Jahr untätig in Weimar herumzusitzen. Trotz ihres guten Prüfungsergebnisses hatte sie nach ihrer Ausbildung zur Erzieherin keine feste Anstellung gefunden. Eine Absage folgte der nächsten, meist mit der Begründung, Isabell habe noch keine Berufserfahrung. Aber wie sollte man Berufserfahrung sammeln, wenn einem niemand die Chance dazu gab?

In Thüringen hatte Isabell sich mit Aushilfsjobs durchgeschlagen. Doch sie hatte bald gemerkt, dass dies nicht das war, was sie von ihrer beruflichen Zukunft erwartete. Sie liebte Kinder über alles und wusste, dass sie nur in ihrem erlernten Beruf glücklich werden konnte.

Nachdem sie geraume Zeit die Stellenangebote beobachtet hatte, war sie sich sicher gewesen, dass es kein Fehler sein konnte, in die schwäbische Metropole überzusiedeln. Sie hatte lange darüber nachgedacht, aber erst jetzt, praktisch über Nacht, den Mut gefunden, ihr Vorhaben in die Tat umzusetzen.

Vielleicht war es dumm gewesen, erst wegzuziehen und sich dann einen Job zu suchen. Umgekehrt schien man auf der sicheren Seite zu sein. Doch hatte sie hatte festgestellt, dass viele Arbeitgeber eher Leute einstellten, die bereits in der Nähe des neuen Arbeitsplatzes lebten. Und wenn sie ehrlich mit sich selbst war, zog sie nicht nur wegen der Arbeit nach Stuttgart.

Vor sechs Jahren hatte sie wohl die glücklichste Zeit ihres Lebens in dieser Stadt verbracht. Bei der zweiwöchigen Abschlussfahrt ihrer Klasse hatte sie ihre große Liebe getroffen. Da war Isabell siebzehn gewesen. Bis heute hatte sie Marino nicht vergessen können.

Seine Familie war vor knapp dreißig Jahren aus der Nähe von Neapel nach Stuttgart gekommen. Er war also in Deutschland geboren worden und hatte die Heimat seiner Eltern nie richtig kennen gelernt. Obwohl er nur wenige kurze Urlaubsreisen nach Italien unternommen hatte, konnte er sehr gut Italienisch. Denn darauf, dass ihre Kinder zweisprachig aufwuchsen, hatten Maria und Gaetano Rossini immer großen Wert gelegt. Darüber war Marino sehr froh gewesen, weil es ihm so das Gefühl gegeben hatte, mit der Heimat seiner Eltern verbunden zu sein, selbst wenn er nie die Absicht hatte, Stuttgart zu verlassen. Isabell konnte sich nicht vorstellen, dass er der Stadt jemals den Rücken kehren könnte.

Dennoch war es ziemlich mutig und auch ein bisschen naiv, jetzt nach ihm zu suchen, das musste sie sich eingestehen. Wer wusste schon, was inzwischen alles passiert war? Vielleicht wollte Marino sie gar nicht wiedersehen? Sie hatte ihm schon vor Wochen einen Brief geschrieben, aber keine Antwort erhalten. Allerdings war das Schreiben nicht zurückgekommen, sodass die alte Adresse wohl noch stimmte.

Isabell lächelte. Wenigstens hatte sie die viele freie Zeit in den letzten Jahren genutzt, um intensiv Italienisch zu lernen, sodass sie die Sprache jetzt fast perfekt beherrschte. Sie konnte die grammatikalischen Regeln und hatte ihren Wortschatz stetig erweitert. Marino würde beeindruckt sein.

Ihre kurze Euphorie schlug jedoch sofort wieder in tiefe Niedergeschlagenheit um, als sie sich daran erinnerte, dass sie kein Zuhause hatte. Als sie sich beim Vermieter vorgestellt hatte, um den Schlüssel für ihre neue Wohnung zu holen, hatte sie eine böse Überraschung erlebt. Der Vermieter hatte das Appartement kurzerhand an einen jungen Anwalt vermietet, der bereit gewesen war, 100 Euro mehr dafür zu zahlen. Da Isabell noch keinen Mietvertrag unterschrieben hatte, konnte sie nicht einmal etwas dagegen tun.

Es war ein furchtbares Gefühl, einen Traum zerplatzen zu sehen, bevor er richtig begonnen hatte. Mit ihren beiden Koffern war Isabell wieder zum Bahnhof gefahren, entschlossen, den nächsten Zug zurück nach Weimar zu nehmen. Da sie ihre alte Wohnung dort bereits gekündigt hatte, würde sie wieder bei ihren Eltern einziehen müssen. Die meisten ihrer wenigen Möbel und persönlichen Sachen hatte sie ohnehin schon dort untergebracht.

Doch plötzlich ging ein Ruck durch sie. Wenn sie schon mal hier war, musste sie auch nachschauen, was aus Marino geworden war. Diese Chance ausgelassen zu haben, würde sie sonst bereuen. Und abreisen konnte sie später immer noch.

Einige Minuten stand sie etwas planlos mit ihrem Gepäck vor dem Bahnhofsgebäude. Alles kam ihr so fremd vor. Nichts erinnerte sie mehr an das bunte, sonnendurchflutete Stuttgart von vor sechs Jahren. Stattdessen hing ein grauer Wolkenschleier über der Stadt.

Hoffentlich ist das kein Zeichen, dass ich einen Fehler gemacht habe, dachte sie, während sie ein Taxi heranwinkte. Dennoch schluckte sie ihre Zweifel hinunter und ließ sich zu Marinos Adresse fahren. Vielleicht würde er sich ja doch freuen, sie zu sehen. Immerhin hat er nicht abgesagt, als ich mich mehr oder weniger selbst eingeladen habe, versuchte sie sich Mut zuzusprechen.

Auf dem Weg zur Ahrensstraße fiel ihr ein, dass es vielleicht besser gewesen wäre, ihre Koffer vorher in einem Hotel zu deponieren. Da tauchte sie nach Jahren unvermittelt bei Marino auf, und dann auch noch mit Gepäck, als wolle sie gleich bei ihm einziehen. Dabei konnte sie nur nicht abwarten, ihn wiederzusehen. Ob er immer noch so gut ausschaute wie früher?

Ihr Herz klopfte wie verrückt, als sie vor dem gelben Gebäude stand, das so viele wunderbare Erinnerungen in ihr wachrief. Wenigstens etwas, dass sich nicht verändert hatte. Diese Erkenntnis ließ ein freudiges Kribbeln in ihrem Bauch aufsteigen. Leider hielt dieses Glücksgefühl nicht lange an. Während sie noch zögerte, näherte sich eine junge Frau mit einem kleinen Kind an der Hand und schloss die Tür zu Marinos Haus auf.

Es traf Isabell wie ein Schlag. Sie hätte es wissen müssen! Wieso hatte sie diese Möglichkeit nie in Betracht gezogen? Natürlich würde Marino nicht ewig auf sie warten, schon gar nicht angesichts der Tatsache, dass sie damals einfach fluchtartig verschwunden war.

Trotzdem hatte sie nicht mit diesem intensiven Schmerz gerechnet, der sie durchfuhr, als sie feststellte, dass ihre Jugendliebe längst eine Familie gegründet hatte. Eine Familie, zu der sie nicht gehörte.

Mein Gott, war sie dumm gewesen, einfach spontan und unvorbereitet ihren Gefühlen zu folgen. Das hatte ja nicht gut gehen können. Niedergeschlagen drehte sie sich um und ging langsam den Weg zurück, den sie mit dem Taxi gekommen war. Es fing an zu nieseln und die Regentropfen mischten sich mit den Tränen in ihrem Gesicht.

Nach einigen Minuten entdeckte sie ein kleines Hotel am Wilhelmsplatz, das einen preiswerten und doch gepflegten Eindruck machte. Sie entschloss sich, erst einmal ihr lästiges Gepäck loszuwerden und sich etwas auszuruhen. Sie brauchte eine Weile, um zu überlegen, wie es nun weitergehen sollte. Wollte sie wirklich mit dem nächsten Zug nach Weimar zurück? Was für eine Zukunft erwartete sie dort? Eine bessere oder schlimmere als hier?

Gedankenverloren stand sie kurz darauf in ihrem kargen Hotelzimmer am Fenster und beobachtete die Tropfen, die an die Scheibe trommelten. Die Stadt wirkte kälter als je zuvor.

Vom Nachdenken erschöpft, ließ sie sich auf das Bett fallen und schaltete das kleine Kofferradio an, das auf dem Nachtschränkchen stand. Ein fröhliches Lied erklang, das von der Lust am Leben erzählte. Trotz ihrer Niedergeschlagenheit ging ihr der Rhythmus in die Beine. Die Stimme des Sängers erinnerte sie an Marino, der ebenfalls gerne sang und sogar eine Karriere im Musikbusiness angestrebt hatte. Ob er wohl seinen Traum verwirklicht hatte?

Dieser Gedanke und die ansteckende Melodie befreiten sie von ihrer Müdigkeit. Sie würde nicht den einfachsten Weg wählen und nach Hause zurückkehren! Sie hatte sich doch vorgenommen, in Stuttgart eine Arbeit zu finden und heimisch zu werden, auch wenn es mit Marino nicht klappen sollte. Wie zur Bekräftigung ihres Entschlusses kam in diesem Moment die Sonne hinter den Wolken hervor.

Nachdem sie ihre Koffer ausgepackt hatte, nahm sie eine Dusche und zog sich etwas Bequemes an. Anschließend schminkte sie sich ein wenig. Niemand sollte sehen, dass sie geweint hatte.

Wenig später lief sie durch die Straßen und betrachtete die Schaufenster. Sie wollte nicht unbedingt etwas kaufen, aber manchmal klebten Stellenangebote an den Scheiben. Sie brauchte dringend Arbeit. Ihr Erspartes würde nicht lange reichen, und von irgendetwas musste sie schließlich leben.

Sie beschloss, die paar Münzen, die noch in ihrem Portemonnaie steckten, für Tageszeitungen auszugeben. Vielleicht stieß sie so noch auf interessante Inserate.

Auf dem Weg zu einem Kiosk wurde sie Zeugin eines Streits zwischen zwei halbwüchsigen Jungen. Die beiden standen am Straßenrand und beschimpften sich lautstark. Isabell versuchte sie zu ignorieren. Sie mischte sich nicht gern in fremde Angelegenheiten. Allerdings schaute sie auch nicht aus Angst vor Problemen weg, wenn jemand Hilfe brauchte.

Plötzlich stieß der Größere den Kleineren heftig gegen die Brust. Der taumelte rückwärts und drohte auf die Fahrbahn zu stürzen. Ohne lange nachzudenken, fing Isabell ihn auf, bevor Schlimmeres passieren konnte.

„Danke." Er atmete tief durch. „Sie haben mir wahrscheinlich das Leben gerettet", hauchte er, kreidebleich im Gesicht, als ein Lastwagen an ihnen vorbeidonnerte.

„Glück für dich!" knurrte der andere und spuckte ihnen noch einmal kräftig vor die Füße, bevor er sich aus dem Staub machte.

„Bleib stehen! Was fällt dir, jetzt einfach wegzurennen!" Isabell war wütend. Wie konnte man nur so kaltherzig sein! War sich der Kerl denn nicht bewusst, dass er beinahe einen Menschen umgebracht hätte?

„Lassen Sie, das hat doch keinen Zweck." Der gerettete Jugendliche hielt sie am Arm fest. „Er holt nur seine Freunde, und dann sind wir beide dran."

„Aber man kann ihn nicht einfach so davonkommen lassen! Zumindest eine Standpauke hat er verdient. Was war überhaupt los?"

„Er wollte meine Zigaretten haben. Als ich sie ihm nicht geben wollte, wurde er handgreiflich.

Aber ich kann mir ja auch nicht alles gefallen lassen.“

„Zigaretten?“ Isabell schaute den Jungen prüfend an. „Bist du nicht ein bisschen zu jung, um zu rauchen?“

„Ja, ja, ich weiß. Ist nicht gesund und so.“ Verlegen schaute er zu Boden. „Ich bin vierzehn. Und fast alle aus meiner Klasse rauchen. Wenn ich nicht mitmache, stehe ich als Außenseiter da.“

Isabell seufzte. Gruppenzwang. Das hatte es schon immer gegeben, aber nie schien es so schlimm wie heute. Als sie noch Schülerin war, hatte es zwar auch den einen oder anderen Streit gegeben. Sie wurde immer geneckt, weil die Farbe ihres Haares nicht zu ihrem südländischen Vornamen passen wollte. Doch sie brauchte nie mit Angst in die Schule zu gehen.

„Ich würde Sie gern zu mir nach Hause einladen, als Dank für die Lebensrettung und so“, schlug der Junge vor.

„Na, das muss nicht sein“, winkte Isabell ab. Sie brauchte kein Dankeschön für eine gute Tat. Zu wissen, dass der Kleine in Ordnung war, genügte ihr schon.

„Ach was. Ich bin sicher, meine Eltern würden Sie auch gern kennen lernen. Außerdem muss ich ohnehin gleich zuhause zum Kaffee da sein. Und es ist immer so nervig, nur mit meinen beiden Erzeugern am Tisch zu sitzen.“ Sein Lächeln verriet, dass seine Worte nicht ganz ernst gemeint waren. Anscheinend mochte er seine Eltern sehr.

„Na gut.“ Isabell gab auf. Außerdem hatte sie auch nichts gegen eine Tasse Kaffee und eine nette Unterhaltung einzuwenden. Sie fühlte sich in der Stadt eh etwas verloren, da ihre Pläne bereits die ersten Dämpfer erhalten hatten. Zumindest hatte sie jetzt jemanden zum Reden, auch wenn es wahrscheinlich nur für einen Nachmittag war.

„Ich bin übrigens Peter. Ich dachte, es wird Zeit, dass ich mich mal vorstelle“, grinste der Junge und streckte ihr seine Hand entgegen.

„Angenehm, Peter. Ich heiße Isabell.“

„Schöner Name. Schöne Frau. Schade, dass ich noch so jung bin ...“

Isabell musste über seinen Versuch zu flirten, lachen. Wahrscheinlich, war die Idee nach Stuttgart zu kommen, besser als vermutet.

Sie fuhren ein Stückchen mit der S-Bahn und stiegen schließlich in einem Viertel aus, das Isabell gar nicht mehr an eine Großstadt erinnerte. Die kleinen Gassen und malerischen Häuser, eingebettet in die Silhouetten der Weinberge, gaben ihr eher das Gefühl, in einem Dorf in den Alpen zu sein.

Um den Bahnhof herum hatte noch die typisch hektische Betriebsamkeit geherrscht. Als sie jedoch die Hauptstraße, auf der sich der ganze Verkehr des Viertels zu konzentrieren schien, hinter sich gelassen hatten, kehrte Ruhe ein. Nur noch Vogelgezwitscher und fröhliches Geschnatter der Leute aus den Gärten und Weinstuben waren zu hören.

Sie passierten Kirchtürme, Eiscafés und Grünanlagen, die sich malerisch an den Hängen verteilten. Die zahlreichen Kirschbäume standen bereits in voller Blüte. Es schien, als wäre der Frühling in dieser Gegend schon Wochen früher als üblich eingezogen. In Isabells Heimat war die Landschaft grau gewesen, als hätte sich der Winter noch nicht ganz verabschiedet.

„Hier wohnst du? Das ist ja ein richtig romantisches Fleckchen. Vielleicht könnte ich auch hierherziehen. Ich bin in einer kleinen Stadt aufgewachsen und würde mich hier bestimmt wie zuhause fühlen.“ Isabell war beeindruckt.

„Sind Sie nur vorübergehend in Stuttgart?“ Peter schaute etwas betreten, so als ob ihn diese Tatsache störte.

„Ich hoffe, nicht. Ich wollte länger bleiben, vielleicht sogar für immer. Momentan wohne ich aber im Hotel, da ich noch keine Wohnung und leider auch noch keine Stelle habe.“

„Hey, ich habe da eine hervorragende Idee.“ Peter hüpfte plötzlich wie ein aufgeregtes Kind auf und ab.

„Oh Gott“, stöhnte Isabell lächelnd. „Mir schwant Schlimmes...“

„Quatsch! Im Gegenteil, es ist perfekt. Wir haben ein großes Haus und ein Gästezimmer, das praktisch nie genutzt wird. Wir kriegen sowieso kaum Besuch, und wenn, dann bleibt er nicht über Nacht.“

„Eigentlich sollte ich nur zu einer Tasse Kaffee bleiben und nun soll ich gleich bei euch einziehen? Das ist zwar sehr nett von dir, aber das kann ich nicht annehmen", wehrte sie ab. Auf keinen Fall wollte sie sich irgendwo aufdrängen.

„Warum denn nicht?" Peter schien beleidigt. „Wenn Sie keine Arbeit haben, können Sie auch nicht ewig im Hotel bleiben. Das wird viel zu teuer."

Sie musste zugeben, er hatte den Finger auf die Wunde gelegt. Da sie jedoch nicht wusste, was sie antworten sollte, versuchte sie vom Thema abzulenken und bot ihm das Du an. „Freunde sollten sich nicht mit Sie ansprechen. Das distanziert", schmunzelte sie und reichte Peter die Hand, der sie fast schon zu eifrig schüttelte.

„Es ist immer cool, eine ältere Freundin zu haben. Oh, damit meine ich nicht, dass Sie – du alt bist." Vor Verlegenheit lief er rot an, aber Isabell winkte ab.

„Ich habe das nicht als Beleidigung angesehen."

„So, hier wohnen wir." Peter blieb vor einem weißen Haus mit rotem Ziegeldach stehen und holte seinen Schlüssel aus der Hosentasche.

Auch wenn das Eigenheim mit seinen breiten Fensterflächen von außen ziemlich groß wirkte, waren die Zimmer darin recht klein. Vielleicht schien das auch nur so, weil es mit Möbeln und allerlei Haushaltsgegenständen und Zierrat voll gestellt war.

Der Tisch im Wohnzimmer war bereits gedeckt. Ein glatzköpfiger Mann saß im Sessel und las Zeitung. Er war in seine Lektüre vertieft und bemerkte nicht, dass jemand hereingekommen war.

„Du bist heute nicht besonders pünktlich, Peter. Aber der Kaffee ist gerade erst fertig. Ich hatte die Filtertüten im Supermarkt vergessen und ... Oh. Wir kaufen nichts." Eine sympathisch aussehende Frau um die vierzig hatte mit einem Tablett die Stube betreten. Die Frau hielt Isabell anscheinend für eine Vertreterin.

„Nee Muttchen. Sie will keine Staubsauger verkaufen. Das ist meine neue Freundin Isabell, die mir heute das Leben gerettet hat."

Bei diesen Worten lief ein Ruck durch die Frau, und sie hätte beinahe das Tablett fallen gelassen.

„Das Leben gerettet? Was hast du angestellt?" Jetzt wurde auch der Mann im Sessel aufmerksam und legte seine Zeitung zur Seite.

„Können wir das beim Kaffee besprechen? Ich habe echt Appetit auf den Marmorkuchen." Peter schielte sehnsüchtig auf den Tisch.

„Ja, Entschuldigung. Nehmen Sie bitte Platz. Das sind jetzt alles ein paar Informationen zu viel für mich." Die Frau schaute Isabell an und zeigte auf die Couch. „Ich hole schnell noch ein Gedeck. Ich bin Regina Klosser", stellte sie sich noch schnell vor, bevor sie in die Küche eilte. Anscheinend hatte sie der überraschende Besuch doch etwas verwirrt.

Während sie Kaffee tranken, erzählte Peter von seinem Erlebnis an diesem Nachmittag, das so leicht hätte schrecklich ausgehen können. Seine Eltern wurden zusehends bleicher.

„Um Himmels willen! Wer war der Kerl? Ich werde mir das Früchtchen mal vorknöpfen!", schimpfte Peters Vater. „Wenn die junge Frau nicht gewesen wäre, hätten wir dich im Krankenhaus besuchen können, oder auf dem F..." Er besann sich gerade noch rechtzeitig und wandte sich an Isabell.

„Ich weiß gar nicht, wie ich Ihnen danken soll."

„Aber ich!", meldete sich Peter begeistert zu Wort. Isabell wusste, auf was er hinauswollte und versuchte ihn davon abzuhalten. Sie wollte sich partout nicht hier einnisten, obwohl es ihr eine Menge Geld und Sorgen ersparen würde.

Bevor sie jedoch etwas sagen konnte, hörte sie wildes Kindergeschrei, und kurz darauf tobten zwei kleine Mädchen ins Wohnzimmer.

„Was habt ihr nun schon wieder?", seufzte Regina, sichtlich angespannt. „Könnt ihr nicht einen Nachmittag ordentlich spielen?"

„Wir spielen doch, Mama. Die Sandra ist mein Pferd, und das ist jetzt weggelaufen. Ich muss es wieder einfangen." Die Kleinere zerrte die Größere am Ärmel. „Komm mit, du böses Pferd. Wir gehen jetzt wieder nachhause."

„Ich denke gar nicht dran. Hühü“, wieherte Sandra und galoppierte um den Kaffeetisch.

„Was soll denn das? Sandra und Nadine, hört sofort auf, hier so herumzurennen!“, schimpfte Regina, und wandte sich vorwurfsvoll an ihren Mann: „Wolfgang, sitz nicht da wie eine angewachsene Statue und unternimm etwas! Bring die Kinder raus! Auf dem Spielplatz hinterm Haus können sie sich austoben.“

„Kann man denn nicht mal in Ruhe Kaffee trinken?“, stöhnte der Angesprochene. Der Auftrag seiner Frau störte ihn offenbar mehr als der Lärm seiner Kinder. „Ich hatte einen schweren Tag bei der Arbeit. Heute Nacht sind die Maschinen ausgefallen, und ich musste den ganzen Morgen alles umorganisieren, damit die Produktion weiterlaufen kann. Ich hatte mich eigentlich darauf gefreut, etwas zu entspannen ...“

„Ja, ja“, unterbrach seine Frau ungehalten, „es bleibt wieder an mir hängen. Ich bin ja nur die Hausfrau, die sich den ganzen Tag über ausruhen kann. Aber dass der Haushalt auch Arbeit macht, vergesst ihr allzu schnell!“

Isabell befürchtete, dass ein handfester Ehekrach in der Luft lag. „Ich kann doch mit den Kleinen spielen gehen“, versuchte sie deshalb zu beschwichtigen.

„Um Gottes willen!“, protestierte Regina. Sie haben schon genug für uns getan. Wir können doch nicht verlangen, dass Sie sich um unsere Kinder kümmern.“

„Ich tu's gerne“, lächelte Isabell. „Und es ist ja auch nicht so, dass ich heute noch viel zu tun hätte. Außerdem bin ich Erzieherin von Beruf. Ich freue mich, wenn ich mal wieder Kinder betreuen kann. So anstrengend ist es ja nicht.“

„Na, wenn Sie sich da mal nicht täuschen. Sie ordentlich bis zur Haustür zu bringen ist schon eine Kunst für sich.“

Wolfgang grinste über die Worte seiner Frau und schaute seine Töchter an.

„Wollt ihr raus, spielen?“

„Ja!“, riefen sie im Chor.

Isabell musste über die freudestrahlenden Gesichter der Kleinen lachen. Alle Kinder liebten es, im Freien herumzutollen, egal wie das Wetter war. Sie begleitete Sandra und Nadine in den Hausflur und half ihnen beim Anziehen.

„Hey, ich komme mit!", rief Peter und schnappte sich seine Jacke. „Ich kann auch etwas frische Luft gebrauchen."

„Aber rauche nicht wieder! Du bist zu jung dafür!", ermahnte ihn Regina, und zu Isabell gewandt: „Sie müssen wirklich nicht auf die Kinder aufpassen. Peter kann das auch alleine tun."

„Machen Sie sich keine Sorgen. Ich freue mich, wenn ich ein bisschen helfen kann. Es ist besser, als den Nachmittag allein im Hotel zu verbringen."

Isabell öffnete die Haustür, und die beiden Mädchen stürmten lautstark hinaus.

Das kann ja heiter werden. Worauf habe ich mich da nur eingelassen, stöhnte Isabell innerlich, musste dann aber lachen. Das war ja wie bei ihrem Praktikum im Kindergarten.

„Ich hoffe, du hast genug Nerven. Ich frage mich manchmal, ob ich wirklich mit denen verwandt bin." Peter grinste bis zu den Ohren. „Ich wundere mich echt, dass uns noch kein Nachbar wegen Lärmbelästigung angezeigt hat."

„Kriegen wir Schokolade?", frage Sandra plötzlich.

„Oh ja, lass uns zu Alfreds Kiosk gehen. Da ist es billig, und man muss nicht wegen eines Schokoriegels durch den ganzen Supermarkt rennen." Peter schien fast noch begeisterter von diesem Einfall als seine kleine Schwester.

„Ich weiß nicht. Sollten wir nicht besser in der Nähe bleiben? Ich möchte nicht, dass ein Suchtrupp nach uns ausgeschickt wird." Isabell war unschlüssig.

„Ach wo. Der Kiosk ist nur ein paar Straßen weiter. Wir sind in ein paar Minuten wieder zurück. Bis dahin werden wir garantiert nicht vermisst. Meine Eltern werden gar nicht merken, dass wir mal kurz weg waren." Peter griff nach ihrer Hand und zog Isabell ein Stückchen weiter.

Sie seufzte und gab nach. Wenn sie wirklich gleich wieder da wären, brauchten sie wohl nicht erst Bescheid sagen und um Erlaubnis fragen. Sollten Regina und Wolfgang in Ruhe ihren Kaffee genießen. Vielleicht würde das helfen, die finstere Stimmung zwischen den beiden etwas aufzuhellen.

Alfreds Kiosk war tatsächlich nicht sehr weit entfernt. Allerdings hatte sich davor eine kleine Schlange gebildet.

„Auch noch anstellen!" Peter war von seiner Idee plötzlich viel weniger entzückt.

„Also, nun sind wir extra bis hierher gelaufen. Nun werden wir uns auch anstellen." Isabell musste über die langen Gesichter der Kinder schmunzeln. „Ich bezahle die Schokolade", schlug sie vor, um sie etwas aufzuheitern. Gemeinsam reihten sie sich ein. Doch es wollte nicht recht vorwärts gehen.

„Hey Sie", schimpfte ein Mann hinter Isabell. „Sie stehen auf meinem Fuß. Anscheinend haben Sie das noch nicht gemerkt!" Demonstrativ blickte er zornig nach unten.

„Oh Verzeihung!" Vor Schreck sprang Isabell einen Schritt nach vorn und rempelte eine beleibte Dame an.

„Passen Sie doch auf!", zeterte diese erbost. „Haben Sie denn keine Augen im Kopf?" Anscheinend hatte Isabell heute einen besonders schlechten Tag erwischt. Obwohl nicht viel geschehen war, konnte sich die Frau nicht beruhigen. Alle Leute drehten sich schon nach ihnen um. Isabell lief rot an.

„Mann, das kann doch mal passieren. Nun regen Sie sich mal wieder ab!" Peter wollte Isabell verteidigen, machte die Dicke aber noch wütender. Und da hieß es, Mollige seien gemütliche Menschen. Andere in der Schlange glaubten, sich lautstark einmischen zu müssen. Das Geschrei jagte Sandra und Nadine Angst ein, und sie fingen heftig an zu weinen.

Isabell beugte sich hinunter und nahm sie in den Arm. Verärgert und peinlich berührt schaute sie die Umstehenden an, als wollte ihr Blick sagen: Da seht ihr, was ihr angerichtet habt! War es das wirklich wert?

Da stockte ihr der Atem. Ganz vorn am Stand starrte sie ein junger dunkelhaariger Mann fassungslos an, während er fahrig etwas in seine Tasche packte.

Oh Gott! Das durfte doch nicht wahr sein! Isabell hatte das Gefühl, gleich den Boden unter den Füßen zu verlieren. Der junge Mann war niemand anderes als Luca – Marinos Bruder.

Ihr wurde vor Scham fast schlecht. Nun hatte er auch noch ihre Blamage mitbekommen. Bestimmt würde er Marino davon erzählen. Aber warum interessierte sie das überhaupt noch? Anscheinend war ihre Jugendliebe doch eh verheiratet.

Sie stand auf und drehte sich um, ihre Hände fest auf den Schultern der Kinder, und dirigierte die Kleinen nachdrücklich auf den Rückweg.

„Aber meine Schokolade!“, protestierte Sandra.

„Die kauf ich dir später. Ich habe noch ein Pfefferminzbonbon in meiner Tasche. Das kannst du gleich haben.“ Isabell schaute stur geradeaus und floh auf wackligen Beinen. Aber sie kam nicht weit. Luca hatte sie nach wenigen Schritten eingeholt.

„Isabell? Bist du es wirklich?“

„Mhm“, presste sie mühsam hervor. Sie hatte einen dicken Kloß im Hals und wusste nicht, was sie sagen sollte. Sie verfluchte die unhöfliche Dame. Ohne das Geschrei hätte Luca Isabell wahrscheinlich nicht einmal bemerkt. Das wäre bestimmt besser gewesen. Jedenfalls wäre ihr dieses angespannte Schweigen zwischen ihnen erspart geblieben. Luca war genauso sprachlos wie sie. Sie konnte nicht erkennen, ob er sich freute, sie zu sehen, oder ob das Gegenteil der Fall war. Früher waren sie einmal gute Freunde gewesen, aber dann war die Sache mit Marino passiert.

„Gehen wir spielen?“, drängelte Sandra, der die Zeit zu lang wurde.

„Ist das dein Kind?“, fragte Luca fast entsetzt.

„Aber nein. Die Kleine ist von einer Bekannten. Und die beiden anderen auch.“ Isabell musste grinsen, als ihr Blick auf Peter fiel. Das sollte selbst Luca herausgefunden haben.

„Ach so.“ Luca strich mit dem Handrücken über sein Kinn. Eine Angewohnheit, wenn er nervös oder verlegen war. Isabell freute sich insgeheim, dass er sich nicht völlig verändert hatte.

„Was machst du eigentlich in Stuttgart?", fragte er schließlich.

Isabell hatte keine Gelegenheit zu antworten, da Nadine und Sandra an ihrem Ärmel zerrten. Offensichtlich wurde es den Kindern zu langweilig.

„Ich muss weiter. Meine Bekannte wartet sicher schon auf uns." Sie lächelte entschuldigend und machte Anstalten zu gehen. Innerlich verfluchte sie ihre Schüchternheit. Das wäre die Gelegenheit gewesen, mehr über Marino herauszufinden. Aber nun hatte sie es vermasselt. Wie konnte sie nur so dumm sein?

Zum Glück hatte Luca nicht vor, sie einfach gehen zu lassen. Er lief neben ihr her. „Weißt du was, ich begleite dich ein Stückchen. Ich habe Zeit. Also erzähl, was hat dich nach Stuttgart verschlagen?"

„Ich dachte, ich suche mir hier einen Job. Ich habe gehört, dass in der Stadt Kindergärtnerinnen gesucht werden. Und da es bei uns kaum Arbeitsplätze gibt..."

„Bist du sicher, dass du nur in Stuttgart einen Job bekommen könntest?" Luca schaute sie prüfend an. Anscheinend glaubte er ihr nicht so recht.

„Ich ..." Sie fühlte, wie sie erneut rot anlief. Ob er ahnte, dass sie bei ihrer Entscheidung auch an Marino gedacht hatte? Sie wusste nun, dass sie die Frage, die ihr auf den Nägeln brannte, nicht länger hinausschieben konnte. Innerlich wappnete sie sich und schaute Luca endlich in die Augen.

„Du, Luca, meinst du, ob ich vielleicht Marino mal besuchen könnte?"

„Ich denke nicht, dass das so eine gute Idee ist." Er schüttelte den Kopf.

„Wieso nicht?" Sie bekam einen Schreck. Ihre geheimsten Befürchtungen bestätigten sich, als Luca sagte: „Ich glaube nicht, dass er dich sehen will."

Er bemerkte die Tränen in Isabells Augen und legte den Arm tröstend um ihre Schulter. „Weißt du, als du damals so ohne Verabschiedung gegangen bist, hast du ihm ziemlich wehgetan. Er hat dich geliebt und dachte, du magst ihn auch. Deshalb hat er nicht verstanden, warum du das getan hast. Du bist einfach verschwunden und hast dich nie wieder gemeldet. Er hat sich viele Selbstvorwürfe gemacht und dachte, er hätte dich falsch behandelt. Er wurde richtig krank, und jeden Tag schien es schlimmer zu werden. Ich glaube, er wäre fast daran zerbrochen, wenn wir nicht... Na ja, ich meine, wir haben ihm erzählt, dass du allein die Schuld trägst und dass du ihn nur ausgenutzt hast. Wir hätten herausgefunden, dass du in Wirklichkeit zuhause einen festen Freund hast und während des Schulausfluges nur deinen Spaß haben wolltest. Versteh mich bitte nicht falsch, aber wir konnten doch nicht mit ansehen, wie er zu Grunde geht. Nein", Luca holte tief Luft. „Ich glaube nicht, dass er dich sehen will. Nicht jetzt, in dieser Phase."

„Was denn für eine Phase?" Isabell war so besorgt, dass sie sich nicht einmal über das Verhalten Lucas und seiner Familie aufregen konnte. Normalerweise hätte sie sich jetzt verteidigt, da sie Marino niemals verletzen wollte. Und sie hatte mit Sicherheit nicht nur ihren Spaß haben wollen. Im Gegenteil, die Sache mit ihm war ihr sehr ernst gewesen. Aber anscheinend hatte es Marino anders gesehen. Warum nur stand er jetzt als Opfer da?

„Was für eine Phase?", wiederholte sie schließlich, als Luca keine Anstalten machte, ihr zu antworten.

„Ich muss jetzt woanders langgehen", sagte er, als sie eine Kreuzung erreichten.

Isabell merkte sehr wohl, dass er ihr ausweichen wollte, aber so leicht konnte sie ihn nicht davonkommen lassen. „Woher willst du wissen, wo meine Bekannte wohnt? Das habe ich dir doch noch gar nicht verraten."

„Ich ..." Er suchte verzweifelt nach einer Ausrede, aber Isabell unterbrach ihn, bevor er eine finden konnte.

„Warum willst du mir nicht sagen, was mit Marino los ist? Ob du es glaubst oder nicht, ich mache mir jetzt große Sorgen. Du kannst nicht so etwas andeuten und dann nicht mit der Sprache rausrücken!"

Luca strich sich wieder übers Kinn und schaute sie prüfend an. Was immer er in ihrem Gesicht sah, es musste ihn überzeugt haben, ihr die Wahrheit zu erzählen.

„Also gut. Aber es ist eine längere Geschichte." Er schaute die Kinder an, die Isabell umringten.

„Komm doch heute Abend zu mir. Ich wohne hier in der Nähe. Hauptstraße acht. Ist nur ein Stückchen hin. Nicht schwer zu finden." Er zeigte kurz die Richtung an, die sie später einschlagen sollte. „Wenn du gegen zwanzig Uhr da bist, ist es in Ordnung." Mit diesen Worten drehte er sich um und überquerte die Straße, ohne sich zu verabschieden.

„Komischer Kauz", murmelte Peter.

Isabell zuckte nur mit den Schultern. Es war offensichtlich, dass Luca ihr die alleinige Schuld gab für das, was damals geschehen war. Aber anscheinend erinnerte er sich ebenfalls daran, dass sie einmal gut befreundet gewesen waren. Er hätte sie genauso gut ohne Einladung stehen lassen können. Deshalb nahm sie sein hastiges Verschwinden nicht allzu übel.

Als sie wieder zum Haus der Klossers kamen, wurden sie bereits erwartet. Regina stand vor der Haustür und bedachte sie mit einem Blick, in dem sich Erleichterung, aber auch ein Vorwurf spiegelte.

„Wo wart ihr? Ich habe mich unheimlich erschrocken, als ich aus dem Fenster geguckt und euch nicht auf dem Spielplatz gesehen habe. Ist es zu viel verlangt, kurz Bescheid zu sagen? Nichts gegen Sie, Isabell, aber ich weiß ja nicht, was eine völlig Fremde mit meinen Kindern anstellt."

„Was soll sie denn anstellen?", brummte Peter ungehalten und rollte die Augen. „Ich war ja auch dabei. Ich hätte mich wehren können, wenn sie sich auf mich gestürzt hätte. Allerdings bin ich nicht sicher, ob ich mich überhaupt hätte wehren wollen." Peter warf Isabell einen Blick zu, der wohl verführerisch sein sollte, sie aber zum Lachen brachte.

„Es tut mir leid. Ich dachte, wir wären gleich wieder da. Ich wollte mit den Kindern nur zu Alfreds Kiosk...", begann sie.

„Den beiden Kindern und dem Jugendlichen", unterbrach Peter, der sich offensichtlich nicht gern als Kind bezeichnen ließ.

„Es tut mir wirklich leid. Wir wollten Sie nicht erschrecken." Isabell bereute ihr Verhalten aufrichtig, und das schien auch Regina zu begreifen.

„Gut, nun sind Sie ja wieder da. Aber das nächste Mal möchte ich Bescheid wissen, wenn Sie sich wieder entschließen sollten, mit meinen Kindern spazieren zu gehen." Sie winkte ab und gab

Isabell zu verstehen, dass die Angelegenheit damit erledigt war.

Die nächsten zwei Stunden vergingen wie im Flug. Die Klossers und Isabell unterhielten sich angeregt und begannen, sich richtig gut zu verstehen. So erfuhr die junge Frau, dass Wolfgang Klosser bei Daimler im nahe gelegenen Untertürkheim beschäftigt und mit für den reibungslosen Ablauf der Produktion verantwortlich war. Dabei verdiente er so gut, dass seine Frau es sich leisten konnte, Hausfrau und Mutter zu sein. Im Gegensatz zu anderen, ging sie in dieser Rolle ganz auf.

Im Großen und Ganzen waren die Klossers eine glückliche Bilderbuchfamilie, selbst wenn ihnen Peter mit seinen pubertären Eskapaden manchmal etwas Kummer bereitete. Doch sie wussten, dass es einige Eltern mit ihren jugendlichen Kindern schlimmer getroffen hatten.

Isabell erzählte im Gegenzug etwas aus ihrem Leben und was sie nach Stuttgart verschlagen hatte. Marino erwähnte sie dabei nur am Rande, sodass die Klossers gar nicht bemerkten, was er ihr wirklich bedeutete. Doch sie wollte nicht ins Detail gehen. Die Beziehung zu ihm – wenn man überhaupt davon sprechen konnte – war so kompliziert geworden. Und dass man ihr die Schuld zuschob und er jetzt in einer Krise steckte, ging schließlich auch niemanden etwas an.

Die Gesprächsrunde wurde so gemütlich, dass sich Isabell gar nicht von ihren neuen Freunden trennen wollte. Aber sie hatte noch eine Verabredung. Fast geriet sie in Versuchung, Luca zu versetzen. Sie war nervös und zweifelte plötzlich daran, ob es eine gute Idee war, sich die Geschichte über seinen Bruder erzählen zu lassen. Luca hatte ja bereits deutlich gemacht, dass er ihr die Schuld für Marinos Zustand gab. Was, wenn er wütend auf sie wurde? Sie hatte keine Lust, sich beschimpfen zu lassen. Auf der anderen Seite wusste sie, dass sie die Ungewissheit nicht würde aushalten können. Sie musste wissen, was mit Marino los war.

Schließlich entschied sie sich, in ihr Hotel zurückzukehren. Sie wollte sich noch etwas frisch machen und sich umziehen, bevor sie den Weg zu Luca antrat. Sie hatte das Gefühl, dass es eine lange Nacht werden konnte.

2. Kapitel

Es war schon dunkel geworden, als Isabell durch das abendliche Stuttgart eilte. Ein kalter Wind wehte ihr um die Ohren, und sie kuschelte sich tiefer in ihre Jacke. Es war kaum zu glauben, wie frisch es war. In Stuttgart war es oft erstaunlich mild und wärmer als sonst im Land, aber heute schien das ganz und gar nicht der Fall zu sein.

„Hey, Fräulein, wohin so eilig?", sprach sie ein Mann an, der plötzlich aus einem finsteren Hausflur trat.

Isabell erschrak, als sie seine Hand auf ihrem Arm spürte. Nun zitterte sie nicht nur vor Kälte, sondern auch vor Angst. Was wollte der Typ von ihr? Geld oder Wertsachen, die sie ihm hätte anbieten können, trug sie nicht bei sich. Doch es wurde schnell klar, dass er auf etwas ganz anderes aus war.

„Hey Kleine, sei doch nicht so abweisend! Ich weiß doch, dass du scharf darauf bist." Der Kerl packte sie derb bei den Schultern und drehte sie zu sich herum.

„Lassen Sie mich los!" Außer sich vor Furcht und Wut gab ihm Isabell eine Ohrfeige. Aber das machte ihn erst recht aggressiv.

„Du willst es wohl ein bisschen härter? Von mir aus. Ich erfüll dir den Wunsch." Er gab ihr einen brutalen Stoß, sodass sie das Gleichgewicht verlor und der Länge nach auf das Steinpflaster knallte.

Trotz des jähen Schmerzes, der durch ihr ganzes Gesicht zog, schaffte sie es, sich wieder aufzurappeln und davonzustolpern. Sie hörte die Schritte hinter sich, die ihr folgten. Das Herz klopfte ihr bis zum Hals. Sie würde keine Chance haben zu fliehen.

Tränen stiegen ihr in die Augen. Sie hatte nicht geahnt, dass es in Stuttgart abends auch gefährlich werden konnte. Warum war sie bloß so naiv gewesen? Nur weil sie hier bisher noch keine schlimmen Erfahrungen gemacht hatte, hieß das nicht, dass sie völlig sorglos durch einsame, dunkle Gassen ziehen konnte.

Plötzlich vernahm sie von fern die Sirene eines Polizeiwagens. Die Schritte hinter ihr stoppten und schienen sich dann zu entfernen. „Gott sei Dank", murmelte sie, traute sich aber nicht, sich umzudrehen. Die Polizeistreife raste an ihr vorbei, ohne sie zu beachten. Zu welchem Einsatz die Beamten auch mussten, sie hatten sie gerettet.

Mit Nasenbluten kam sie schließlich bei Luca an.

„Meine Güte! Was hast du denn angestellt?", rief er entsetzt und drückte ihr ein Taschentuch in die Hand.

„Ach, ich bin nur hingefallen. Ein bisschen unglücklich wie mir scheint." Isabell versuchte zu lächeln, was ihr wegen der Schmerzen jedoch nicht gelang. Ihr Gesicht verzerrte sich zu einer Grimasse. Das schreckliche Erlebnis hatte sie ziemlich mitgenommen. Sie konnte jetzt nicht darüber reden und versuchte es zu verdrängen. Das war der beste Weg, sich wieder zu beruhigen und nicht durchzudrehen.

Luca schaute sie zweifelnd an, fragte aber nicht weiter. Stattdessen bat er sie ins Wohnzimmer, wo der Wein bereits auf dem Tisch stand.

Kaum hatte Isabell Platz genommen, trat eine hübsche junge Frau mit langen dunklen Haaren in den Raum.

„Hallo! Ich bin Janine Bauer, Lucas Freundin", stellte sie sich mit einem sympathischen Lächeln vor, und Isabell entschied, dass sie die Frau bereits mochte.

„Verlobte", seufzte Luca und nahm ebenfalls auf der Couch Platz. „Wir sind seit einer Woche verlobt, aber anscheinend kannst du dich noch nicht an das Wort gewöhnen."

„Ja, ja, ich weiß, mein Fehler. Aber sei nicht böse, Bärchen. Ich liebe dich trotzdem." Sie küsste ihn auf die Wange und strich über sein Haar.

„Ich lass euch dann mal ein bisschen allein", sagte sie und schaute ihren Verlobten und seinen Gast abwechselnd an. „Ich muss unbedingt in die Küche, abwaschen und über die Fliesen wischen. Meine Eltern haben heute schon ziemlich viel Dreck hinterlassen. Dass mein Vater sich auch nie die Schuhe abtreten kann... Und Mutter, ach, wenn sie schon mal kocht, dann ist anschließend mehr Essen auf dem Boden als im Topf", scherzte sie weiter.

Als sie die Tür hinter sich geschlossen hatte, räusperte Luca sich. „Ja Isabell, ich wollte mit dir über meinen Bruder sprechen."

„Was ist mit ihm? Geht's ihm gut? Was macht er? Wohnt er immer noch in der Ahrensstraße? Hat er schon Familie? Arbeitet er noch in der Pizzeria? Singt er noch? Wie ...?"

„Moment, Moment, Moment", unterbrach Luca Isabells Redeschwall. „Da kommt man ja gar nicht hinterher. Ich berichte dir schon alles, auch wenn das meiste nicht gerade erfreulich ist."

„Was ist los? Nun, erzähl schon", drängelte sie, als er zögerte, mit der Wahrheit herauszurücken.

„Trink lieber erst mal etwas." Er griff nach der Weinflasche.

„Ich habe keinen Durst. Sag mir lieber, was los ist."

„Also, wenn du dich vor sechs Jahren auch schon so für Marino interessiert hättest ..." Luca schüttelte den Kopf und schenkte ihr trotzdem ein Glas Rotwein ein, bevor er anfing, über seinen Bruder zu sprechen.

„Ja, Marino geht es nicht so gut. Das heißt, gesundheitlich schon, aber sonst ... Vor einem Jahr fing alles an. Du weißt ja, dass er immer von einer Karriere als Sänger geträumt hat. Damals stand er endlich am Anfang dieser Karriere. Er hatte einen passablen Produzenten gefunden und einen Plattenvertrag in der Tasche. Allerdings durfte er nicht die Musik machen, die er wollte. Sein Produzent Meierfink meinte, er sehe wie der perfekte Schwiegersohn aus, und die Damen im fortgeschrittenen Alter würden entzückt von ihm sein. Daher sollte er Schlager singen. Aber falls du dich noch erinnerst, konnte Marino noch nie etwas mit dieser Art von Musik anfangen.

Zu Beginn ließ er sich trotzdem noch alles gefallen. Er trat bei kleineren Schlagerfestivals, in Bierzelten und so weiter auf. Er brachte sogar eine CD mit Schlagern heraus. Ich wette, dafür schämt er sich heute noch. Bloß gut, dass es unter einem Künstlernamen war. Deshalb wird ihn wohl keiner erkennen." Luca musste kichern, wurde aber sofort wieder ernst. „Aber dann weigerte er sich, bei einem größeren Konzert in Hamburg aufzutreten. Das wäre *die* Chance gewesen, da die Veranstaltung sogar vom Fernsehen übertragen werden sollte. Nur hatte Marino plötzlich Angst, dass er sich dann endgültig einen Namen als Schlagerstar machen würde. Ihm war das Publikum zu groß. Er wollte zwar berühmt werden, aber nur mit der Musik, die ihm gefiel. Er glaubte, er könne nicht zurück, wenn das Konzert erst einmal im Fernsehen lief. So hatten Meierfink und er einen hässlichen Streit, und am Ende stand Marino ohne Produzent und

Plattenvertrag da. Er war wieder ganz am Anfang und auf sich selbst gestellt. Dummerweise kam dann die Schaffenskrise. Ihm fiel nichts ein, was den Leuten hätte gefallen können. Er trat hin und wieder zwar noch in Bierzelten auf, aber keiner wollte seine Songs mehr hören. Er wurde regelrecht ausgebuht.

Weißt du, es gibt nichts Schlimmeres für einen Sänger, als dass seine Musik nicht ankommt. Marino wurde richtig depressiv. Er saß den ganzen Tag da und grübelte, warum keiner seine Lieder mochte. Mittlerweile ist die schlimmste Phase überstanden, aber er ist immer noch todunglücklich. Vor allem, weil wir nicht mehr viel Geld hatten und er durch seine Erfolglosigkeit auch nichts dazuverdienen konnte, sodass wir schließlich unser Haus verkaufen mussten. Armer Marino, er hing so daran."

„Soll das heißen, er wohnt gar nicht mehr in der Ahrensstraße?"

„Ach wo. Er wohnt jetzt mit Angela und Mutter bei unserem Vater."

„Was? Ich dachte, deine Eltern sind geschieden?" Isabell war perplex. Das hätte sie nicht vermutet.

„Ja, aber wenn es hart auf hart kommt, halten italienische Familien zusammen. Vater wollte sie nicht im Stich lassen. Sein Haus ist ja auch groß genug. Aber um noch mal auf Marino zurückzukommen: Bitte besuche ihn nicht. Er mag dich nicht mehr so besonders. Außerdem ist er schon deprimiert genug. Ich meine, wenn du ..."

„Ich verstehe schon. Was ihr ihm über mich erzählt habt, ist eine große Lüge. Trotzdem begreife ich nicht, wie ich schuld sein kann, dass es ihm jetzt so schlecht geht."

„Das habe ich auch gar nicht so gemeint." Luca rieb erneut sein Kinn, und sie wusste schon, dass es ihm unangenehm war, was er ihr als Nächstes sagen würde. „Natürlich kannst du nichts für seinen beruflichen Misserfolg – jedenfalls nicht so direkt. Sieh, wenn man im privaten Bereich nicht glücklich ist, wirkt sich das auch auf die Karriere aus. Manche Leute werden bei Kummer kreativ und schreiben sich alles von der Seele. Andere wiederum sind wie gelähmt und bringen gar nichts mehr zustande. Marino gehört wohl zur letzteren Kategorie."

„Soll das heißen, er ist immer noch nicht über mich hinweg, auch nach so langer Zeit nicht?" Isabell schaute ungläubig. Hatte sie das jetzt richtig interpretiert?

„Natürlich leidet er nicht mehr so wie am Anfang. Aber ich glaube, so ganz hat er dich immer noch nicht vergessen. Du warst seine erste und einzig wahre Liebe. Er hat nach dir einfach keine Frau mehr gefunden, mit der er eine Beziehung eingehen wollte. Und Einsamkeit macht auch unglücklich, glaub mir. Bevor ich Janine kennen lernte, erging es mir nicht besser.“

„Ich weiß nicht, ich fühle mich jetzt richtig elend.“ Isabell stützte den Kopf in die Hände.

„Mir geht es genauso.“ Luca schaute sie mit feuchten Augen an. „Es tut mir unendlich leid, was wir ihm über dich erzählt haben. Aber es war das Beste. Hoffe ich jedenfalls. Und doch habe ich Angst, er könnte eine Dummheit begehen.“

Sie erschrak zu Tode. „Meinst du wirklich? Sagtest du nicht, das Schlimmste wäre schon überstanden?“

„Das schon. Aber er ist noch lange nicht über seine Depression hinweg. Wir wollten ihn schon zum Arzt schicken, aber da kriegen ihn keine zehn Pferde hin. Es wäre ihm zuzutrauen, dass es eines Tages zu einer Kurzschlusshandlung kommt. Ach, was er bräuchte, wäre ein Hit!“ Luca zuckte ratlos mit den Schultern, als hätte er selbst bereits aufgegeben.

Isabell ließ den Kopf hängen. „Wir müssen ihm helfen“, murmelte sie.

„Aber wie?“

„Wir müssen ein Lied für ihn komponieren. Ein ganz tolles, das in den Charts bis ganz nach oben gelangen kann.“

„Ach Isa, stell dir das nicht so einfach vor. Was glaubst du, wie oft ich das schon probiert habe! Wer weiß, wann einem mal die Inspiration trifft und einem was Vernünftiges einfällt“, bremste Luca ihren aufkeimenden Optimismus.

„Du hast Recht.“ Sie schämte sich plötzlich für ihre Naivität. Das Leben war nicht immer so einfach, wie sie es sich manchmal wünschte.

„Marino steckt gerade in einer Phase, wo er glaubt, er habe keinen einzigen Fan mehr. Und das Dumme ist, es könnte sogar stimmen. Zumindest bekennt sich niemand dazu.“

„Dann müssen wir eben einen Fan erfinden.“

„Was?“ Luca schaute verständnislos. Was ging nur wieder durch Isabells hübsches Köpfchen? „Wie meinst du das?“ hakte er deshalb nach.

„Nun ja, ich könnte ihm schreiben. Unter falschen Namen selbstverständlich. Meine Adresse gebe ich nicht an. Ich könnte ihm schreiben, dass ich immer noch ein großer Fan von ihm bin. Jeden Monat kriegt er von mir einen Brief, damit er weiß, dass ich ihm treu bin. Vielleicht überwindet er dann seine Niedergeschlagenheit und ihm fällt wieder etwas ein, weil noch jemand an ihm glaubt – außer seiner Familie natürlich. Wenn er den Eindruck hat, dass jemand seine Musik noch mag – wer weiß?“

Luca schaute sie skeptisch an und hatte plötzlich Mühe, das Lachen zu unterdrücken.

„Und du glaubst wirklich, das klappt?“

„Ja, warum denn nicht?“ Isabell hatte das Gefühl, ihre Idee verteidigen zu müssen. „Ich kann meine Schrift verstellen und die Briefe anonym in seinen Briefkasten werfen.“

Luca seufzte. Manchmal wirkte Isabell etwas naiv. Aber Ideen hatte sie, das musste man ihr lassen.

„Okay“, willigte er schließlich ein. „Wir können es ja mal ausprobieren. Aber was anderes: Was hältst du davon, wenn du aus deinem Hotel ausziehen und eine Weile bei uns wohnen würdest? Dann könnten wir auch besser zusammenarbeiten.“

„Ich weiß nicht. Solltest du nicht erst mal mit deiner Verlobten reden, bevor du solche Vorschläge machst? Sie lebt schließlich auch hier.“ Isabell war nicht sicher, ob er solche Entscheidungen allein treffen konnte. Janine war ihr wie eine selbstbewusste junge Dame erschienen, die bestimmt nicht alles ungefragt hinnahm.

„Ach, Janine stört das garantiert nicht. Sie ist sowieso andauernd beruflich unterwegs.“

„Apropos Beruf, was machst du zurzeit? Arbeitest du noch in der Pizzeria?“

„Oh, ich habe zusammen mit meiner Mutter vor wenigen Monaten eine eigene Pizzeria eröffnet. Das Geschäft läuft bis jetzt noch nicht so gut, aber es wird hoffentlich bald besser. Heute hatten wir übrigens Ruhetag, doch morgen Mittag muss ich wieder etwas tun.“

„Aha. Okay, das mit dem Hotel muss ich mir überlegen. Ich bin gerade auf Arbeitssuche und kann dort ohnehin nicht lange bleiben. Trotzdem weiß ich nicht, ob es so eine gute Idee ist, bei dir einzuziehen. Du lebst ja nicht alleine. Außerdem wirst du es nicht lange geheim halten können. Was wird Marino wohl dazu sagen?“

„Ach, mach dir jetzt darüber keine Sorgen. Das regeln wir, wenn es soweit ist. Ich würde gern etwas wiedergutmachen nach allem, was ich meinem Bruder über dich erzählt habe.“ Luca schaute auf seine Armbanduhr.

„Oh, es ist schon ganz schön spät geworden. Warum bleibst du nicht gleich heute bei uns über Nacht? Dann brauchst du nicht mehr durch die Stadt zu gehen.“

Seine letzte Bemerkung brachten die Erinnerungen an den schlimmen Vorfall zurück. Isabell zitterte innerlich. Auf keinen Fall wollte sie noch einmal im Dunkeln durch die Straßen laufen. Und mit der U-Bahn zu fahren, erschreckte sie genauso. Wer wusste, wer um diese Zeit darin saß?

„Also gut. Ich schlafe heute hier.“

Kaum hatte sie es ausgesprochen, trat Janine ins Wohnzimmer. Sie hatte Isabells letzten Satz mit angehört und schaute ihren Verlobten mit undurchdringlicher Miene an. „Dann aber nur auf der Couch.“

„Sei doch nicht so unhöflich“, zischte Luca.

„Aber nein. Ich schlafe gern auf dem Sofa!“, beeilte sich Isabell zu versichern. Warum lag immer ein Streit in der Luft, wenn sie da war? Langsam glaubte sie, dass sie einen schlechten Einfluss auf ihre Umgebung hatte.

„Na also“, brummte Janine und schüttelte den Kopf. „Gibt es noch ein Problem?“

„Eigentlich nicht. Ich hoffe, es macht dir nicht allzu viel aus“, meinte Luca und blickte Isabell entschuldigend an.

„Nein, gar nicht", lächelte sie, dachte aber schon darüber nach, ob sie wirklich hier einziehen sollte, wenn sie offensichtlich bei Lucas Freundin nicht willkommen war. Und wenn sie ehrlich war, zog sie das Hotelbett auf die Dauer der Couch vor.

„Entschuldige bitte das Benehmen meiner Verlobten. Sie meint das nicht so. Sie ist nur so erzogen worden, dass sie alles direkt..."

„Ist schon gut. Ich bin nicht überempfindlich", behauptete Isabell. Das war jedoch etwas geschwindelt, denn sie war recht sensibel, manchmal vielleicht ein bisschen zu sehr. Doch jetzt versuchte sie tapfer, sich nicht anmerken zu lassen, wie sehr sie die schnippische Bemerkung der anderen Frau getroffen hatte.

„Prima. Dann ecke ich ja nicht so oft an." Nun grinste auch Janine. „Ich gehe mal eine Decke und ein bequemes Kissen holen.

Nach einer unruhigen Nacht, die ihr Luca und Janine durch ihr Liebesglück beschert hatten, machte sich Isabell am Morgen auf den Weg zu ihrem Hotel. Während des Frühstücks hatte Luca sie schließlich doch überzeugt, erst einmal für eine Weile bei ihm einzuziehen.

Nachdem sie ihre Hotelrechnung bezahlt und ihre Sachen zusammengepackt hatte, war Isabell nach knapp zwei Stunden wieder zurück. Janine war inzwischen zur Arbeit gegangen, und Luca hatte sich noch einmal hingelegt, da er erst am Mittag in der Pizzeria sein musste. Zum Glück hatte er Isabell die Wohnungsschlüssel mitgegeben, sodass sie ihn jetzt nicht aus dem Schlaf klingeln musste.

Sie hatte gerade ihre Koffer im Flur abgestellt, als sie aus der Küche plötzlich eine bekannte Stimme vernahm.

„Mist! Ich habe doch schon wieder das Salz im Wohnzimmer stehen lassen."

Isabell hatte diese Stimme schon seit Ewigkeiten nicht mehr gehört, und doch wusste sie sofort, wem sie gehörte. Der Schreck fuhr ihr in alle Glieder. Nein, sie hatte keine Nerven für eine Konfrontation! Geistesgegenwärtig griff sie zur nächsten Türklinke und verschwand im Bad. Es wurde auch höchste Zeit, denn schon hörte sie, wie jemand durch den Flur rannte.

Plötzlich krachte es, und jemand schrie. „Au!". Das weckte was Isabells Neugier. Sie öffnete die Badtür einen Spalt breit und schielte um die Ecke. Marino lag der Länge nach auf dem Boden. Anscheinend war er über ihre Koffer gestolpert, die sie in der Eile vergessen hatte wegzustellen. Obwohl sie über das Bild, das sich ihr bot, lachen konnte, zitterten ihr die Knie. Hoffentlich musste er nicht auf die Toilette.

„Madonna mia! Was ist das denn?" Fassungslos starrte er die Koffer an.

Isabell wurde die Sache etwas brenzlig, und sie schloss die Tür leise wieder.

„Luca! Luca! Wo kommt das Gepäck her?", hörte sie Marino rufen.

„Hä?" Jemand kam angetrabt. „Was machst du hier?" Es klang, als falle Luca aus allen Wolken.

„Ich sollte dir helfen, das neue Rezept für „Spaghetti all'arrabiata" auszuprobieren. Wenn es schmeckt, wolltet ihr es in eurer Pizzeria anbieten. Das hatten wir doch ausgemacht!" Marino schaute, als könne er nicht begreifen, wie sein Bruder ausgerechnet das verschlafen konnte. „Ich merke schon, dein Job ist dir unheimlich wichtig."

„Ach je, das hatte ich ganz vergessen. Scusa." Luca lächelte verlegen seine Füße an.

„Ich weiß schon, du bist zwei Jahre älter. Da vergisst man schon mal so eine ‚unwichtige' Sache." Marinos Stimme tropfte vor Sarkasmus. „Kannst du mir aber mal erklären, wo die beiden Koffer herkommen? Oder hast du das auch vergessen?"

„Ah!" Ein Aufschrei. Offenbar hatte Luca Isabells Gepäck erst jetzt wahrgenommen.

„Du hast sie also schon gesehen?", kam es zögernd. „Dafür siehst du im Vergleich zur letzten Zeit direkt gelassen aus."

„Ach, lass doch deine Versuche zu witzeln. Erklär mir lieber, von wem du eigentlich sprichst." Marino war offensichtlich nicht in der Stimmung für Ratespielchen.

„Na, von...von Janine?"

„Natürlich habe ich deine Verlobte schon gesehen! Was soll das? Weswegen spielst du deshalb verrückt?"

„Oh, ich bin nur etwas durcheinander, weil ich vergessen hatte, dass du heute kommst."

„Warum? Ist das so schlimm? Na ja, wie ich sehe, geht Janine wohl wieder auf Geschäftsreise. Aber sie reist wohl später ab?"

„Wie? Ach so, die Koffer. Ja, ja, sie fährt mit dem Mittagszug." Luca wurde immer nervöser.

„Was hast du bloß heute? Irgendwie scheinst du dich nicht ganz wohlzufühlen." Wenn Marino nicht schon vorher misstrauisch gewesen war, war er es spätestens jetzt.

Plötzlich drückte jemand die Klinke der Badtür und öffnete die Tür einen Spalt weit. Isabells Herz drohte auszusetzen. Ihr Kopf wurde ganz heiß. Sie drückte sich mit dem Rücken gegen die Wand und hoffte, dass es Luca war.

„Ach so ein Quatsch", hörte sie stattdessen Marinos Stimme. „Ich wollte doch gar nicht ins Bad." Er schloss die Tür wieder. „Du machst mich schon ganz verrückt mit deinem blöden Benehmen." Dieser Vorwurf galt Luca, der nichts darauf zu antworten wusste.

Isabell atmete tief durch und rutschte langsam an der Wand nach unten, bis sie auf dem Hintern sitzen blieb. Mein Gott, was wäre, wenn er hereingekommen wäre, schoss es ihr durch den Kopf.

„Mann, du hast mich schon so konfus gemacht, dass ich selbst nicht mehr weiß, was ich wollte", ertönte Marinos Stimme. „Ach so, ich wollte das Salz aus dem Wohnzimmer holen."

„Was macht das Salz denn in der Stube?", fragte Luca dümmlich.

„Mensch, ich hab's halt mit rübergenommen, weil ich was im Fernsehen gucken wollte, und dann habe ich es eben dort vergessen!"

„Nun werd doch nicht gleich so aggressiv. Man wird doch noch fragen dürfen."

Isabell hörte, wie jemand davontrabte. Die andere Person öffnete die Badtür. Diesmal ganz.

„Isabell? Was machst du denn hier?", flüsterte Luca erstaunt.

Der Schreck hatte Isabell gelähmt. Im ersten Moment japste sie wie ein Fisch auf dem Trockenen, unfähig, auch nur ein Wort herauszubringen. Zum Glück hatte sie sich schnell wieder unter Kontrolle.

„Dreimal darfst du raten", meinte sie und rollte gekonnt die Augen. „Ich habe mich natürlich vor deinem Bruder versteckt. Nach dem, was du mir erzählt hast, wird er sich nicht gerade freuen, mich zu sehen."

„Hier kannst du aber nicht bleiben. Komm, schnell weg, bevor er mal aufs Klo muss." Luca zog sie hinaus auf den Flur und schaute sich vorsichtig um. Anscheinend suchte er nach einem Versteck, in dem sie besser aufgehoben war.

„Sag mal, spinn ich? Mit wem redest du denn da bloß?", rief Marino aus der Stube.

Geistesgegenwärtig schob Luca die junge Frau hinter einen Vorhang. Sie landete in einer Besenkammer und rumste im Dunkeln gegen ein Regal. Scheppernd fiel ein Eimer um.

„Was war das?", fragte Marino, der mit dem Salz im Flur stand. „Da ist doch was umgekippt."

„Ach, das waren sicher nur die Mäuse." Lucas Stimme zitterte merklich.

„Was, Mäuse gibt es hier? Willst du denn nicht mal nachschauen?"

„Wieso? Ich weiß, wie Mäuse aussehen."

Das war ein guter Witz, den Luca da losgelassen hatte. Isabell musste sich das Kichern verkneifen. Dabei war ihr noch nicht einmal zum Lachen zumute.

„Also, bei dir scheint irgendetwas nicht in Ordnung zu sein. Warum um Gottes Willen benimmst du dich bloß wie ein Trottel?" Marino schien sein letztes bisschen Geduld zu verlieren. „Was ich dich noch fragen wollte: Wo steckt eigentlich Janine? Ich habe sie noch gar nicht gesehen", wechselte er plötzlich das Thema.

Luca schien mit dieser Frage völlig überfordert. Anders konnte sich Isabell nicht erklären, warum er plötzlich behauptete, seine Verlobte sei in Köln.

„Ich denke, sie fährt erst mit dem Mittagszug."

„Ach so, ja, das hatte ich ganz vergessen." Luca kratzte sich am Hinterkopf. Wie sollte er aus dieser Geschichte wieder herauskommen? Er hatte sich längst in eine ausweglose Situation gelogen.

„Willst du mich auf den Arm nehmen, oder was? Irgendwas stimmt hier doch nicht!" Marino musste sich beherrschen, um nicht loszubrüllen.

„Warum? Was soll denn nicht stimmen?" Offensichtlich wollte Luca immer noch nicht aufgeben.

„Ach komm, Bruderherz. Du redest schon die ganze Zeit wirres Zeug. Das ist selbst für dich nicht normal. Und dann diese Koffer, und Janine ist nicht aufzufinden. Mir kommt da so ein Verdacht ..."

Isabell spähte durch eine Ritze und sah Luca kreidebleich werden.

„So?", presste er hervor.

„Gib's zu, du wolltest selber verreisen, damit Mutter nichts merkt, hm? Hast schon genug von der Arbeit in der Pizzeria, stimmt's? Ja, Brüderchen, besonders fleißig warst du ja noch nie."

„Was unterstellst du mir da?" Luca schien ehrlich entrüstet. „Ich würde Mamma niemals so im Stich lassen!"

„Und was ist dann mit den Koffern?"

„Ich war schon im Urlaub. Bin übers Wochenende verreist." Anscheinend war Luca keine bessere Ausrede eingefallen.

„Ein Wochenendausflug, so so. Und da musstest du gleich zwei Koffer mitnehmen? Wo warst du denn, wenn ich mal fragen dürfte?"

„Ach, ich war nur so ein bisschen unterwegs." Offenbar hatte Luca nicht viel Erfahrung im

Schwindeln. Marino schien ihm kein Wort zu glauben. Stattdessen konnte man ihm vom Gesicht ablesen, wie sich seine Wut steigerte.

„Jetzt reicht's mir aber endgültig!", explodierte er. „Ich habe mir lange genug dein dummes Geschwätz angehört! Für wie doof hältst du mich eigentlich? Du versuchst doch was zu vertuschen! Also raus mit der Sprache! Was ist passiert?"

„Es hat wohl keinen Zweck mehr. Ich werde es dir sagen müssen." Luca ließ den Kopf hängen.

Isabell in ihrer Besenkammer wurde es blümerant zumute. Ihr Herz klopfte bis zum Hals, und sie hatte das Gefühl, jeden Moment in Ohnmacht fallen zu müssen.

Plötzlich klingelte es an der Haustür.

„Ernst?", rief jemand verwundert. „Oh mein Gott, ich glaube es nicht!"

Isabell wusste nicht, was sie tun sollte. Aber schließlich siegte die Neugier, und sie lugte erneut hinter dem Vorhang hervor.

„Ach, das wolltest du mir nicht sagen!", rief Marino. „Ernesto ist von seiner Weltreise zurück!"

Luca atmete erleichtert auf. Manchmal war das Glück wirklich auf seiner Seite. „Ja, aber du hattest ihn doch mal angeschrien, dass er sich nie wieder blicken lassen soll."

„Ach, weil wir uns vor seiner letzten Reise so gestritten haben? Stimmt, ich war ziemlich wütend. Ich hatte einfach mehr Verständnis von einem guten Freund erwartet und nicht Kommentare wie: „Du bist selbst schuld, dass du keinen Erfolg hast, jeder ist seines Glückes Schmied, bla bla bla". Da bin ich halt ausgerastet und habe hässliche Dinge gesagt. Aber schön, dass du nicht auf mich gehört hast und wieder da bist." Marino wandte sich an einen Mann im schwarzen Anzug und mit viel zu großem Hut. „Sag mal, Ernst, wie lange bist du schon in Stuttgart? Und wo warst du die letzten Monate eigentlich? In Alaska?"

„Nein, nur in Norwegen", lachte der Überraschungsgast. „Ich bin seit vier Tagen wieder hier. Und vorgestern habe ich zufällig deinen Bruder getroffen."

„Ach ja, in der Zeit, wo er angeblich verreist war."

„Äh, gehen wir doch ins Wohnzimmer und unterhalten uns ein bisschen", unterbrach Luca hastig, bevor Marino näher auf dieses Thema eingehen konnte.

„Ich kann nicht lange bleiben", warf Ernst ein.

„Mann, nun renn doch nicht gleich wieder weg! Da kommst du nach einer Ewigkeit endlich vorbei und willst dann sofort wieder verschwinden. Nur um uns dein dummes Gesicht zu zeigen, hättest du echt nicht hier auftauchen zu brauchen. Oder ist es etwa meinetwegen? Wolltest du mich nicht sehen? Tja, Pech, dass ich gerade da bin!"

„Was ist denn mit dir los? Bist du in schlechter Stimmung, oder was? Das ist ja genau wie das letzte Mal." Ernst ließ sich von Marinos plötzlicher Übellaunigkeit anstecken. „Mit dir kann man doch nicht vernünftig reden. Du solltest wirklich was gegen deine Aggressionen tun."

„Hey, hört auf, Jungs!", ging Luca dazwischen, bevor der Streit ausarten konnte. „Manchmal frage ich mich wirklich, wie ihr zwei euch überhaupt anfreunden konntet. Das ist ein wahres Wunder." Er schüttelte den Kopf, führte die beiden ins Wohnzimmer und schloss die Tür hinter sich.

„Endlich!" Isabell atmete tief durch. Vor Aufregung musste sie dringend zur Toilette. Leise schob sie den Vorhang zur Seite und schlich auf Zehenspitzen ins Bad. Alles ging gut, bis sie wieder auf den Flur trat. Sie hatte keine Zeit mehr, in ihr Versteck zu flüchten, als plötzlich die Stubentür geöffnet wurde.

„Wer sind Sie?" Ernst starrte die junge Frau verwundert an und lächelte dann. „Ach ja, Sie sind sicher Janine, Lucas Verlobte."

„Ja", murmelte Isabell vor Schreck. Ihr fiel nichts ein, wie sie ihre Anwesenheit diesem Fremden gegenüber erklären sollte. Sie konnte ihm doch schlecht ihre ganze Geschichte erzählen.

„Wollen Sie sich nicht zu uns gesellen?", fragte er.

„Nein, lieber nicht."

„Aber wieso denn nicht? Ich beiße nicht", versuchte er sie zu überreden. „Wenn ich gewusst hätte, wie hübsch Lucas Verlobte ist, hätte ich mich schon eher einmal blickenlassen."

„Ernst, mit wem redest du da?", erklang Marinos Stimme aus der Stube.

„Ich bin nicht da", flüsterte Isabell und floh aus der Wohnung. Ernst starrte ihr völlig verdattert hinterher. Sie mag zwar sehr hübsch sein, aber sie ist auch ein bisschen seltsam, dachte er.

Isabell blieb eine Weile vor der Haustür stehen, bis es ihr plötzlich zu bunt wurde. Wieso benahm sie sich eigentlich wie eine kleine Maus, die Angst vor dem großen bösen Wolf hatte? Und was dachte sich Luca eigentlich dabei? Sollte sie ihr ganzes Leben lang Versteck spielen? Aus diesem Alter war sie heraus. Schließlich war sie kein Kind mehr, sondern eine Frau, die endlich mehr Selbstvertrauen fassen wollte. Und heute würde sie damit anfangen! Fest entschlossen drückte sie auf den Klingelknopf.

Luca öffnete die Tür.

„Mir reicht's!", schimpfte Isabell drauflos. „Ich habe keine Lust mehr, mich zum Affen zu machen und ständig vor Marino auszureißen. Wenn er mich nicht sehen will, soll er doch weggehen. Ich verstecke mich jedenfalls nicht mehr!"

Luca schaute sie erschrocken an. Mit einem solchen Ausbruch hatte er nicht gerechnet. „Na ja, das musst du selbst wissen. Komm rein", meinte er, als er seine Sprache wiedergefunden hatte.

Als Isabell im Flur stand, wurde es ihr doch etwas mulmig zumute. Der Auftrieb, der aus ihrer Wut entstanden war, war so schnell verflogen, wie er gekommen war. Stattdessen blieben Zweifel zurück. Was sollte sie Marino bloß sagen? Hallo, hier bin ich? Nach sechs Jahren zurückgekommen. Bitte verzeih mir alles und lass uns so tun, als ob nie etwas geschehen ist? Nein, das konnte sie nicht.

„Na, traust dich wohl nicht so recht?", spottete Luca.

Lucas Grinsen aktivierte Isabells Trotz. Sie nahm ihren ganzen Mut zusammen und trat, wenn auch etwas zögernd, mit festen Schritten in die Wohnstube.

Marino kehrte ihr den Rücken zu. Er saß in einem großen Sessel und diskutierte angeregt mit Ernst. Luca stand hinter ihr und hatte seine Hände auf ihre Schultern gelegt. „Meinst du, dass es richtig ist, was du jetzt tust?", flüsterte er ihr ins Ohr. „Marino ist zurzeit ziemlich in Fahrt."

„Ich habe Angst", murmelte sie kaum hörbar. Luca verstand sie dennoch.

„Das glaube ich dir."

„Olala!", rief Ernst plötzlich, als er Isabell entdeckte. „Wen haben wir denn da? Haben Sie sich doch getraut hereinzukommen. Das ist doch prima!"

Sofort drehte sich Marino um. Er starrte Isabell so fassungslos an, dass sie befürchtete, ihn werde jeden Moment der Schlag treffen. „Du?"

Isabell war froh, dass er sie trotz der langen Zeit sofort wiedererkannte. Das musste doch etwas bedeuten, oder etwa nicht? Leider hatte sie einen dicken Kloß im Hals, sodass sie nur nicken konnte.

Marino dagegen zog die Mundwinkel nach unten und kniff die Augen zusammen. Er sah richtig gefährlich aus. Isabells Knie begannen zu schlottern.

„Luca! Was will die hier?", brüllte er.

„Marino, bitte. Reiß dich zusammen!" Luca war ganz bleich im Gesicht, als erwartete er etwas Schreckliches. Doch sein Bruder stand nur auf, schaute Isabell verächtlich an, nahm seine Jacke von der Sofalehne und verschwand.

„Puh, das ging noch einmal gut." Luca atmete erleichtert auf. „Ich hatte es mir schlimmer vorgestellt."

„Mann, dein Bruder scheint heute wirklich einen schlechten Tag erwischt zu haben." Ernst rang um Fassung. „Dass er mich angebrüllt hat, kann ich ja noch verstehen. Aber warum er eine so nette junge Dame wie Janine ..."

„Ich bin nicht Janine. Ich heiße Isabell", klärte die junge Frau ihn auf.

Nun begriff Ernst gar nichts mehr. „Aber Luca sagte doch, seine Verlobte heiße Janine..."

„Heißt sie auch", antwortete Luca, der über den verblüfften Gesichtsausdruck seines Freundes grinsen musste.

Der ältere Mann war so verwirrt, dass er nicht mehr als ein albern klingendes „Hä?" herausbrachte.

„Dieses Wesen hier ...", Luca deutete auf Isabell. „ist Marinos Ex-Freundin. Janine ist nach Köln gefahren."

„Ah, ich hab's verstanden! Ich habe den totalen Durchblick!" Ernsts Freude wirkte etwas übertrieben, auch wenn es recht lustig anzuschauen war, wie er in die Hände klatschte. Man merkte sofort, dass er gern mal den Clown spielte.

„Mein liebes Bruderherz...", lenkte Luca das Gespräch auf ein anderes Thema, doch er eckte schon mit den ersten drei Worten an. Ernst gab ein Knurren und ein Stöhnen von sich. „Lieb ist wohl nicht der passende Ausdruck", murmelte er dann.

„Komm schon, du weißt, dass er im Grunde seines Herzens ein sehr netter Mensch ist. Er kann es halt nicht immer so zeigen. Und dass er sein aufbrausendes Temperament nicht kontrollieren kann, nun, das ist eine andere Sache", verteidigte Luca seinen Bruder.

„Ist ja gut", seufzte Ernst, der keine Lust auf eine endlose Diskussion über den Charakter seines Kumpels hatte. Er wusste selbst, dass Marino kein schlechter Kerl war, sonst hätte er sich nie mit ihm angefreundet. Ja, er betrachtete sich immer noch als seinen Freund, auch wenn das Verhältnis zwischen ihnen momentan etwas angespannt war. Marino hatte eben eine nicht ganz einfache Persönlichkeit.

„Also, was ich sagen wollte...", begann Luca erneut. „Marino hat übermorgen Geburtstag. Darum dachte ich, falls ihr nichts dagegen habt ..."

„Dass du denkst?", konnte sich Ernst einen erneuten Zwischenruf nicht verkneifen. „Zum Leidwesen aller lässt sich das nicht verhindern."

„Du hast dich immer noch nicht geändert, du Amateurkomiker", knurrte Luca, offensichtlich nicht besonders empfänglich für diese Art von Humor. „Ich meine, gegen meinen Vorschlag."

„Aber du hast noch gar keinen gemacht!", rief Isabell. Sie konnte es ja auch mal probieren. Vielleicht war sie witziger?

„Ich komme ja nie dazu." Luca schien mit seinen Nerven am Ende. Er biss die Zähne so fest aufeinander, dass seine Wangenknochen hervortraten.

„Beruhig dich doch! Wir hören auch zu. Ehrenwort!", versicherte Isabell hastig und trat vorsichtshalber einen Schritt zurück.

„Gut." Luca entspannte sich und lächelte sogar. „Wer mich aber noch mal unterbricht, fliegt raus."

„Verstanden!", riefen Isabell und Ernst wie aus einem Munde.

„Also, zu Marinos Geburtstag habe ich mir diesmal etwas Besonderes einfallen lassen..."

„Toll! Was denn? Oje!" Erschrocken schlug Isabell die Hand vor den Mund. „Verzeihung!"

„Ihr werdet es nie lernen." Luca blieb erstaunlich ruhig. „Wenn ihr mich einmal ausreden ließest, würdet ihr auch alles erfahren. Na gut, meine Idee wäre, dass wir seinen Geburtstag hier in meiner Wohnung feiern..."

„Das ist ja kein besonders origineller Einfall", brummte Ernst und schüttelte den Kopf.

„Mensch, es geht doch weiter!" Luca war der Verzweiflung nahe. „Verdammt! Könnt ihr nicht mal die Klappe halten, bis ich fertig bin?"

„Doch, doch. Aber dann mach nicht so lange Pausen zwischen den Sätzen. Das klingt immer so, als ob du aufhören willst zu reden." Ernsts Traumberuf schien tatsächlich Komiker zu sein. Luca versuchte, diese Tatsache zu ignorieren und sprach weiter.

„Ich möchte Marinos Geburtstag hier feiern, damit wir das Wohnzimmer toll schmücken können, ohne dass er es merkt. Später bei der Feier werde ich plötzlich mittendrin unterbrechen und eine Überraschung für ihn ankündigen. Und dann kommt's!" Luca war ganz aufgeregt geworden und redete immer schneller, sodass seine Zuhörer Schwierigkeiten bekamen, ihm zu folgen. „Ich werde ihm meinen Freund Tony vorstellen. Ihr werdet jetzt denken, dass ist nichts Besonderes.

Aber Tony ist ein totaler Musikliebhaber. Ich habe ihn vor kurzem auf einer Party kennengelernt. Er ist einfach großartig, und ich habe ihm von Marinos Schwierigkeiten erzählt. Tony will ihm helfen. Er hat nämlich einen Freund, der Musikproduzent ist. Der ist zurzeit jedoch im Urlaub in der Karibik und wird von dort nicht so schnell wiederkommen. Damit sein Studio in der Zwischenzeit aber nicht verkommt, hat er Tony die Schlüssel übergeben. So kann er immer mal nach dem Rechten sehen, Staub wischen et cetera. Die Technik dort ist nämlich sehr empfindlich. Tony hat seinem Freund schon öfters über die Schulter geschaut während der Aufnahmen und so. Er weiß also, wie die Arbeit dort funktioniert und kann die technischen Geräte ganz gut bedienen. Das ist *die* Chance, versteht ihr?"

Zu Lucas Enttäuschung schüttelten Isabell und Ernst die Köpfe.

„Aber Leute! Ich hätte euch nicht für so begriffsstutzig gehalten." Luca seufzte laut. „Das ist doch ganz klar! Ich werde ihm Tony als Produzenten vorstellen, der sich für seine Musik begeistert. Da Tony weiß, wie man CDs aufnimmt, wird er..."

„Was denn, was denn?", unterbrach Ernst energisch, als er begriffen hatte, was Luca vorhatte. „Das kannst du nicht machen!"

„Warum denn nicht? Tony wird es auf jeden Fall tun, selbst wenn ihm Marinos Musik nicht gefallen sollte. Marino hat ein paar alte Lieder, die außer seiner Familie noch keiner gehört hat. Vielleicht gefällt den Leuten das ein oder andere Stück, wenn sie es auf CD hören. Es ist schon öfter vorgekommen, dass niemand einen Song aufnehmen wollte, der später ein Riesenerfolg wurde. Produzenten haben manchmal einen anderen Geschmack als die Allgemeinheit."

„Alles schön und gut, aber wenn es kein Erfolg wird, wird Marino noch depressiver. Dann könnte es erst recht schlimm ausgehen. Und wenn erst herauskommt, dass dieser Freund von dir gar kein richtiger Produzent ist – ich mag gar nicht daran denken!" Ernst hatte plötzlich von Amateurkomiker auf Stimme der Vernunft umgeschaltet. Das hatte ihm Isabell gar nicht zugetraut.

„Wir müssen es riskieren." Luca blieb stur. „Was bleibt uns sonst übrig? Vielleicht kriegt Marino seine Inspiration zurück über die Freude, dass ihn jemand produzieren will."

„Was macht dieser Tony eigentlich beruflich?", wollte Isabell wissen. Sie war sich nicht sicher, ob der geheimnisvolle Freund wirklich Ahnung von Gesang hatte.

„Er ist Zahnarzt.“

„Ach du Schreck“, entfuhr es ihr. „Das hat ja überhaupt nichts mit Musik zu tun!“

„Aber er versteht sehr viel davon! Das ist die Hauptsache.“ Luca ließ sich nicht von seiner Idee abbringen. Auch Isabell konnte sich ihrem Charme nicht ganz entziehen. Aber wenn Marino durch Zufall dahinterkam? Oder wenn irgendetwas nicht so funktionierte wie geplant?

„Seht doch nicht so schwarz“, fuhr Luca fort, als ob er ihre Gedanken gelesen hätte. Enttäuscht schaute er seine Freunde an. Anscheinend hatte er mehr Begeisterung erwartet.

„Wir können es mal ausprobieren“, gab Isabell schließlich nach. Ganz wohl war ihr zwar nicht, aber es beruhigte sie etwas, dass Ernst sich ebenfalls hatte umstimmen lassen.

Luca konnte man die Freude vom Gesicht ablesen. „Schön, schön.“ Er rieb sich die Hände und war plötzlich von Tatendrang gepackt. „Dann müssen wir uns jetzt nur noch überlegen, wie wir die Stube schmücken. Wenn ich nachher bei der Arbeit bin, könnt ihr zwei ja schon mal anfangen.“

„Wie kommst du eigentlich darauf, dass ich den ganzen Nachmittag Zeit habe?“, entrüstete sich Ernst, aber dann lächelte er plötzlich. „Du hast Glück, heute habe ich tatsächlich nichts weiter vor. Meine Frau ist ohnehin noch bis acht Uhr abends im Laden.“

„Na siehst du! Ich hole nur noch schnell die Sachen aus dem Keller, damit ihr euch nachher austoben könnt.“ Luca verschwand für eine Weile und kam schließlich mit einer großen Kiste wieder.

„Uff“, stöhnte er, als er sie auf dem Wohnzimmertisch abstellte.

„Na, das scheint ja schwer zu sein. Was ist da denn für ein Zeug drin?“, fragte Ernst neugierig.

„Das werdet ihr gleich sehen.“ Luca lächelte geheimnisvoll und öffnete die Kiste. Dann holte er Wimpel, Poster, Luftballons, Kerzen, Federn und einige verrückte Klamotten heraus.

„Was? Und das soll so schwer gewesen sein?“, staunte Ernst. „Ich habe eher das Gefühl, du bist zu schwach.“

Bevor Luca protestieren konnte, klingelte es stürmisch an der Haustür. Verwundert schaute er auf die Uhr und ging anschließend langsam in den Flur hinaus.

„Es dauert auch jedes Mal länger, bis du die Tür öffnest. Ich hoffe, ich habe dich nicht gerade erst aus dem Bett geholt“, beschwerte sich eine Frauenstimme.

Isabell erschrak, hatte aber keine Zeit mehr, sich zu verstecken, denn eine ältere Dame trat ins Wohnzimmer. Als sie die junge Frau entdeckte, hielt sie abrupt inne und starrte sie an.

„Isabell? Bist du das wirklich? Was machst du hier? Ich habe nicht damit gerechnet, dich jemals wiederzusehen.“

„Mamma!“, rief Luca aufgeregt dazwischen, doch er wurde mit einem energischen „Ruhe, Sohn!“ zum Schweigen gebracht.

„Also, warum bist du wiedergekommen?“ Ihr Ton wurde eine Spur schärfer. „Was willst du hier? Gott, ich kann nicht glauben, dass du dich wirklich hierher getraut hast. Und dass mein Sohn dich überhaupt hereingelassen hat.“ Ein fragender Blick traf Luca.

„Ja, ich weiß, Maria, dass ihr alle glaubt, ich hätte mich damals schofelig verhalten. Wahrscheinlich denkt ihr sogar, ich hätte hier nichts mehr zu suchen. Aber ich habe trotzdem das Gefühl, dass Stuttgart meine zweite Heimat werden könnte. Und vielleicht kann ich meinen Fehler wieder gutmachen.“ Isabell seufzte. Warum hatte sie nur das Gefühl, sich ständig verteidigen zu müssen? Vielleicht hatte sie etwas überreagiert, aber wer konnte ihr das verübeln nach dem, was sich Marino geleistet hatte?

„Mädel, bleib ganz ruhig.“ Zu Isabells Erstaunen lächelte Maria plötzlich. Ihre Stimmung war von einem Moment zum anderen wie ausgewechselt. Mit einem aufmunternden Schulterklopfen hatte Isabell nun nicht gerade gerechnet.

„Von mir aus. Niemand soll mir nachsagen, ich würde dir keine zweite Chance geben. Aber lass dich bloß nicht vor Marino und Angela blicken“, sagte Lucas Mutter.

„Genaugenommen hat mich Marino schon gesehen“, entgegnete Isabell und starrte zu Boden.

„Oh, oh“, stöhnte Maria und schlug die Hand vor den Mund. „Das muss ja furchtbar gewesen sein.“

„So schlimm war es gar nicht. Er hat nicht viel gesagt, sondern ist nur gegangen.“

Maria schaute sie stirnrunzelnd an. „Mein Sohn hat keine fürchterliche Szene gemacht? Das muss bedeuten, dass er noch immer ...“ Mitten im Satz brach sie plötzlich ab, als ob sie ein Geheimnis nicht preisgeben wollte.

„Was?“, fragte Isabell. Was wollte Maria ihr sagen?

„Ach nichts“, winkte diese ab, als bereute sie, schon zu viel verraten zu haben. Stattdessen wechselte sie das Thema. „Bitte pass auf Angela auf, falls du ihr mal begegnen solltest. Sie ist schrecklich wütend auf dich und kann sich nicht immer so beherrschen. Aber jetzt müssen wir in die Pizzeria. Luca, bist du soweit?“

„Ja, Mamma“, seufzte der Angesprochene. „Hast du wieder extra diesen Umweg gemacht, nur um mich abzuholen?“

„Tja, ich wollte sichergehen, dass du dieses Mal pünktlich bei der Arbeit bist.“

„Mein Gott, nur weil ich ab und zu mal ein paar Minuten später gekommen bin. Was ist der Vorteil, sein eigener Chef zu sein, wenn man sich nicht mal diesen Luxus gönnen darf?“ Luca fühlte sich ertappt. Schnell ergriff er seine Sachen.

„Macht keine Dummheiten. Ihr wisst, ich komme wieder“, rief er Isabell und Ernst noch zu, bevor er mit seiner Mutter die Wohnung verließ.

Als er fort war, beschäftigten sich die zwei mit dem Inhalt der Kiste. Außer den üblichen Partydekorationen fanden sie darin auch einige Scherzartikel.

Isabell dachte daran, wie viel Spaß sie damit haben könnten. Sie freute sich, endlich wieder eine Feier auszurichten. Die Feste für die Kinder vorzubereiten war eine ihrer Lieblingsbeschäftigungen während der Praktika für ihre Ausbildung zur Erzieherin gewesen. Wie sehr sie doch ihren Beruf vermisste. Hoffentlich würde sie bald eine neue Stelle finden.

„Was ist? Du wirkst so melancholisch?“, fragte Ernst etwas besorgt. Isabell hielt ein Ei in der Hand, aus dem ein Knallfrosch sprang. Anstatt sich aber darüber zu amüsieren, schaute sie die Plastikfigur nur in Gedanken versunken an.

„Ach, ich habe daran gedacht, wie schön es wäre, wieder als Kindergärtnerin arbeiten zu können. Die Feiern dort waren jedes Mal ein Höhepunkt. Ich habe sie so gern vorbereitet, auch wenn es manchmal viel Arbeit gekostet hat. Ich musste mir den Ablauf des Festes überlegen und alles Nötige besorgen. Ich habe mit den Kindern Einladungskarten gebastelt, Tischschmuck hergestellt, ein Programm einstudiert. Oft musste ich dafür Überstunden machen. Aber das Leuchten in den Augen der Kinder zu sehen, wenn später alles geklappt hat, war es immer wert. Ich vermisse dieses Gefühl, gebraucht zu werden.“

„Ich könnte mal mit meiner Frau sprechen. Vielleicht hat sie einen Rat, wie du leichter an eine Stelle kommst“, schlug Ernst vor und schaffte es, neue Hoffnung in Isabells Herz zu pflanzen.

Die Zeit verging wie im Flug. Isabell hatte sich bereits Gedanken und Notizen gemacht, wie sie die Geburtstagsfete für Marino gestalten könnten. Freilich durfte er nicht erfahren, wer für die Feier verantwortlich war. Isabell grübelte, ob sie überhaupt an der Party teilnehmen sollte. Wie gern würde sie dabei sein, um mit eigenen Augen zu sehen, ob sich Marino über die Überraschung freute. Aber er würde sie wohl kaum als Gast haben wollen. Womöglich würde er sie gar hinauswerfen.

Sie wollte mit Luca noch einmal darüber sprechen und sich seinen Rat holen. Doch als er spät in der Nacht heimkam, war er kaum ansprechbar. Er war nicht nur müde, sondern auch schlecht gelaunt und verkrümelte sich mit einem kurzen Gruß sofort ins Bett.

Am nächsten Tag hatte sich Lucas Laune immer noch nicht gebessert. Er saß im Fernsehsessel und las die Morgenpost, während Isabell den Frühstückstisch deckte.

„Wollen wir heute den Raum schmücken?“, erkundigte sie sich beiläufig, um ein Gespräch anzufangen.

„Mann, der Tag ist noch lang“, brummte Luca, ohne von der Zeitung aufzublicken.

„Entschuldigung, war ja nur ne Frage. Du bist wohl heute mit dem falschen Fuß aufgestanden.

Oder bist du immer so ein Morgenmuffel?"

„Kann man nicht mal gemütlich frühstücken?" Wütend warf Luca die Zeitung auf den Tisch, wobei er eine Kaffeetasse umkippte, die zum Glück leer war. „Der Stress in der Pizzeria nervt schon genug. Du hast gar keine Ahnung, wie viel Freizeit man opfern muss, wenn man sich selbständig gemacht hat. Da möchte ich wenigstens am Morgen meine Ruhe haben."

„Vielleicht kann ich euch ja ein wenig helfen. Falls ihr noch eine Serviererin benötigt: Ich könnte einen Job gebrauchen. Dann würde ich wenigstens nicht ganz umsonst bei dir wohnen."

Isabells Vorschlag schien Luca zu gefallen. Er ließ sich sogar zu einem Lächeln hinreißen.

„Das ist schön. Ich muss noch mit Mutter darüber sprechen. Wir sind ja jetzt gleichberechtigte Partner, und ich bin mir nicht sicher, ob sie was dagegen hat. Heute kannst du dich auf Marinos Geburtstagsfeier konzentrieren. Morgen öffnen wir die Pizzeria sowieso nur um die Mittagszeit, aber übermorgen könntest du loslegen. Hast du überhaupt schon mal gekellnert?"

„Ich habe mal in den Ferienmonaten in einem Café gearbeitet. Habe mich ganz gut dabei angestellt und auch nur einen einzigen Teller fallen gelassen", lachte Isabell. Lucas schlechte Laune schien endgültig verraucht zu sein.

„Ich muss jetzt los. Wenn ich wieder zu spät komme, holt mich meine Mutter jeden Morgen von zuhause ab. Dafür bin ich zu alt", grinste er und schnappte sich seine Arbeitstasche.

Überraschend kam er am Nachmittag nachhause. Isabell hatte noch nicht mit ihm gerechnet und schämte sich ein bisschen, weil sie gerade auf dem Sofa herumlümmelte, als er ins Wohnzimmer trat.

„Ich habe eine kleine Pause gemacht", entschuldigte sie sich und sprang regelrecht von der Couch auf.

„Das macht doch nichts. Du bist hier nicht bei der Arbeit, und ich bin nicht dein Chef. Apropos, Mutter hat mich eher nachhause geschickt, damit ich dir ein wenig unter die Arme greife. Aber ich habe eher das Gefühl, sie befürchtet, du könntest beim Schmücken meine Wohnung in ein Chaos verwandeln. Mit anderen Worten, ich soll dich beobachten. Aber das mache ich gerne, wenn ich dafür eher Feierabend habe." Luca schien amüsiert und griff nach der Kiste mit

Partyutensilien, die immer noch unter dem Tisch stand. „Ich bin ja nicht so und helfe dir tatsächlich." Damit begann er, quer durch den Raum bunte Girlanden aufzuhängen.

„Die Gläser habe ich schon geputzt. Und die Torte ist auch so weit fertig, muss nur noch verziert werden. Ich wusste nicht, ob ich schon etwas mit Glasur draufschreiben sollte oder nicht", sagte Isabell, um deutlich zu machen, dass sie nicht die ganze Zeit untätig herumgesessen hatte. Sie griff nach einem großen Blatt Papier und den Stiften, die verstreut auf dem Tisch lagen. Dann begann sie, ein buntes Geburtstagsplakat zu malen.

„Kommt Angela eigentlich auch?" Diese Frage sprang ihr plötzlich durch den Kopf. Isabell musste sich eingestehen, dass Marias Worte sie beunruhigt hatten. War Marinos Schwester wirklich so wütend auf sie? Wenn dem so war, brauchte sie Luca gar nicht zu fragen, ob sie an der Feier teilnehmen durfte. Es war schon schlimm genug, dass das Geburtstagskind nicht sonderlich begeistert über ihren Besuch sein würde. Noch jemanden, der sie nicht willkommen hieß, konnte sie nicht verkraften.

„Nein, leider nicht." Luca seufzte laut. „Sie musste auf eine dringende Dienstreise nach Hamburg. Sie hatte wirklich keine Lust, aber wenn sie abgesagt hätte, hätte sie ihren Job verloren."

Was für ein Glück für mich, dachte Isabell und malte das „A" auf ihrem Plakat knallrot aus.

Luca schien den gleichen Gedanken gehabt zu haben, denn er zwinkerte ihr lächelnd zu. „So, das reicht", sagte er im selben Augenblick. Er beendete seine Arbeit und schaute sein „Meisterstück" noch einmal prüfend an.

„Das sieht ganz toll aus", lobte Isabell. „Wollen wir uns nun um die Torte kümmern? Ich bin nämlich auch gerade fertig." Sie legte den Stift zur Seite.

Sie fanden einen schönen Platz für die Plakate und gingen in die Küche, um die Torte zu verzieren.

„Ich weiß nicht, ob die vielen Punkte darauf so schön sind", zweifelte Isabell, als sie ihr Kunstwerk betrachtete. „Vielleicht sollten wir lieber ein paar Herzen malen und in der Mitte „Wir lieben dich" oder so schreiben?"

„Kannst du denn Herzen zeichnen?“ Luca war von der Idee nicht sehr begeistert. Als Mann fand er Herzen irgendwie kitschig, doch er traute sich nicht, es direkt zuzugeben. Er wollte Isabell nicht beleidigen.

„Ich denke schon. Ich habe sie bisher zwar nur mit Stiften gemalt, aber es kann ja nicht so viel schwerer sein, sie auf die Torte zu bringen. Ich werde sie schon nicht verunstalten.“ Isabell griff zur Tortenspritze und legte los. Doch unter Lucas prüfenden Augen wurde sie nervös. Ihre Hände begannen leicht zu zittern, und die Herzen wollten ihr nicht recht gelingen.

„Ich glaube, wir lassen es lieber“, sah sie schließlich ein. „Aber die Kleckse können wir so nicht drauflassen. Was machen wir nun daraus?“

„Vielleicht Kreise?“, schlug Luca vor. Isabell musste lachen. „Wofür sollen die stehen, für die Olympischen Spiele?“

„Hast du eine bessere Idee?“ Luca schien eingeschnappt. Isabell schaute aus dem Küchenfenster und wurde kreidebleich.

„Ach du Schreck! Das hat uns gerade noch gefehlt!“

„Was ist denn los?“ Luca war verwirrt über ihren Ausbruch.

„Dein Bruderherz kommt direkt auf deine Wohnung zu. Ich glaube, aus der Überraschung wird wohl nichts werden.“

„Oh nein, wo wir uns so viel Mühe gegeben haben!“, erwiderte Luca verzweifelt. „Isabell, du musst uns retten. Geh hinaus und versuch ihn aufzuhalten. Lass ihn nicht ins Haus. Er darf nichts von unseren Vorbereitungen mitbekommen.“

„Ich? Das ist doch nicht dein Ernst! Ausgerechnet ich? Wo er mich eh schon nicht leiden kann! Das kann nicht gut gehen. Außerdem weiß ich gar nicht, was ich sagen soll“, protestierte Isabell energisch, doch Luca schob sie sanft, aber bestimmt zur Haustür.

„Du machst das schon. Vielleicht ist das auch die Chance, dich wieder mit Marino zu vertragen. Bitte ihn um Verzeihung oder was weiß ich. Oder vergraule ihn einfach.“

Na prima, dachte sie, als sie sich auf die Straße hinauswagte. Marino zu nerven und in die Flucht zu schlagen scheint das Einzige zu sein, worin ich gut bin. Der Gedanke machte sie traurig. Vielleicht sollte sie doch über ihren Schatten springen und sich bei ihm entschuldigen? Sie wusste zwar nicht so recht, wofür genau. Schließlich hatte sie nur auf seinen Fehler reagiert. Aber wenn es wirklich eine Gelegenheit war, sich mit ihm auszusöhnen, dann musste sie sie nutzen.

Ihre Knie wurden ganz weich, als sie den Mann ihrer Träume auf sich zukommen sah. Sie fühlte einen kalten Schauer ihren Rücken hinunterlaufen und wünschte sich, etwas mutiger zu sein. Es konnte doch nicht so schwer sein, mit ihm zu sprechen, oder?

Marino blieb abrupt vor ihr stehen. „Was machst du jetzt hier? Bist du der neue Türsteher? Lass mich vorbei", brummte er verärgert und versuchte sie zur Seite zu schieben. Aber sie hielt ihn am Arm fest.

„Du kannst jetzt nicht rein! Der Kammerjäger war gerade da. Bei Luca sind doch Mäuse und so ein Ungeziefer. Die ganze Wohnung ist verseucht. Das Sprühgift muss sich erst verziehen, bevor da wieder jemand hineindarf, sonst kann man ziemlich krank werden." Isabell biss sich auf die Unterlippe. Hätte ihr nicht etwas Besseres einfallen können als diese an den Haaren herbeigezogene Geschichte?

Marino schien ihr die Story auch nicht abzunehmen. Er wollte mit eigenen Augen sehen, ob es stimmte, was Isabell da erzählte. Fest entschlossen ging er auf die Haustür zu.

„Nein, nein!" Isabell lief hinterher und hielt ihn fest, als er gerade seine Hand auf die Türklinke gelegt hatte. Sicher, es ging nur um einen Geburtstag, und es wäre auch kein Weltuntergang, wenn er bereits vorzeitig von der Festgestaltung erfuhr. Doch wenn sie schon nicht an dieser Feier teilnehmen durfte, wollte sie wenigstens die Freude genießen zu wissen, dass die Überraschung geglückt war. Ansonsten hätte sie das Gefühl, ihre ganze Mühe wäre umsonst gewesen.

Zum Glück hatte sie während ihrer Ausbildung jedes Jahr bei der Aufführung des Weihnachtsmärchens für die Kindergärten der Umgebung mitgewirkt. Ein gewisses schauspielerisches Talent war ihr daher gegeben.

„Du darfst da nicht rein! Auf keinen Fall! Schon beim ersten Einatmen dieses Giftes kann man umfallen! Ich bitte dich, tu's nicht!" Ihr oscarverdächtiger Auftritt jagte Marino nun doch etwas

Angst ein.

„Na gut. Aber wo ist mein Bruder jetzt? Ich war gerade in der Pizzeria. Arbeiten ist er jedenfalls nicht“, bemerkte er. Den entrüsteten Unterton konnte er nicht verhehlen.

„Spazieren.“

„Spazieren?“ Marino schaute sie skeptisch an, als ob er in ihrem Gesicht die Wahrheit ablesen wollte.

„Na, er musste doch die Zeit totschlagen, solange er nicht in die Wohnung kann.“

„Okay, das sieht ihm ähnlich. Anstatt freiwillig in der Pizzeria auszuhelfen, rennt er durch die Gegend. Und immer, wenn ich eine freudige Überraschung habe, ist er nicht da. Aber komm mal mit. Ich brauche deine Hilfe.“ Er schnappte ihren Arm und zog sie mit Gewalt hinter sich her.

„Wo willst du denn mit mir hin?“, fragte sie erschrocken.

„Halt den Mund. Das wirst du schon zeitig genug erfahren.“

„Aber du zerrst mir ja den Arm raus! Sei doch nicht so brutal.“

„Du warst auch nicht gerade feinfühlig mir gegenüber.“

„Was habe ich denn getan? So schlimm kann es gar nicht gewesen sein!“

„Was?“ Marino blieb abrupt stehen, sodass sie mit der Nase gegen seinen breiten Rücken stieß. Er fuhr herum.

„Wiederhole das noch mal! Ich glaube, ich habe mich verhört. Tust du nur so, oder hast du wirklich keine Ahnung, wie weh du mir getan hast? Einfach so abzuhauen, ohne Grund!“ Er starrte ihr wütend ins Gesicht. Sie blieb stumm, doch das schien ihn noch mehr in Rage zu bringen. „Und das war nicht das Einzige. Wegen jeder belanglosen Sache warst du gleich eingeschnappt.“

„Na, du warst auch nicht besser.“

„So? Dann verrat mir mal, was ich falsch gemacht habe, außer dich zu lieben!"

„Wie?" Sie war sprachlos. Ihr fiel nichts mehr ein, was sie ihm hätte vorwerfen können.

„Siehst du, du warst an allem schuld!" Ihr Schweigen war wie ein Geständnis für ihn, aber sie konnte sich nicht kampflos ergeben.

„Das stimmt nun auch wieder nicht! Du hattest genauso viel Schuld! Ist wohl bequem, wenn man alles einem anderen in die Schuhe schieben kann?"

„Ich sage nur die Wahrheit!"

Isabell seufzte. „Eigentlich wollte ich mich bei dir entschuldigen, aber offensichtlich ist es sinnlos."

„Wer sich entschuldigen will, muss ein schlechtes Gewissen haben. Ich dagegen habe keinen Grund, dich um Verzeihung zu bitten", behauptete er allen Ernstes.

Nun war Isabell wirklich zornig. Was bildete sich dieser unmögliche Kerl eigentlich ein? War sie wirklich mal in diesen oberflächlichen Typen verliebt gewesen? Wenn er weiter so mit ihr umsprang, würde sie nicht einmal mehr Respekt vor ihm haben.

„Ich dachte, wir könnten uns wieder vertragen und wie normale Menschen miteinander umgehen. Aber dich Ekel kann man ja gar nicht mögen!", fauchte sie.

„Was?" Marino lief vor Wut rot an. „Hast du mich eben Ekel genannt?"

„Du bist ja auch eins!"

„So, du Zicke, dann werde ich dir mal beweisen, was für ein Ekel ich sein kann!" Marino packte sie am Arm und zog sie hinter sich her wie einen störrischen Esel.

„Ich will nicht mit dir kommen!", protestierte sie, aber vergeblich. Sie versuchte sich loszureißen, doch sein Griff war eisenhart.

„Du kannst machen, was du willst, ich lasse dich sowieso nicht los." Marino lachte. Es war nicht das Lachen, das sie einmal so geliebt hatte. Dieses Lachen war grausam und jagte ihr einen Angstschauer über den Rücken. Wer wusste, was aus Marino in seiner Verzweiflung geworden war? Er war schon immer aufbrausend gewesen, hatte sich aber stets schnell wieder unter Kontrolle gehabt. Vielleicht war das aber nicht mehr so und er war tatsächlich fähig, ihr etwas anzutun. Immerhin war er nicht gut auf sie zu sprechen.

Isabell wurde es schlecht und plötzlich liefen ihr die Tränen über die Wangen. Marino hatte sich zu ihr umgedreht, um ihr eine erneute Beleidigung an den Kopf zu werfen. Als er jedoch sah, was er angerichtet hatte, stockte er. Er ließ ihren Arm los und schaute sie seltsam an. „Gott, fürchtest du dich vor mir?", flüsterte er erschrocken.

Sie konnte nur nicken.

Sanft wischte er ihr mit dem Finger die Tränen vom Gesicht. Die Welt schien stehen zu bleiben, als sich beide in die Augen sahen. Für eine Weile brachten sie kein Wort heraus. Doch dann schnappte Marino aus diesen Moment und trat einen großen Schritt zurück.

„Mein Auto ist abgesoffen. Ich wollte eigentlich nur, dass du mir hilfst, es auf den Parkplatz zu schieben. Das heißt, ich schiebe, und du lenkst." Verlegen kratzte er sich am Kopf. „Aber ich frage besser einen Passanten."

Verwirrt schaute ihn Isabell an. Damit hatte sie nun gar nicht gerechnet. Marinos Gefühlsschwankungen überforderten sie. Als er ihr vor einem Moment so tief in die Augen geschaut hatte, glaubte sie, sich wieder bis über beide Ohren in ihn verliebt zu haben – falls sie überhaupt jemals aufgehört hatte, ihn zu lieben. Sein zärtlicher Blick aber war verschwunden, und die Wut schien zurückzukehren.

„Ich bin kein Ekel!", knurrte er, drehte sich um und ließ sie stehen.

3. Kapitel

Am nächsten Morgen stand Isabell sehr früh auf. Sie war so aufgeregt, dass sie kein Auge mehr hatte zutun konnte. Bevor sie sich ruhelos von einer Seite zur anderen wälzte, konnte sie sich genauso gut nützlich machen.

Sie kleidete sich an und ging ins Wohnzimmer, um dort Staub zu wischen. So komisch es klang, aber bei dieser Tätigkeit konnte sie immer entspannen und ihren Gedanken freien Lauf lassen. Was dieser Tag wohl bringen würde? Sie war aus Marinos Reaktion gestern nicht schlau geworden und wusste immer noch nicht, ob er sie auf seiner Überraschungsparty akzeptieren würde.

„Was machst du denn hier?" Luca stand im Schlafanzug und mit kitschigen Hauslatschen im Türrahmen und gähnte herzhaft. „Und dann noch um diese Uhrzeit."

„Na ja, wie der Raum hier aussieht. Einfach furchtbar. Der Dreck fliegt einen schon um die Ohren. Wenn das so weitergeht, wird bald das Ungeziefer einziehen." Isabell ließ sich nicht stören, sondern fegte weiterhin munter mit dem Lappen über die Regale.

„Frauen und ihr Putzfimmel. Janine hat doch erst vor ein paar Tagen sauber gemacht. So schlimm kann's gar nicht sein", brummte er schlaftrunken. „Aber tu, was du willst. Ich dusche erst mal."

Kurz darauf hörte Isabell die Brause im Bad. Im selben Moment klingelte es an der Haustür.

Das Erste, was sie sah, als sie die Tür öffnete, war ein riesiges Paket, das ihr jede weitere Sicht versperrte.

„Herzlichen Glückwunsch!" brüllte jemand hinter der Pappkiste. Isabell nahm dem Unbekannten aus Höflichkeit den Karton ab. Ein Mann im feinen Anzug starrte sie erschrocken an. „Sie sind ja gar nicht Marino. Aber großartig die Geschenke in Empfang nehmen. Das habe ich gerne!" Prompt nahm er ihr die Kiste wieder aus der Hand.

„Marino kommt erst heute Nachmittag", sagte Isabell, unbeeindruckt von dem unfreundlichen Gesicht, das sie immer noch anstierte.

„Tatsächlich?", fragte der Mann spöttisch. Er hatte sich wieder gefangen, schob die junge Frau sacht zur Seite und stolzierte ins Wohnzimmer, als ob er alles Recht dazu hätte.

„Wo ist denn Luca?", erkundigte er sich, als er niemanden entdeckte.

„Im Bad."

„Aha."

„Unter der Dusche!", betonte Isabell, da der Unbekannte drauf und dran war, schnurstracks ins Bad zu marschieren.

„Na und? Wie ein Mann aussieht, weiß ich", erwiderte er wenig freundlich und verschwand tatsächlich im Badezimmer. „Hallo Kumpel!" hörte sie noch, dann schloss sich die Tür hinter ihm.

Ob das dieser Tony war, überlegte Isabell. Sie fühlte sich nicht wohl. Den hatte sie sich ein bisschen anders vorgestellt. Doch lange konnte sie ihren Gedanken nicht nachgehen, denn es läutete schon wieder.

„Gehen Sie aber nicht auch noch ins Bad!", fuhr sie die beiden Männer vor der Tür an. Im selben Moment hätte sie sich am liebsten auf die Zunge gebissen. Warum konnte sie nicht überlegen, bevor sie ihren Mund aufmachte?

„Wie bitte? Fängt die Feier im Bad an?", grinste der eine.

„Oder fängt sie gar nicht an?", meldete sich der andere zu Wort.

„Doch, doch, natürlich. Sie sind nur etwas zeitig", murmelte Isabell und führte die Männer ins Wohnzimmer.

Bis zum frühen Nachmittag trafen immer mehr Gäste ein, obwohl Luca behauptet hatte, nur wenige ausgewählte Freunde angerufen zu haben. Während er letzte Vorbereitungen in der Küche traf, machten es sich diese „wenigen" Leute in der Stube gemütlich. Isabell servierte Getränke und Partyhäppchen.

„Na, viel ist ja nicht los", meckerte einer der Gäste und kaute geräuschvoll auf seinem

Kaugummi herum. Er hatte ausgesprochen, was wohl alle dachten. Keiner wusste so genau, was er erzählen sollte. Und richtig anfangen zu feiern ohne das Geburtstagskind wollte auch niemand. So saßen alle nur da und waren kurz vor dem Einschlafen. Ab und zu griff jemand nach den Häppchen, um sich abzulenken, bevor ihm die Augen zufallen konnten.

Isabell mochte die Stille auch deshalb nicht, weil sie nun Zeit zum Nachdenken hatte. Das nährte die Zweifel, ob es die richtige Entscheidung gewesen war, heute hier mit ihrer Anwesenheit zu glänzen. Luca hatte all seine Überredungskünste aufgeboten, bis sie schließlich den Mut gefunden hatte, es doch zu versuchen. Aber je länger sie wartete, umso mehr meldete sich die Angst zurück. Was, wenn Marino sie tatsächlich nicht sehen wollte? Ein Herz und eine Seele waren sie bei ihrem gestrigen Zusammentreffen ja nicht unbedingt gewesen.

Bevor es sich Isabell jedoch anders überlegen und die Wohnung verlassen konnte, war es bereits zu spät.

„Er kommt!“ Der aufgeregte Ruf erschreckte die versammelte Mannschaft. Selbst Isabell hätte beinahe ihr Tablett fallen gelassen. Jetzt entstand eine regelrechte Hektik. Niemand wusste, wo er zuerst hinrennen sollte. Alles flitzte hektisch hin und her.

„Hey Leute, ganz ruhig. Spielt jetzt nicht verrückt.“ Luca verteilte die Aufgaben unter den Gästen. Er und Isabell postierten sich schließlich an der Haustür, die anderen in Reih und Glied dahinter, bewaffnet mit allerlei Lärminstrumenten.

Statt des Geburtstagskinds erschien zuerst Maria auf der Bildfläche. „Er kommt gleich“, sagte sie. „Ich habe ganz zufällig seinen Schnürsenkel betreten. Jetzt bindet er sich die Schuhe zu. Ich wollte mich doch nur informieren, ob soweit alles in Ordnung ist.“

„Ja!“, rief die Geburtstagsgesellschaft im Chor.

„Sch! Seid ihr denn verrückt?“, zischte Luca gedämpft. „Marino kann euch doch hören!“

Das schien aber zum Glück nicht der Fall zu sein, seinem ahnungslosen Gesichtsausdruck nach zu urteilen, als er zur Tür hereinkam. Ein infernalischer Lärm empfing ihn.

„Herzlichen Glückwunsch!“, brüllte Luca seinen Bruder an, damit er bei diesem Krach überhaupt etwas verstand.

„Ich bin ja ganz froh, dass ihr an meinen Geburtstag gedacht habt, aber übertreibt ihr es nicht ein bisschen?", sagte Marino, als das Spektakel abebbte. „Es ist ja nicht so, dass es einen Runden zu feiern gäbe. Und wagt es nicht", Marino hob theatralisch die Hand. „mich daran zu erinnern, dass ich in vier Jahren dreißig werde."

„Davor hat er jetzt schon einen Horror", kicherte Luca mit einem vielsagenden Blick zu den Gästen, bevor er seinen Bruder herzlich umarmte.

Nacheinander gratulierten nun alle. Isabell stellte sich absichtlich ganz hinten an. Das gab ihr einen kleinen Aufschub vor einer Konfrontation. Dass sie sich nicht ewig vor ihm verstecken konnte, war ihr immer klar gewesen. Trotzdem war das alles nun doch sehr schnell gekommen.

„Alles Gute auch von mir", hauchte sie zögernd.

Er schaute sie schweigend an. War dies nun ein gutes Zeichen oder nicht? Gut, er schimpfte nicht mit ihr, aber glücklich über ihr Erscheinen schien er auch nicht zu sein. So war sie sehr überrascht, als er plötzlich ein Lächeln andeutete. Er sagte jedoch immer noch nichts.

„Möchtest du nicht deine Geschenke auspacken?", unterbrach Luca, der die Irritation witterte.

„Später." Marinos Neugierde hielt sich offenbar in Grenzen. „Lass uns erst mal ein bisschen Musik machen, damit Partystimmung aufkommt."

„Ach, Bruderherz, du bist so leicht zufrieden zu stellen", lachte Luca und drehte die Stereoanlage auf. Ein flotter Gassenhauer erschallte.

„Darf ich bitten?" Bevor Isabell etwas einwenden konnte, hatte Marino sie bereits auf die Tanzfläche gezogen. Der schnelle Rhythmus verhinderte, dass sich die beiden näherkommen konnten. Stattdessen tanzte jeder für sich allein wie in der Disko. Das hieß jedoch nicht, dass sie keinen Spaß miteinander hatten. Im Gegenteil, sie sprangen ausgelassen herum und amüsierten sich wie sehr gute Freunde. Isabell vermutete, dass dies Marinos Art war, sich bei ihr zu entschuldigen.

Gerade, als die Stimmung einen Höhepunkt erreicht hatte, unterbrach ein lautes Klingeln die Party.

„Na, hoffentlich ist das kein Nachbar, der sich wegen des Lärms beschwert“, argwöhnte Luca und drehte vorsichtshalber die Anlage leiser.

„Ich vermute eher, es ist ein unpünktlicher Gast. Wie du festgestellt haben wirst, ist noch nicht unsere ganze Familie anwesend“, warf Maria ein und ging zur Tür. Kurz darauf betraten ihr Exmann und eine junge schwarzhaarige Frau die Stube.

Adriana! Für einen Moment fürchtete Isabell, ihr Herz würde aussetzen. Ihr größter Alptraum schien wahr zu werden. Adriana war der Grund dafür gewesen, dass sie damals vor Marino und ihren Gefühlen zu ihm regelrecht geflohen war. Adriana schien seine Geliebte zu sein. Offenbar war sie sogar mehr als das, da er sich nach sechs Jahren immer noch nicht von ihr getrennt hatte.

Isabells Herz sank. Ihre fröhliche Stimmung war dahin. Wie hatte sie auch nur für einen Moment glauben können, sie hätte eine neue Chance mit Marino? Wie dumm war sie doch gewesen! Und nun hatte sie die Konsequenzen für ihre albernen Illusionen zu tragen.

Es war kaum zu ertragen, als der geliebte Mann Adriana um den Hals fiel und ihr ein Küsschen auf die Wange drücke.

„Das hat aber gedauert. Ich dachte schon, ihr kommt gar nicht mehr!“

„Hallo Söhnchen“, begrüßte ihn sein Vater und überreichte ihm ein buntes Päckchen.

„Tut uns leid, dass wir so spät kommen sind. Aber es ging nicht eher, Bruderherzchen. Wir steckten im Stau“, entschuldige sich Adriana und überreichte Marino einen Blumenstrauß.

„Bruderherzchen?“ Isabell glaubte gleich durchzudrehen. Adriana war Marinos Schwester? Einfach nur seine Schwester? Das konnte doch nicht wahr sein! Wieso hatte Maria ihre andere Tochter nie erwähnt? Sie hatte gerade so getan, als gäbe es Adriana gar nicht. Bis auf diesen einen Tag hatte Isabell die junge Frau auch nie in der Wohnung der Rossinis gesehen. Und damals hatte die Familie noch komplett unter einem Dach gelebt. Adriana hätte doch einmal anwesend sein müssen! Isabell verstand das alles überhaupt nicht. Gut, sie war nicht jeden Tag bei Marino zuhause gewesen, aber sie konnte sich nicht erinnern, je ein Anzeichen davon entdeckt zu haben, dass Adriana ebenfalls dort wohnte. Wie hätte sie da ahnen sollen, dass das hübsche Mädchen Marinos Schwester war?

Wenn sie das doch nur eher erfahren hätte! Dann wäre sie nicht einfach so gegangen, und alles wäre gut geworden. Sie kam sich so töricht vor. Nun verstand sie auch, wie sehr sie Marino wehgetan haben musste. Er konnte ja nicht wissen, dass sie wegen dieser Adriana vor Eifersucht fast gestorben war und keine Nacht mehr hatte schlafen können.

Isabell fühlte ihre Knie weich werden und sie musste sich setzen, um nicht hinzufallen. Ihre Gedanken wanderten in die Vergangenheit.

*

Oft hatte sie ihre freie Zeit bei Marinos Familie verbracht. Eines Tages spielte sie mit seiner Schwester Angela in der Stube Karten, als ihr auffiel, dass sie Marino schon eine Zeit lang nicht gesehen hatte.

„Wo steckt eigentlich Marino?", erkundigte sie sich.

„Ach, der wird in der Küche sein", antwortete Angela beiläufig.

„Ich gehe mal kurz hin." Isabell stand auf und schnappte sich ihr Wörterbuch. Sie blätterte darin herum, während sie zur Küche lief. Sie hatte vor, ihn mit ihren Italienischkenntnissen zu überraschen und ihm eine Freude zu machen, auch wenn sie noch eine Übersetzungshilfe benötigte. Allerdings war sie es, die die Überraschung erlebte. Und es war leider keine gute. Marino war nicht allein.

Mit dieser Adriana hatte sie ihn doch schon vor kurzem in trauter Zweisamkeit auf der Straße erwischt! Sie hatte eigentlich mit Freunden in ein Museum gehen wollen, aber der Museumsbesuch war ausgefallen. So hatte sie sich spontan entschlossen, Marino bei seiner Arbeit in der Pizzeria einen Besuch abzustatten. Vor dem Eingang hatte sie Marino erblickt, wie er gerade innig ein fremdes Mädchen umarmte.

Der Atem stockte ihr. Einem Herzstillstand nahe, war sie stehen geblieben und hatte die beiden eine Zeitlang heimlich beobachtet. Dabei hatte sie mit ansehen müssen, wie sie sich ausgiebig unterhielten und plötzlich anfingen, wie zwei Verliebte herumzualbern. Schließlich war es ihr zu bunt geworden und sie war zu ihnen hinübergegangen, um den Flirt – oder was auch immer es war – zu unterbrechen.

Marino war ziemlich überrascht gewesen, sie zu sehen. Natürlich, er hatte ja nicht mit ihr gerechnet.

„Oh Isa, was machst du denn hier?" Er schien ziemlich verlegen gewesen zu sein, so als hätte sie ihn gerade bei etwas Verbotenem erwischt.

„Das ist Adriana", hatte er die Fremde vorgestellt, die sich plötzlich sehr eilig verabschiedet hatte.

„Und woher kennst du diese Adriana?", hatte Isabell ihn eifersüchtig angeknurrt. Doch bevor er ihr hatte antworten können, war sein Chef wutentbrannt aus der Pizzeria gestürmt, um zu fragen, ob er nun endlich weiterarbeiten wolle. Damit war das Thema vorerst erledigt gewesen, und sie hatte es auch nicht noch einmal anschneiden wollen.

Als sie Adriana aber bei Marino in der Wohnung entdeckte, tat es doppelt so weh. Nun hatte er sie also schon seinen Eltern vorgestellt, glaubte Isabell. Er fasste die andere Frau gerade an die Schulter und sagte glücklich lächelnd: „Ti amo."

Isabell war wie vor den Kopf geschlagen. Sie brauchte kein Wörterbuch, um zu verstehen, was Marino gerade gestanden hatte. Er war in diese Adriana verliebt! Entsetzt wich Isabell von der Tür zurück. Nein, das kann nicht sein, schrie ihr Herz, aber sie wusste, was sie gehört hatte.

Was soll ich eigentlich noch hier, fragte sie sich verzweifelt. Sie konnte doch gleich gehen. Marino würde sie bestimmt nicht mehr sehen wollen. Er hatte ja jetzt seine Adriana. Und die anderen, seine Familie? Die interessierten Isabell auf einmal gar nicht mehr. Wenn Marino sie nicht lieben konnte, dann hielt sie hier auch nichts mehr. Sie wollte nur noch heim zu ihren Eltern.

Irgendwo in ihrem Hinterkopf meldete sich eine Stimme, die ihr zu verstehen gab, dass sie überreagierte. Doch Enttäuschung und Schmerz über den Verlust der ersten großen Liebe waren zu stark. Sie hatte das Gefühl, dass ihr die Luft zum Atmen fehlte und sie nichts mehr ertragen konnte, was sie an Marino erinnerte. Sie wollte bloß weg und vergessen.

Wie von der Tarantel gestochen stürzte sie aus dem Haus.

„Was ist denn los?“, hörte sie Angela noch nach ihr rufen. Aber sie wollte nichts erklären. Vielleicht hätte sich Angela auch noch lustig gemacht über ihre Dummheit. Spott zu ertragen wäre für Isabell in dieser Situation das Schlimmste gewesen.

Auf kürzestem Wege eilte sie zurück zur Jugendherberge. Zum Glück waren ihre Klassenkameraden und Lehrer gerade hinter dem Gebäude beim Volleyballspielen, sodass niemand bemerkte, wie sie auf ihr Zimmer rannte und ihre Tasche packte.

Ohne über ihr Handeln nachzudenken, begab sie sich zum Stuttgarter Hauptbahnhof und nahm den nächsten Zug nach Hause. Der Ärger, den sie später mit ihren Lehrern bekam, war nichts im Vergleich zu ihrem Liebeskummer.

Dabei hatte sie noch Glück gehabt, dass ihre Mutter die Situation richtig erkannt und sofort in der Jugendherberge angerufen hatte. Sonst hätte man sie wahrscheinlich als vermisst gemeldet und von der Polizei suchen lassen. So aber blieb es bei einer kräftigen Standpauke von allen Seiten und einem Eintrag ins Klassenbuch.

Später, als sie sich etwas beruhigt hatte, wollte sie sich wenigstens bei den Rossinis melden. Immerhin hatten sie sie stets gut behandelt. Doch dann hatte sie sich nicht getraut, beschämt über ihre kopflose Flucht. Sie kam zu dem Schluss, das Vergessen für alle Beteiligten das Beste war.

*

„Isa, was ist mit dir?“ Marinos beunruhigte Stimme brachte Isabell wieder in die Gegenwart zurück. „Ist dir schlecht? Vielleicht ist noch was von dem Gift im Raum? Gott, was war das nur für ein Zeug, womit ihr die Wohnung habt sprühen lassen, Luca?“

„Wie bitte?“ Der Angesprochene zuckte verwirrt die Schultern. „Was für ein Gift?“

„Keine Sorge, es ist kein Gift in meine Atemwege gelangt oder so.“ Isabell musste zaghaft lächeln. Marino schien wirklich besorgt. Also konnte sie ihm zumindest nicht gleichgültig sein. „Die Geschichte mit dem Kammerjäger war nur ausgedacht. Mir ist nichts Besseres eingefallen, um dich davon abzuhalten, die Wohnung zu betreten. Du solltest doch unsere Überraschung nicht mitbekommen.“

„Hab mir gleich gedacht, dass da irgendetwas nicht stimmt. Aber deine Vorstellung war schon gelungen. Du hättest mich fast überzeugt. Wie auch immer, dir schien es etwas schwindelig gewesen zu sein. Bist du sicher, dass alles in Ordnung ist?" Marino schaute sie zweifelnd an.

„Mir geht es prima. Wirklich." Um ihn zu überzeugen, stand sie auf und drehte die Musik wieder auf. Sie fing an zu tanzen, bis die anderen Gäste ihrem Beispiel folgten. Der Rhythmus dröhnte im Gleichklang mit den springenden Füßen. Es war so laut, dass das plötzliche Klingeln an der Haustür beinahe untergegangen wäre. Nur Luca, der die ganze Zeit über seltsam unruhig gewirkt und die Ohren gespitzt hatte, vernahm es sofort.

„Oh, da kommt noch jemand!", rief er aufgeregt und schaltete kurzerhand die Musik ab.

„Mein Gott, wer stört denn jetzt?", stöhnte Marino und wischte sich den Schweiß von der Stirn. Bier und ein wilder Tanz schienen sich nicht miteinander zu vertragen.

Luca ließ den neuen Besucher herein. Marino war erstaunt, einen fremden jungen Mann mit wirren roten Haaren zu sehen.

„Wer ist das? Den kenne ich gar nicht", wunderte er sich laut. „Wen habt ihr da nur wieder eingeladen?"

„Tony", rutschte es Isabell heraus. Diesmal war sie sicher, dass es sich um Lucas Kumpanen handelte. Der Mann, den sie zuerst in Verdacht gehabt hatte, hatte sich schließlich als Giorgio vorgestellt. Bis eben hatte sie also noch auf diesen berühmten Überraschungsgast gewartet. Zwischenzeitlich hatte sie sich gewundert, wo er abgeblieben war, ihn dann aber völlig vergessen. Wahrscheinlich war er jedoch absichtlich ein bisschen später erschienen, um den Effekt noch zu erhöhen.

„Wie, sag bloß, du kennst den?" Marino war einmal mehr verblüfft.

„Nein, eigentlich habe ich ihn vorher noch nie gesehen."

Nun verstand Marino gar nichts mehr, hatte aber keine Gelegenheit, nach näheren Erklärungen zu fragen, denn er wurde von seinem Bruder abgelenkt. Der drückte dem Neuankömmling zwei herzhafte Küsschen auf die Wangen. Danach bat er um Aufmerksamkeit.

„Leute, es ist so weit! Auf diesen Moment habt ihr alle gewartet. Und Marino, sperr deine Ohren auf. Das ist jetzt nur für dich. Also", Luca strahlte über das ganze Gesicht. „darf ich dir meinen Freund Tony vorstellen? Ich habe ihm deine Musik vorgespielt, und siehe da, sie hat ihm gefallen. Nicht nur gefallen, richtig begeistert war er. Und nun kommt das Tollste. Er ist Produzent. Er will eine CD mit dir aufnehmen! Sein Studio ist hier ganz in der Nähe. Ihr könntet also morgen schon anfangen, nicht wahr, Tony?"

„Sicher. Ich freue mich schon darauf." Der Angesprochene nickte eifrig.

„Und was sagst du nun?", fragte Luca neugierig.

Isabell hatte eine Riesenbegeisterung von Marino erwartet. Sie sah ihn schon in Gedanken in die Luft springen und vor Freude laut jubeln. Stattdessen kam nur ein verständnisloses „Was?" über seine Lippen.

„Sagenhaft, deine Begeisterung. Sie schwappt gleich über." Luca war beleidigt, dass sein Plan nicht die erhoffte Reaktion hervorrief.

„Ich bin darauf gar nicht vorbereitet", stammelte Marino.

„Fassen Sie sich. Es ist wahr. Sie können ein Star werden! Und morgen geht's los", versuchte Tony ihn aufzumuntern.

Aber Marino stand völlig neben sich. Er hatte seinen Traum doch schon aufgegeben. Und nun so was? Es war wie ein Schock. Marino schaffte es nicht einmal, sich zu bedanken, geschweige denn einen Freudentanz oder etwas Ähnliches aufzuführen. Erst als ihn Luca anrempelte, erwachte er aus seiner Starre. Doch mehr als ein „Ja, gut, dann feiern wir erst mal weiter" brachte er nicht heraus.

Luca schüttelte den Kopf. Die Reaktion seines Bruders war eine heftige Enttäuschung. Dennoch wollte er Marino Zeit geben, sein Geschenk richtig zu begreifen. Dann würde er sich wohl auch darüber freuen können.

„Wie wär's mit einer Polonaise?", schlug Luca vor, um ihn abzulenken und die Party wieder in Gang zu bringen.

„Toll!" Die Gäste fassten sich an den Schultern und schoben sich durch das Zimmer. Dabei sangen sie ausgelassen ein Stimmungslied. Die lustige Reihe marschierte durch die gesamte Wohnung, über das Sofa in der Stube, unter dem Küchentisch hindurch und um die Betten im Schlafzimmer herum, bis ihnen die Wohnung zu klein wurde und sie auf die Straße stürmten. All die alkoholischen Getränke, die Luca nach und nach aus der Pizzeria herbeigeschleppt hatte, taten ihre Wirkung. Auch Isabell hatte wohl ein Gläschen Wein zu viel gekostet, sonst hätte sie sich nicht getraut, so sorglos wie ein Kind in der Öffentlichkeit herumzutollen.

Maria als Erste in der Schlange führte die Partygäste in einen kleinen Park. Dort legte sie das Paket ab, das sie die ganze Zeit mit sich herumgetragen hatte. Dann packte sie die große Torte aus, die, wie Isabell richtig vermutet hatte, mit Kleeblattzuckerguss verziert war.

„So, nun lasst es euch schmecken. Aber lasst dem Geburtstagskind auch noch etwas übrig“, lächelte Maria. Alle stürzten sich auf die süße Leckerei, als ob sie den ganzen Tag noch nichts gegessen hätten. Auch Isabell ergatterte ein Stück und verputzte es genüsslich.

„Und ich?“, beschwerte sich Marino, der die Torte kaum gesehen hatte.

„Ach, du musst auf deine Figur achten“, grinste Luca und schmatzte extra laut, um zu zeigen, dass er noch etwas abbekommen hatte.

„Willst du etwa behaupten, ich sei fett?“ Marino knirschte mit den Zähnen.

Um ihn aufzuheitern, erzählte Tony einen Witz über einen Dachdecker, den zwar niemand verstand, aber trotzdem alle zum Lachen brachte.

„Kann mir mal jemand sagen, warum wir eigentlich so wiehern wie die Pferde?“, prustete Isabell hervor.

Diese Frage konnte ihr keiner beantworten und doch verursachte es ein noch größeres Gelächter.

„Oh Luca, was hast du da bloß für Idioten eingeladen?“, rief Marino zum Himmel und musste anschließend die Flucht vor seinen Gästen ergreifen.

„Wer ihn zuerst erwischt, kriegt alle seine Geschenke!“, rief jemand.

Marino hatte jedoch noch einen kleinen Vorsprung. Deshalb drehte er sich um und streckte den anderen die Zunge heraus. „Ätsch! Mich kriegt ihr sowieso nicht!", freute er sich gerade, als sein Schicksal besiegelt wurde. Ein Stein lag ihm im Weg. Der junge Mann stolperte darüber, kullerte danach einen kleinen Abhang hinunter und landete schließlich in einem Bach.

Noch bevor er sich besinnen konnte, standen die anderen schon am Ufer und lachten ihn aus. Als er sich mit Müh und Not wieder aufgerappelt hatte, zierten winzige grüne Pflanzen sein Haupt.

„Mann, siehst du toll aus!", rief Giorgio. „Echt zum Verlieben!" Mit diesen Worten stürzte er sich in das flache Gewässer, umarmte seinen Freund und küsste ihn auf die Stirn.

„Bei dir ist wohl ein Rad ab!" Marino schubste ihn ins Wasser.

Luca holte seine Polaroid-Kamera aus der Tasche und schoss ein Foto von seinem Bruder, bevor dieser sich von dem unfreiwillig erworbenen Zierrat befreien konnte.

„Hier, ein kleines Andenken." Luca überreichte das Bild Isabell und grinste. Sie schaute es lächelnd an und ließ es in ihrem Portemonnaie verschwinden. Da war es gut aufgehoben.

"Gib das her!", forderte Marino. Seine Augen funkelten. Isabell musste lachen.

„Was glaubst du, was ich damit mache? Es im Internet veröffentlichen?"

„Sicher. Wenn ich erst berühmt bin, bringt es sicher eine Stange Geld." Marino hielt seine Hand auf. „Also, her damit!"

„Ich denke gar nicht daran." Isabell war in der Stimmung, ihn ein bisschen zu necken und herumzualbern. „Ich werde doch nicht meine lukrative Einnahmequelle einfach so aufgeben." Sie streckte ihm die Zunge heraus, bevor sie davonrannte.

Marino folgte ihr, konnte oder wollte sie jedoch nicht sofort einholen. So drehten sie mehrere Runden auf der Wiese, bis es ihnen schwindlig wurde.

„Mann, die Erde dreht sich tatsächlich. Jetzt glaube ich daran." Isabell versuchte, sich an einem Baum aufrecht zu halten. Jetzt war es ihr auch egal, ob Marino sie einfing.

„Oh!", stöhnte dieser und stolperte ihr prompt in die Arme. „Mir kommt es vor, als ob mein

Körper festgewachsen wäre und mein Kopf ununterbrochen Karussell fahren würde."

„Hallo Leidensgenosse!", konnte Isabell gerade noch sagen, da lagen beide schon aufeinander im grünen Gras.

„Das braucht ihr aber nicht in der Öffentlichkeit zu machen." Ernst hockte neben ihnen mit einem breiten Grinsen im Gesicht. Bisher hatte er sich seltsamerweise mit Kommentaren zurückgehalten. Man hätte meinen können, er wäre gar nicht anwesend. Doch jetzt war er anscheinend aufgewacht und wieder ganz in seinem Element.

„Was?", fragten Isabell und Marino wie aus einem Munde.

„Na, das. Ihr wisst schon."

„Nein, ich weiß nicht, was du meinst." Marino tat naiv. Ihm war Isabells aufregende Nähe plötzlich zu deutlich bewusst geworden. Das musste er mit einem lahmen Witz überspielen.

„Sicher. Ein Mann und eine Frau ... Wie noch gleich die Geschichte mit den Bienchen und den Blümchen?" Ernst grinste noch breiter, falls das überhaupt möglich war. Seine Mundwinkel kollidierten beinahe mit den Ohren. „Ich bin sicher, diese Geschichte ist euch auch bekannt. Heute Nacht könnt ihr sie wahr machen. Ohne Zuschauer. Leider."

„Sag mal, bist du betrunken oder was?" Marino war puterrot angelaufen. Es war fast so, als ob sein Freund seine geheimsten Gedanken erraten hatte. Ja, er hatte tatsächlich daran gedacht, die Nacht mit Isabell zu verbringen. Es war schließlich sein Geburtstag. Und seine Traumfrau wieder in den Armen zu halten war das, was er sich heute am meisten wünschte.

Wie sehr er sich nach ihr gesehnt hatte, war ihm jetzt erst klar geworden. Außerdem hatte er bereits seit Längerem keine Freundin gehabt. Da war es kein Wunder, dass er seine Phantasie nun nicht mehr zügeln konnte. So war es ihm erst recht unangenehm, dass man es ihm so deutlich ansehen konnte. Vielleicht ahnte Isabell auch schon was? Sie sollte nicht glauben, dass sie ihn wieder so leicht um den Finger wickeln konnte. Er versuchte, einen Gang herunterzuschalten und ihr ein wenig kühler entgegenzutreten.

Die Partygäste amüsierten sich noch eine Weile und genossen das prächtige Wetter in vollen Zügen. Nur die Situation zwischen Marino und Isabell schien plötzlich etwas angespannt. Sie lockerte auch nicht wesentlich, als am Abend alle in Lucas Wohnung zurückgekehrt waren.

Nach dem leckeren kalten Buffet entschied Luca, es sei Zeit, zum romantischen Teil des Tages zu kommen. Auch dafür hatte er alles vorbereitet. In der Stube wurden Vorhänge vor die Fenster gezogen. Auf den Schränken brannten Kerzen, die dem Raum eine mystische Atmosphäre verliehen. Als leise sehnsuchtsvolle Musik erklang, begaben die Gäste sich einer nach dem anderen auf die Tanzfläche. Marino aber saß in einer Ecke und beobachtete still, wie Isabell einen Mann namens Riccardo in den Armen hielt. Den wollte sie anscheinend gar nicht mehr loslassen. Schon mehrere Lieder waren verklungen, und sie tanzte immer noch mit ihm.

Wut und Eifersucht stiegen in Marino hoch, weil sie andere Männer mehr beachtete als ihn, das Geburtstagskind. Dieses Spielchen konnte er nicht mehr mit ansehen. Er knallte sein Bierglas auf den Tisch und sprang auf, um sich bei Isabell wieder in Erinnerung zu bringen. Auf halbem Wege wurde er jedoch von seiner Schwester abgefangen, die ihn auf die Tanzfläche zog.

Er drehte ein paar Runden mit ihr. Seine Augen aber ließen dabei Isabell nicht los. Für seinen Geschmack hatte sie ihre Arme viel zu fest um diesen Riccardo geschlungen. Das konnte so nicht weitergehen. Ohne ein Wort zu verlieren, ließ Marino seine Schwester einfach stehen.

„Hat man so was schon erlebt?", beschwerte sich Adriana. „Da ist noch nicht einmal das halbe Lied vorüber, und mein Bruderherz verlässt mich, um sich eine neue Tanzpartnerin zu suchen."

„Ach, mit dir habe ich schon lange genug getanzt", brummte Marino uncharmant. Sein Blick ruhte unverwandt auf Isabell. „Jetzt will ich eine andere Frau glücklich machen." Mit diesen Worten befreite er Isabell aus Riccardos Armen.

„Eifersüchtig bist du ja überhaupt nicht", protestierte dieser und rollte die Augen. „Du hast Glück, das du heute Geburtstag hast." Seufzend entfernte er sich, um sich um Adriana zu kümmern, die immer noch verloren mitten auf der Tanzfläche stand.

„Warum hast du ihn vergrault?" Isabell hatte eine Idee, was mit Marino los war, aber sie wollte es so gern aus seinem Mund hören. Doch seine Antwort stellte sie nicht zufrieden.

„Heute bin ich egoistisch. Ich will, dass du nur mit mir tanzt."

„So. Und was ich will, interessiert dich wohl gar nicht?" Isabell war sich bewusst, dass sie etwas überreagierte, aber sie war enttäuscht. Warum gestand ihr Marino nicht, dass es ihn störte, wenn andere Männer sie in den Armen hielten?

„Wieso? Hast du was dagegen?" Er zog die Brauen hoch.

„Nein, es stört bloß, dass du alles voraussetzt, ohne mich zu fragen."

„Also gut", seufzte er. „Dann frage ich dich hiermit: Willst du heute Nacht nur mit mir tanzen?"

„Ja, ich glaube, das wäre noch erträglich."

„Was soll das denn heißen?"

„Ich tanze gerne mit dir." Isabell hatte gemerkt, dass ihr Scherz nicht so gut bei ihm angekommen war und seine Stimmung zu kippen drohte. Doch sie wollte heute keinen Streit mit ihm und lehnte ihren Kopf versöhnlich an seine breite Brust.

Marino lächelte und schlang seine Arme um ihre Hüften. Er drückte sie ganz fest an sich, als ein romantisches Liebeslied erklang.

Die Stunden vergingen, doch beiden schien es, als sei die Zeit stehen geblieben. Endlich schien es wieder wie früher zu sein. Das Glück war zurückgekommen. Isabell beschlich eine dunkle Vorahnung, dass es zu schön war, um anzudauern. Irgendetwas Schlimmes würde passieren. Doch sie versuchte diesen störenden Gedanken zu verbannen und sich nur auf den Moment zu konzentrieren. Dieses wundervolle Gefühl, Marinos Nähe wieder zu spüren. Wie sehr hatte sie das doch vermisst!

„Hey, ihr beiden, die Party ist vorbei." Von fern drang Lucas Stimme an ihr Ohr. Nur widerwillig gab Isabell Marino frei und schaute sich um.

Einige versprengte Geburtstagsgäste, die den Absprung nicht gefunden hatten, hockten auf dem Sofa oder in den Sesseln und schliefen. Luca schien als Einziger noch wach zu sein und dem Pärchen beim Tanzen zugesehen zu haben. Schweren Herzen hatte er sich doch entschieden, die Musik abzudrehen. Die Party konnte schließlich nicht ewig weitergehen.

„Ich bin überhaupt nicht müde", versicherte Isabell. In der Tat vertrieb ihr stürmisch klopfendes

Herz jeden Hauch von Schläfrigkeit.

„Deswegen können wir ja trotzdem ins Bett gehen", flüsterte Marino ihr ins Ohr, damit sein Bruder nichts hörte. „Lucas Ehebett ist noch nicht belegt. Und Janine ist nicht da."

Isabell lächelte und nickte. Ja, sie wollte auch mit Marino schlafen. Der romantische Abend und der Wein hatten ihren Beitrag dazu geleistet. Außerdem hatte sie lange genug darauf gewartet, ihm wieder so nahe sein zu dürfen.

Sie nutzten ihre Chance, als Luca im Bad verschwand, und schlichen ins Schlafzimmer. Marino schloss die Tür ab und grinste. „So, nun kann er uns wenigstens nicht mehr stören."

„Also, es ist schon etwas gemein, ihn aus seinem eigenen Schlafgemach zu verbannen." Isabell kicherte und setzte sich aufs Bett.

Doch Marino verschwendete keinen Gedanken mehr an seinen Bruder. Jetzt gab es nur noch eines, was ihn beschäftigte. Er drehte sich zu ihr um und zog langsam seinen Pulli aus, warf ihn zur Seite und begann, seine Hose aufzuknöpfen.

Isabells Herz klopfte noch stärker als vorher, als er sich hinter ihr kniete und mit seinen Händen unter ihre Bluse schlüpfte. Sanft streichelte er ihre Brüste.

In ihrem Bauch tanzten Schmetterlinge, und sie hatte das Gefühl, in den Himmel entschwebt zu sein, als er ihr den Stoff vom Körper streifte und sie mit zärtlichen Küssen bedeckte.

„Du kannst dir gar nicht vorstellen, wie lange ich schon davon geträumt habe. Ich habe dich schon damals vor sechs Jahren so begehrt. Aber du warst so jung, und ich wollte nicht..."

„Sch, ich brauche jetzt keine Erklärungen." Isabell legte einen Finger auf seinen Mund. „Lass mich einfach fühlen, was ich dir bedeute."

Statt einer Antwort lächelte Marino und bettete sie sanft aufs Kissen. Er legte sich auf sie und begann ihren Körper mit seinen starken Händen zu liebkosen, während seine Zunge genießerisch mit ihren Brustwarzen spielte.

Wenig später erfüllten Laute lustvoller Ekstase den Raum.

Als Isabell am nächsten Tag erwachte, war Marino bereits in einen schneeweißen Anzug geschlüpft und kämmte sich die Haare.

Sie gähnte schlaftrunken und richtete ihren Oberkörper auf. Der leichte Muskelkater, der ihren ganzen Körper durchzog, erinnerte sie freudig an ihr leidenschaftliches Liebesspiel letzte Nacht.

„Guten Morgen oder besser Mittag, meine kleine Schlafmütze." Marino küsste sie zärtlich auf die Stirn. „Wie du siehst, bin ich schon lange wach. Ich war sogar schon bei mir zu Hause, um mich umzuziehen. Und was sagst du? Wie schaue ich aus?"

„Einfach toll." Isabell betrachtete ihn bewundernd. Der Mann war wirklich schick in seinem Anzug. Sie hätte gar nicht gedacht, dass ihm eine helle Farbe so gut stehen würde. Doch das Weiß bildete einen schönen Kontrast zu seinen dunklen Haaren und der sonnengebräunten Haut. Außerdem schmiegte sich der Stoff an seinen Körper, betonte seine männliche Figur und ließ ihn sogar noch etwas größer und schlanker erscheinen. Ein billiges Modell von der Stange war dieser Anzug jedenfalls nicht.

„Aber warum hast du dich so fein gemacht? Was hast du vor?", hakte Isabell neugierig nach.

„Aber Liebling. Hast du es schon wieder vergessen? Ich habe doch heute meine große Verabredung. Ich gehe ins Musikstudio, um meine CD aufzunehmen. Da muss ich wenigstens optisch einen guten Eindruck hinterlassen."

„In der Beziehung hast du auf jeden Fall schon Pluspunkte gesammelt." Isabell grinste, schwang ihre langen Beine aus dem Bett und räkelte sich. „Ich glaube, ich brauche erst mal eine kalte Dusche, sonst werde ich heute gar nicht mehr munter. Du hast mich letzte Nacht ausgepowert." Sie zwinkerte ihm zu, stand auf und ging zur Tür.

„Hey, was hältst du davon, dir erst mal was anziehen würdest?", lächelte er schelmisch. Er trat hinter sie und legte seine Arme um ihre Hüften. Sanft begann er, sie hin und her zu wiegen. „Ich habe nichts gegen dein sexy Outfit. Ganz im Gegenteil. Aber ich möchte nicht, dass mein Bruder dich so sieht. Diesen Wahnsinnsanblick möchte nur ich genießen dürfen."

Erschrocken stellte Isabell fest, dass sie tatsächlich nur einen Slip trug. „Mamma mia, ich wäre beinahe so hinausgerannt."

„Da hätte Luca aber Stielaugen gekriegt", knurrte Marino, und sie registrierte einen Anflug von Eifersucht in seinem Tonfall.

„Keine Sorge, das wollen wir ihm doch nicht gönnen." Sie küsste ihn schnell auf den Mund und streifte ihre Sachen vom Vortag über, bevor sie hinaus auf den Flur lief.

„Himmel, was war denn das?", rief sie, als sie über etwas stolperte, das genau vor der Schlafzimmertür lag.

„Ich", stöhnte Luca und rieb seinen Rücken. „Ich konnte ja heute Nacht nicht mal in meinem eigenen Bett schlafen. Welcher Idiot hat bloß die Tür abgeschlossen?"

„Das war ich", flötete Marino völlig ungeniert. Offensichtlich hatte er kein schlechtes Gewissen, dass sein Bruder auf dem Fußboden hatte übernachten müssen.

Isabell dagegen hatte etwas mehr Mitleid. „Warum hast du denn nicht das Sofa genommen?", fragte sie erschrocken.

„Ja, warum wohl nicht?", brummte der Angesprochene. „Weil unsere ach so trinkfesten Gäste bereits alles belagert hatten. Und ich war viel zu müde und kraftlos, um sie rauszuwerfen. Ich fühlte mich auch gar nicht mehr in der Lage, ewig nach einem Schlafplatz zu suchen. Also habe ich es mir hier bequem gemacht, in der Hoffnung, dass doch mal jemand öffnet. Aber anscheinend wart ihr viel zu beschäftigt. Sagt mal, wart ihr wirklich die ganze Nacht zusammen? Und dann noch hinter verschlossenen Türen? Das ist in höchstem Maße verdächtig."

„Wir haben nur geschlafen!", riefen Isabell und Marino im Chor und verkniffen sich das Kichern.

„Ja, ja, nackt und fest umschlungen." Luca glaubte ihnen kein Wort.

„Ist das Bad besetzt?", erkundigte sich Isabell, um vom Thema abzulenken. Sie hatte keine Lust, über ihre neue Beziehung mit Marino zu sprechen. Es war alles noch so frisch, und ein kleines Geheimnis brauchte jede Frau. Dabei konnte sie nur hoffen, dass Luca nicht gehört hatte, wie sie „geschlafen" hatten.

„Nein. Halt, das heißt doch!“, rief Luca, als sie bereits die Tür geöffnet hatte.

„Hilfe!“ Riccardo zog blitzschnell seine Hose hoch.

Isabell lachte und schubste den Verwirrten hinaus. Dann schloss sie die Tür hinter sich und zog sich aus, hüpfte unter die Dusche und brauste sich mit kaltem Wasser ab. Ah, das tat gut.

Sie schloss die Augen und genoss die Erfrischung, die ihre Müdigkeit jedoch nur langsam vertrieb. Mit einem verklärten Lächeln dachte sie an letzte Nacht zurück. Es war so wunderschön gewesen. Und auch wenn es nicht ihr erstes Mal gewesen war, so doch das erste Mal mit dem Mann ihres Lebens. Sie hatte sich oft geärgert, dass sie damals nur wenige ausgiebige Küsse und beinahe schüchterne Streicheleinheiten miteinander geteilt hatten. Mittlerweile war sie froh, dass sie solange gewartet hatten. Wahrscheinlich hatten sie es erst jetzt richtig genießen können, da sie beide nicht mehr ganz so unerfahren waren. Nun hatte es keinerlei Ängste oder sogar Peinlichkeiten zwischen ihnen gegeben.

Isabell war so in ihren Träumereien versunken, dass die Schläfrigkeit sie erneut zu übermannen drohte. Als sie jedoch jemanden ins Bad kommen hörte, war sie mit einem Mal hellwach.

„Raus!“, rief sie erschrocken und versuchte, sich mit dem Duschvorhang zu bedecken.

„Na, heute Nacht hast du dich nicht so geschämt.“

„Ach, du bist es.“ Isabell atmete erleichtert auf und kam hinter dem Vorhang hervor. „Wie konntest du mir so einen Schreck einjagen?“

Marino zuckte die Schultern. „Ich wollte eigentlich nur fragen, ob du mich zum Studio begleiten willst?“

„Und das fällt dir jetzt ein?“

„Wir müssen uns beeilen. Ich wollte nicht erst warten, bis du fertig bist. Frauen brauchen ja immer eine Ewigkeit im Bad. Übrigens habe ich dir schon frische Sachen herausgesucht. Ich hoffe, du möchtest sie heute auch tragen.“

Erst jetzt bemerkte Isabell die dunkle Hose und die schwarz-rote Bluse, die Marino über seinen

Arm gehängt hatte.

„Also gut. Wenn du so nett fragst, kann ich wohl schlecht Nein sagen." Isabell drehte das Wasser ab und stieg aus der Dusche. Marino zog ihren Kopf mit seiner freien Hand zu sich hinunter und küsste sie leidenschaftlich auf den Mund. Isabell gab sich für einen Moment diesen köstlichen Gefühlen hin, die er in ihr verursachte. Dann löste sie sich doch sanft von ihm.

„Ich denke, du hast es eilig?"

„Ja, aber so eilig nun auch wieder nicht." Plötzlich schien er die Ruhe in Person zu sein und nahm sich die Zeit, Isabell ausgiebig zu betrachten.

Sie bemerkte, wie die Wassertropfen an ihr herunterliefen, und schnappte sich ein Handtuch.

„Trockne mich mal ab. – Aber nicht nur meine Brust", betonte sie, als er verdächtig lang an einer bestimmten Stelle rubbelte.

Kurz darauf machten sich die Rossini-Brüder, Isabell und Tony auf den Weg zum Studio.

„Und ihr seid sicher, dass heute Nacht nichts passiert ist?" Luca schaute das Pärchen neben sich skeptisch an, weil Marino seinen Arm besitzergreifend um Isabells Schulter gelegt hatte.

„Ich halte sie ja nur fest", brummte er zur Antwort.

„Ja, sonst kippe ich um. Ich habe heute so einen furchtbaren Muskelkater", fügte Isabell hinzu.

„Fragt sich nur, wovon", murmelte Luca und handelte sich einen Tritt gegen das Schienbein ein.

„Au, verdammt, Marino, sei doch nicht so empfindlich. Isabell ist eine sehr attraktive Frau. Und was du nachts mit ihr anstellst, ist mir im Prinzip egal. Nur tut es nicht wieder in meinem Bett."

Bevor sie das Thema vertiefen konnten, waren sie am Ziel angelangt.

Das Studio befand sich in einem unauffälligen kleinen Backsteingebäude. Isabell war ein bisschen unzufrieden. Sie hatte geglaubt, es würde etwas mehr hermachen. Hoffentlich war wenigstens die Technik halbwegs auf den neuesten Stand. Im Gang erwartete sie jedoch die nächste Enttäuschung. Überall hatte sich eine dicke Staubschicht angesammelt, sodass man auf dem ersten Blick erkennen konnte, dass das Studio in der letzten Zeit kaum benutzt worden war.

„Sie sollten sich eventuell mal eine Reinigungskraft anschaffen", tadelte Marino Tony. Offenbar hatte er Verdacht geschöpft. „Die Technik hier ist doch sehr empfindlich. Außerdem macht es keinen guten Eindruck auf die Stars, die hier ihre CDs aufnehmen lassen wollen."

Tony war ganz blass geworden, was Marino zum Glück nicht weiter auffiel. „Ja, ich weiß, aber gute Reinigungsfirmen sind ziemlich teuer geworden in der letzten Zeit." Mehr fiel ihm nicht dazu ein. Schließlich war er Zahnarzt und kein Musikmanager. Schnell öffnete er eine Tür, auf der „Aufnahme" stand.

„Hier entlang", befahl er, und sie betraten einen durch eine Glaswand in zwei Bereiche aufgeteilten Raum. Auf einer Scheibe rechts von ihnen leuchtete in knallroten Buchstaben das Wort „Regie".

„Das wäre dann mein Bereich." Tony grinste und öffnete eine Tür.

„Das ist ja faszinierend! Kann ich ein bisschen zugucken?" Isabell hatte Mischpult und Effektrack entdeckt und war gespannt, wie der rothaarige Mann damit hantieren würde.

Diesem passte es zwar nicht, wenn man ihm auf die Finger schaute, andererseits konnte er Isabell auch nichts abschlagen. Immerhin wusste sie bereits, dass er kein echter Musikproduzent war.

„Aber machen die ganzen Gerätschaften nicht einen Heidenlärm?"

Tony beruhigte sie. „Keine Sorge. Die Regieeingangstür ist eine Schutztür mit über 40 Dezibel Schalldämpfung." Er gratulierte sich innerlich. Er hatte doch mehr Wissen aufgeschnappt als vermutet. „Und für die Raumakustik wurde die Regie von einer Studioakustikfirma berechnet und mit speziell entwickelten Breitbandabsorbern ausgestattet. Das ermöglicht ein perfektes Arbeiten", setzte er noch einen drauf.

„Also, dann könnten wir eigentlich gleich anfangen." Marino rieb sich tatendurstig die Hände. „Ich bin bereit."

Tony bekam nun doch ein wenig Angst vor der eigenen Courage. Schließlich hatte er bisher nur bei der Arbeit zugesehen, aber noch nie einen Knopf selbst gedrückt. Von seiner großspurigen Überlegenheit und seinem gesunden Selbstvertrauen war von einem Moment zum anderen nichts mehr zu spüren. Jetzt wurde es ernst, und man konnte die Nervosität praktisch aus ihm herauskriechen sehen.

„Also, wenn ihr wirklich zugucken wollt ...“

Luca nickte bekräftigend. Schließlich waren sie als moralische Unterstützung und nicht umsonst mitgekommen.

„Da drüben könnt ihr Platz nehmen.“ Tony zeigte auf einige Stühle, die in einer Ecke herumstanden. Dann tippte er mit dem Finger auf Marinos Brust.

„Sie wissen Bescheid, was Sie zu tun haben?“

„Na, ich hoffe doch, dass ich noch nicht alles verlernt habe.“

Tony nickte und holte die Listen mit Texten und Noten, die er von Luca bekommen hatte, aus seiner Tasche.

„Hier sind einige Songs von Ihnen, die wir neu aufnehmen werden. Ich denke, wir beginnen mit ‚Con te‘. Ein romantisches rockiges Lieblingslied kommt nach der langen Winterzeit immer gut an. Es soll zeigen, wie die Frühlingsgefühle und neue Lebensgeister erwachen.“ Nach diesen Worten bekam Marino noch ein Paar Kopfhörer überreicht.

„Hier, damit keine Nebengeräusche einstrahlen und Sie sich voll und ganz auf Ihre Stimme konzentrieren können.“

Der junge Sänger nickte und verschwand anschließend im Nebenraum, der durch ein Sichtfenster mit der Regie verbunden war.

„Sie hätten wenigstens den Staub etwas beseitigen können, damit es nicht gleich ins Auge sticht, dass hier schon ewig nichts mehr produziert wurde!“, zischte Isabell in Tonys Richtung, sobald Marino außer Hörweite war.

„Ja, ja, ich war schon mal vor Kurzem hier“, antwortete der Rothaarige leicht verstimmt. „Ich habe überprüft, ob die Geräte überhaupt noch funktionieren. Es war sehr schwierig herauszufinden, wie die ganzen Stecker und Kabel angeschlossen werden. Da blieb wirklich keine Zeit zum Putzen. Und jetzt entschuldigen Sie bitte, ich habe zu arbeiten!“ Er setzte sich ans Mischpult und begann den Monitor über einen Rollwagen an verschiedene Positionen zu schieben. Anschließend spielte er die Musik ein, und ein rotes Lämpchen leuchtete auf. Das war das Startzeichen für den Sänger, doch Marino kam nicht weit. Nach einigen Tönen unterbrach ihn Tony.

„Halt! Mehr Power, Marino! Sie müssen richtig losbrüllen. Sie singen viel zu lasch. Das passt doch gar nicht zu dem Text. Sie wollen mit aller Kraft, dass das Mädchen bei Ihnen bleibt. Da können Sie nicht so einen weinerlichen Ton anschlagen!“

„Ja“, seufzte der Gescholtene gelassen. „Ich werde losbrüllen ...“

„Dann, fertig los! – Nicht so hoch! Tiefer! Mensch, Sie sind doch keine Frau, also senken Sie Ihre Stimme etwas!“

In den nächsten Minuten waren nur noch Bemerkungen wie „Aufhören, das ist ja grauenvoll!“ oder „Singen Sie wenigstens normal, wir setzen dann eben den Kompressor ein“ zu hören. Isabell fragte lieber nicht nach, was das war. Tonys Tonfall nach zu urteilen war es aber wohl kaum als Kompliment gedacht gewesen. Sie vermutete, dass ein Kompressor ein Gerät war, das Marinos Stimme verbessern und später auf dem Tonträger „angenehmer“ klingen lassen sollte.

Isabell konnte darüber nur den Kopf schütteln. Sie hätte die CD auch ohne Nachbearbeitung gekauft. Aber vielleicht war sie etwas voreingenommen.

Erstaunlicherweise ließ Marino die Beschimpfungen fast emotionslos über sich ergehen. Dafür war Isabell vor Wut rot angelaufen. Der Gesang war doch melodisch und wohltuend für die Ohren. Was wollte dieser Tony denn? Er tat fast so, als hätte er Ahnung von Musik. Dabei war er nicht einmal ein richtiger Produzent. Isabell ballte die Fäuste.

Beim nächsten „Passen Sie doch auf, Sie haben den Einsatz schon wieder verpasst!“ hatte sie endgültig genug. Völlig entnervt, als hätte man sie und nicht Marino heruntergeputzt, erhob sie sich.

„Und so was hast du als Freund“, zischte sie Luca an. „Das kann man sich ja gar nicht mehr mit angucken. Ich gehe jetzt.“ Zähneknirschend verließ sie den Raum und knallte die Tür hinter sich zu. Drinnen erhob sich Protestgeschrei, aber das interessierte sie nicht mehr. Ärgerlich marschierte sie ziellos davon, bis sie feststellte, dass sie sich verlaufen hatte.

Sie irrte durch die Gänge und wurde langsam nervös. Von außen hatte das Gebäude gar nicht besonders groß gewirkt, aber innen entpuppte es sich als Labyrinth. Überall war es dunkel und stickig. Sie musste sich zusammenreißen, um nicht von Panik befallen zu werden. Da entdeckte sie die rettende Tür. „Notausgang“ leuchtete ihr in knallroten Buchstaben entgegen.

„Endlich. Wenn das hier kein Notfall ist.“ Sie hängte sich an die Türklinke und versuchte sie herunterzudrücken. Trotz enormen Kraftaufwandes gelang es Isabell jedoch nur, die widerspenstige Tür einen Spalt breit zu öffnen. Nun klemmte das verdammte Ding auch noch. Isabell stemmte sich mit ganzer Kraft dagegen und schrammte sich die Schulter auf.

„Und so was nennt sich Notausgang!“, rief sie wütend.

Sie konnte schieben, drücken, stemmen, wie sie wollte – vergeblich. Also versuchte sie sich mühevoll durch die Ritze zu zwängen. Aber das hätte sie besser lassen sollen. Sie wand sich wie verrückt, aber es half nichts. Mit Schrecken wurde ihr bewusst, dass sie feststeckte. Von allein konnte sie sich nicht befreien.

Die Situation war nicht nur ziemlich peinlich, sondern auch schmerzhaft. Der Spalt war so eng, dass Isabell regelrecht eingequetscht wurde. Ihr tat alles weh. Und weit und breit war kein Mensch zu sehen, der ihr hätte helfen können. Das machte sie fast wahnsinnig. Verzweifelt rief sie um Hilfe, aber anscheinend hörte sie niemand.

Vergebens hoffte sie auf befreiende Schritte. Es herrschte eine tödliche Ruhe, und Isabell fragte sich verzweifelt, warum sie immer in solche misslichen Situationen geraten musste. Nun steckte sie hier eingeklemmt im Notausgang, schämte sich und fühlte sich allein. Es konnte kaum noch schlimmer kommen.

Die Zeit verging. Nichts passierte. Isabell wurde langsam müde. Die Schmerzen ließen sie halb bewusstlos werden, und irgendwann fielen ihr tatsächlich die Augen zu.

Sie hatte keine Ahnung, wie lange sie weg gewesen war, als sie in Marinos Armen erwachte.

„Na, Gott sei Dank", hörte sie Luca seufzen.

„Was hast du nur wieder eingestellt?", murmelte Marino zärtlich. Die Sorge um sie stand ihm ins Gesicht geschrieben.

Isabell stöhnte und hielt sich den schmerzenden Kopf. „Ich wollte doch nur durch den Notausgang, weil ich keine andere Tür gefunden habe."

Sie befreite sich aus Marinos Umklammerung und schaute ihm empört in die Augen.

„Diese Bude hier braucht mal eine Generalüberholung. Was soll das für ein Notausgang sein? Bevor man ihn geöffnet hat, kann man schon tot sein!"

„Aber nein, Liebling. Du musst doch den roten Knopf dort drüben drücken." Marino betätigte den besagten Knopf, und die Tür, die inzwischen geschlossen war, öffnete sich problemlos.

„Und das soll nun ein Mensch wissen." Isabell fühlte, wie sie rot anlief. Jetzt, nachdem sie gerettet war, war ihr die ganze Sache nur noch peinlich. Marino musste sie ja für einen kompletten Trottel halten. Am liebsten wäre sie im Erdboden versunken oder ganz weit weggerannt.

„Nun, weißt du, wie du solche Türen öffnen kannst." Marino nahm ihren Kopf zwischen seine Hände und schaute sie besorgt an. „Wenn dir etwas passiert wäre, wäre ich nie wieder froh geworden." Er drückte sie fest gegen seine Brust und begann, sie leidenschaftlich zu küssen.

„Äh", hüstelte Luca. „Ich bin dann wohl überflüssig." Leise entfernte er sich. „Ihr wisst ja hoffentlich, wo der richtige Ausgang ist", hörte ihn Isabell sagen, aber das nahm sie bloß halb wahr. Sie spürte nur noch Marinos Lippen auf ihrem Mund. Alles andere war wie ausgeblendet.

„Ich glaube, wir müssen gehen. Die anderen warten sicher schon auf uns." Marino löste sich widerwillig von ihr.

„Ja, ja, natürlich." Isabell hatte Schwierigkeiten, wieder in die Realität zurückzukehren. Der lange Kuss hatte sie in eine andere Welt schweben lassen. Sie musste über diesen Gedanken lächeln. Sie klang schon wie die Heldin aus einem kitschigen Liebesroman.

Bei der Heimkehr kam jedoch die alte Empörung zurück. Isabell war froh, dass sich Tony bereits verabschiedet hatte, sonst hätte sie sich nicht zurückhalten können, ihm eine Szene zu machen.

„Ich weiß nicht, warum du dir das gefallen lassen hast", sagte sie zu Marino. „Wie er dich heute runtergeputzt hat, war einfach zu viel. Und warum hast du dich eigentlich so fein gemacht? So wie der dich behandelt hat, hättest du auch in Jeans und T-Shirt auftreten können."

Der junge Italiener lachte nur. „Ach, nach dem Singen hat er noch ein paar Fotos geschossen, die später auf dem Cover der CD erscheinen sollen. Da musste ich doch schick aussehen, um Käuferinnen anzulocken. Und Tony war noch recht freundlich. Ich habe Storys gehört über Produzenten, die viel schlimmer mit angehenden Stars umgesprungen sind. Die wurden nicht selten mit üblen Schimpfwörtern tituliert."

„Was? Das ist ja unglaublich. Und keiner wehrt sich dagegen?" Isabell konnte es nicht fassen. Sie hatte gedacht, dass es in dieser Szene etwas fröhlicher zugehen würde. Aber offensichtlich war eher das Gegenteil der Fall.

„Das gehört leider zum Geschäft. Wer groß rauskommen will, muss auch einstecken lernen. Es ist kein leichter Job, vor allem am Anfang nicht. Man muss viel runterschlucken können. Doch ich denke, ich schaffe das schon."

Isabell gab zu, dass sie überrascht war. Sie bewunderte Marino. So viel Sachlichkeit und Ausdauer hätte sie ihm gar nicht zugetraut. Sie wusste, dass es ihm unendlich schwer gefallen sein musste, so ruhig zu bleiben. Immerhin hatte er ein aufbrausendes Temperament.

Vielleicht sollte sie sich ein Beispiel an ihm nehmen. Beschämt musste sie sich eingestehen, dass sie ihre Jobsuche etwas vernachlässigt hatte. Dass die Arbeit nicht auf der Straße lag, hatte sie gewusst. Doch warum hatte sie nicht mehr Anstrengungen unternommen, eine Stelle zu bekommen? Sie hatte zwar nicht direkt aufgegeben, aber sich auch nicht ernsthaft bemüht. Das musste sich jetzt ändern. Von Rückschlägen würde sie sich nicht mehr entmutigen lassen. Als Sänger Fuß zu fassen war viel schwieriger. Dennoch war Marino zuversichtlicher als sie.

Am Nachmittag machte sie gleich Nägel mit Köpfen und suchte an Lucas Laptop im Internet nach aktuellen Stellenangeboten in der Region.

„Schon was Gescheites gefunden?", fragte Luca und blickte ihr neugierig über die Schulter.

„Nun ja, dieser Kindergarten hat eine Stelle anzubieten, aber man sollte Leiterfunktion übernehmen, und das ..."

Ein stürmisches Klingeln unterbrach Isabell.

„Wer kann das denn sein?", wunderte sich Luca. „Ich erwarte eigentlich niemanden."

„Vielleicht wieder so ein Vertreter?"

„Hör bloß auf", winkte er ab. „Von denen habe ich die Nase voll. Noch einen Staubsauger kann ich wirklich nicht gebrauchen. Schade, dass Janine nicht da ist. Die schlägt solche lästigen Typen immer in die Flucht." Zögernd öffnete Luca die Tür. Statt des befürchteten Vertreters stand Angela im Türrahmen.

„Du?" Luca schien ehrlich überrascht. „Wieso bist du denn schon da? Ich denke, du wolltest erst in zwei Tagen kommen?"

„Wir waren eben eher fertig. Ich wollte zu Marino und ihm nachträglich zum Geburtstag gratulieren. Da er nicht zuhause ist, dachte ich, er wäre hier. Und? Ist er?" Angela blickte suchend umher.

Da entdeckte sie Isabell. Ihre Augen wurden groß, und ihre Miene verhieß Unheil.

„Spinn ich oder was? Luca! Wie konntest du dieses elende Miststück aufnehmen? Hast du vergessen, was sie Rino angetan hat?"

Maria, die Angela vom Fenster aus hatte nahen sehen, stürzte ins Zimmer, um Isabell zu warnen. Doch es war zu spät.

„Ach, steckt ihr alle unter einer Decke!" Angela war empört. „Und an Marino denkt ihr wohl überhaupt nicht! Aber die wird ihn nicht noch mal verletzen. Dafür sorge ich." Nach diesem Ausbruch stürmte sie aus der Wohnung und schlug die Tür so laut zu, dass die Wände wackelten.

Im Wohnzimmer herrschte Schweigen. Alle schauten betreten zu Boden, bis Maria schließlich das Wort ergriff. „Nimm das nicht so ernst, Isa. Sie liebt ihren Bruder sehr. Du musst das verstehen. Sie hat Angst, dass du ihm wieder wehtun könntest." Sie blickte auf und schaute Isabell fest in die Augen. „Ich übrigens auch. Du tust es doch nicht wieder, oder?"

„Nein, ich liebe ihn doch!" Isabell überraschte mit diesem Geständnis nicht nur die anderen, sondern auch sich selbst. Erst jetzt, da sie es laut ausgesprochen hatte, wurde ihr klar, dass es stimmte und sie tatsächlich mit Marino ihr Leben teilen wollte.

Sie war zu aufgewühlt, um sich auf ihre Stellensuche zu konzentrieren. So beschloss sie, in den nahe gelegenen Supermarkt zu gehen, um für das Abendessen einzukaufen. Leider hatte Angela dieselbe Idee gehabt. Sie stand auf einmal vor Isabell, als diese gerade ein Päckchen Weißbrot aus dem Regal nahm.

„So trifft man sich wieder", zischte Angela unfreundlich.

„Komm, beherrsch dich. Wenn du mich schon so angiften musst, dann bitte nicht, wo so viele Leute sind." Isabell schaute besorgt um sich, ob jemand auf sie aufmerksam geworden war.

„Das ist mir doch wurscht! Sollen doch ruhig alle mitkriegen, wie herzlos du bist! Ich kann dich nicht ausstehen! Du hast meinen Bruder fast umgebracht. Aber das wirst du nie wieder tun! Dafür sorge ich! Ich werde Rino beschützen. Er wird sich nie wieder in dich verlieben!"

„Aber ..."

„Nein, das wirst du nicht schaffen, und wenn ich da etwas nachhelfen muss. Wir brauchen keine Ausländerziege, die sich in unsere Familie einmischt!"

Ausländerziege! Das war zu viel für Isabell. Sie hatte es nicht nötig, sich beleidigen zu lassen, schon gar nicht von jemandem, der sich wie ein unreifes Kind benahm. Wütend schnappte sie ihren Einkaufswagen und ging ohne ein weiteres Wort davon. An der Kasse trafen sich die beiden Frauen jedoch wieder.

„Sag mal, verfolgst du mich oder was?", knurrte Angela mit blitzenden Augen.

„Hab ich das etwa nötig?" Isabell zwang sich innerlich zur Ruhe. Was bildete sich das Mädel eigentlich ein? Das war ja schon fast krankhaft.

„Wer weiß, was du vorhast. Wahrscheinlich willst du dich bei mir beliebt machen, damit ich dir nicht im Weg stehe, wenn du dich wieder an Marino heranschmeißt. Aber nicht mit mir! Auf diesen billigen Trick falle ich nicht herein! Ich werde verhindern, dass du ihm noch mal näher kommst."

„Pass auf, dass du dich nicht übernimmst." Isabell lachte auf. Angelas Gerede konnte man doch nicht ernst nehmen, oder? Aber der hasserfüllte Blick, der sie traf, ließ sie erschauern.

„Amüsier dich nur, lange wirst du es nicht mehr können. Dafür sorge ich. Arrivederci!" Ein eiskaltes Zischen drang in ihr Ohr. Es schmerzte beinahe, und sie wunderte sich, dass nicht noch eine Ohrfeige hinterherkam. Doch ehe Isabell es sich versah, stand sie alleine da.

Auf dem Weg zurück zu Lucas Wohnung gingen ihr Angelas Worte nicht aus dem Kopf. Waren es nur leere Drohungen, in ihrer Wut hervorgeschleudert? Oder musste sie sich vorsehen? Angela hatte sich so sehr verändert. Isabell konnte gar nicht fassen, dass sie einmal sehr gut mit ihr befreundet gewesen war.

4. Kapitel

Die Zeit verging. Eines Tages waren Isabell und Marino gerade auf dem Weg zu seiner Wohnung, als ihnen Angela über den Weg lief. Sie musste die beiden schon von weitem entdeckt haben, denn sie war nicht sehr überrascht, Isabell zu sehen.

„Willst du die etwa mit zu uns nachhause schleppen?", fragte Angela ihren Bruder ärgerlich.

„Na hör mal, wie redest du denn von meiner Freundin?" Marino war sichtlich genervt von dem kindischen Verhalten seiner Schwester.

„Freundin? Die ist es doch gar nicht wert, dass man sie so nennt!"

„Angela, nun benimm dich aber mal!"

„Die kommt mir nicht ins Haus!"

„Sag mal, du spinnst wohl! Was gibt dir das Recht, so zu reden?" Marino war kurz davor, aus der Haut zu fahren. Er liebte seine Schwester sehr, aber im Moment verhielt sie sich nicht wie die reife, vernünftige Frau von 23 Jahren, die sie sonst war. Und das es ausgerechnet wegen der Frau war, die er einmal heiraten wollte, brachte ihn schier zur Verzweiflung.

„Rino! Hast du denn schon vergessen, was sie dir alles angetan hat?"

„Ach, das ist doch Schnee von gestern!"

Angela war vor Schreck ganz grau im Gesicht geworden. Dass ihr Bruder ihre Ansichten nicht teilte und Isabell sogar verteidigte, machte sie fassungslos. Also musste sie schwerere Geschütze auffahren.

„Komm!" Sie zog ihn ein Stückchen von Isabell weg und flüsterte ihm etwas ins Ohr.

„Du sollst mich nicht anlügen!", schimpfte er daraufhin und stieß sie ärgerlich von sich.

„Aber, aber, das stimmt", stotterte sie aufgebracht.

„Ruhe jetzt! Ich will nichts mehr davon wissen!" Marino hatte genug. In diesem Moment stand sein Entschluss fest. Er würde vorübergehend zu Luca ziehen. Dort konnte er wenigstens ungestört mit Isabell zusammen sein, ohne Angelas Wutanfälle fürchten zu müssen. Sicherlich konnte er zunächst nur tagsüber dort bleiben, da die Wohnung zu klein für vier Personen war. Und er glaubte nicht, dass Luca das Schlafzimmer auch noch mit seinem Bruder teilen wollte. Aber es war die beste Lösung, bis sich etwas anderes fand.

Da Angela sich hartnäckig weigerte, Isabell in ihre Wohnung zu lassen, wartete diese draußen vor der Haustür, während er ein paar Sachen zusammenpackte und seine Post holte. Darunter war ein geschäftsmäßig aussehender Brief, den er aber nicht gleich öffnete. Erst als sie bei Luca angelangt waren, riss er den Umschlag auf und las. Seine Miene hellte sich auf.

„Da muss ich doch gleich mal auskundschaften, ob sie auch jemand kauft!" rief er laut und legte das Schreiben zur Seite.

„Und was stand nun drin?" Isabell konnte ihre Neugier kaum im Zaum halten.

„Dieser Tony hat mir geschrieben. Meine CD ist fertig. Er hat die Herstellung, Vervielfältigung und den Vertrieb von seiner kleinen Musikproduktionsfirma übernehmen lassen. Er hat ja ein eigenes CD-Label. Auch wenn es noch nicht so bekannt ist, klingt alles ganz nett. Ich verstehe bloß diesen einen Satz nicht. Er meint, dass er meine Karriere damit in die Hände von Profis legen will. Was soll das nur bedeuten? Ich dachte, er wäre selbst Profi?" Marino hielt inne und kratzte sich am Kopf. Anscheinend fiel ihm keine passende Erklärung ein und Lust, länger darüber nachzudenken, hatte er ebenfalls keine. Also, zuckte er mit den Schultern und sprach weiter.

„Es ist erst mal eine Auflage von 300 Stück gepresst worden, und die Single gibt es bisher auch nur in zwei kleinen Plattenläden zu kaufen. Aber es ist immerhin ein Anfang, und es hat mir nicht mal so viel ge..." Erneut hielt er inne, als hätte er schon zu viel gesagt. „Na ja, egal. Jedenfalls ist das so: Wenn alle 300 Singles verkauft werden, werden weitere CDs produziert. Wenn sich die Leute darum reißen und die Teile innerhalb weniger Tage vergriffen sind, zieht Tony in Erwägung, ein ganzes Album von mir zu veröffentlichen. Was für ein Gefühl zu wissen, dass man jetzt wenigstens eine Chance hat, nach dieser monatelangen Aussichtslosigkeit und demütigenden Nichtbeachtung! Ich bin so froh, dass ich noch nicht aufgegeben habe. Jetzt kann ich die Musik machen, die ich will. Dieser Meierfink wird sich umgucken, wenn mir die Fans plötzlich die Wäsche vom Leib reißen. Vielleicht habe ich bald den Erfolg, den ich mir schon immer gewünscht habe. Wie gesagt, der Anfang ist gemacht."

Isabell dachte, dass 300 Singles lächerlich wenig waren und man nicht gerade von einem großen Karriereschub sprechen konnte, selbst wenn alle verkauft werden sollten. Doch sie wollte Marinos Euphorie nicht mit ihrer sachlichen Nüchternheit dämpfen. Er würde schon von allein auf den Boden der Tatsachen zurückkehren. Sollte er ruhig träumen, solange diese Freude noch anhielt.

„Ja, und du musst nur noch 299 CDs an den Mann bringen", sagte sie stattdessen. „Weil ich nachher auch schnell in einen der zwei Musikläden huschen werde."

„Nett von dir. Sag mal, wollen wir nicht einen darauf trinken? Vielleicht bin ich schon bald berühmt, und du kannst sagen, du bist mit dem großartigen Marino Rossini aus gewesen."

„Spinner!" Isabell knuffte ihn scherzhaft in die Seite. „Ich dachte eher, du stellst mich als deine Freundin vor."

„Na, das geht ja nicht. Ich kann die weiblichen Fans doch nicht enttäuschen. Du musst die heimliche Frau an meiner Seite sein."

Die beiden alberten herum wie ausgelassene Kinder. Und als Luca mittags in die Pizzeria gegangen war, nutzen sie die Gelegenheit, die Betten im Schlafzimmer zu zerwühlen.

„Hm, ich denke, ich sollte langsam aufstehen, wenn ich heute noch ein Musikgeschäft von innen sehen will. Außerdem müsste Janine bald von der Arbeit kommen, und ich glaube nicht, dass sie es sehr schätzen würde, wenn sie uns nackt in ihrem Bett vorfindet." Isabell fuhr zärtlich mit dem Zeigefinger über Marinos Brust. „Also, verrat mir noch mal: Wo gibt es deine Single zu kaufen?"

Eine Stunde inspizierte Isabell das Schaufenster von „Egons Plattenladen", doch Marinos CD konnte sie bei dem Wirrwarr an Tonträgern einfach nicht entdecken. Sie presste ihr Gesicht ganz nah an die Scheibe und ließ ihre Augen durch jeden Winkel des Ladens wandern.

„Also, wenn sie das neue Live-Album von den Stones suchen, können Sie gleich wieder nachhause gehen. Das gibt's hier nicht", sprach sie plötzlich ein junger Kerl an.

Erstaunt drehte sie sich um. „Wie kommen Sie denn darauf?"

„Na, in den Laden verirrt sich doch sonst niemand. Hier gibt es bloß Mist. Angeblich alles unabhängige junge Künstler, die auch eine Chance verdient haben. Hach, ich wette, das ist alles nur Schrott von irgendwelchen unbekannten Typen, die keiner hören will."

„Ja, ja, schon gut", unterbrach Isabell den Redeschwall des Mannes. Er war ihr direkt unsympathisch, weil er behauptete, es gebe hier nur „Schrott". Wahrscheinlich würde er Marinos Single auch zu dieser Kategorie zählen. Sie knirschte mit den Zähnen und betrat den Laden, um besser Ausschau nach dem Werk ihres Liebsten halten zu können.

Wenn man allerdings der einzige Kunde in einem Geschäft war, ließen einen die Verkäufer nicht in Ruhe und versuchten alles, einem ihre Ware aufzuschwatzen.

„Guten Tag, schöne Frau", begrüßte sie der Mittvierziger, der sich hinter seiner Ladentheke versteckt hatte, aber nun blitzschnell auf Isabell zustürmte. „Schauen Sie sich ruhig um, wir haben heute wieder neue Lieferung bekommen. Erstklassige CDs, die es woanders gar nicht zu kaufen gibt! Kommen Sie, ich zeige Ihnen unsere Spezialangebote!"

Noch bevor Isabell den Mund aufmachen konnte, hatte er sie schon am Arm gepackt und durch den halben Laden gezerrt. In der hintersten Ecke blieb er stehen, ließ sie los und begann, einige CDs von exotisch klingenden Sängern aus den Regalen zu holen.

„Hier sehen Sie das brandaktuelle Live-Album von Annajoschka. Ist eine Super-Rarität und deshalb heiß begehrt. Bei uns kostet sie auch nur die Kleinigkeit von 12,95 Euro. Na, was sagen Sie?"

Sie starrte ihn an und fragte sich, wer um Himmelswillen Annajoschka war. Sie hatte den Namen noch nie gehört, wusste nicht einmal, ob sich dahinter eine Frau, ein Mann oder eine Gruppe verbarg. Und wenn die CD so heiß begehrt war, warum standen davon noch unzählige Exemplare im Regal?

Der Verkäufer schien Isabells mangelnde Begeisterung vom Gesicht abzulesen. In der Tat machte sie nicht den Eindruck, als ob sie ihm die CD aus den Händen reißen wollte. Aber er ließ sich nicht aus der Ruhe bringen, sondern versuchte eine andere Taktik.

„Wenn Sie natürlich lieber etwas anderes haben möchten. Wir hätten da noch „Best of Tour 82" von den Golden Dream Boys. Übrigens auch ein absoluter Geheimtipp und nur 13,45 Euro.“

Isabell seufzte und ließ ihren Blick umherschweifen. Von den Musikern, die auf den CD-Hüllen abgebildet waren, kannte sie nicht einen einzigen. Ob der Laden wirklich nur CDs von unbekannten Musikern anbot, von Sängern, die keine große Fangemeinde hatten? Wie konnte sich das Geschäft dann überhaupt über Wasser halten?

Ihre Überlegungen schienen dem Verkäufer zu lange zu dauern, denn er wurde langsam ungeduldig. „Nun, was suchen Sie denn?“

„Eine Single ...“, begann Isabell, verstummte dann jedoch. Sie kam sich recht albern vor, und plötzlich traute sie sich nicht mehr, nach Marinos Lied zu fragen. Irgendwie hatte es der geschäftstüchtige Mann geschafft, sie völlig zu verunsichern. Würde er dumme Sprüche von sich geben, wenn sie ihm ihren Wunsch mitteilte? Am liebsten wäre sie ohne ein weiteres Wort wieder gegangen. Aber dazu konnte sie sich nicht durchringen.

„Ja, und von wem?“

Isabell fühlte, wie sie schwitzige Hände bekam. Was sollte sie jetzt nur darauf antworten? Ihr fiel kein Name ein, den sie hätte nennen können. Und wenn sie von Marinos Single sprach, würde sie dann schlechten Geschmack beweisen? Sie mochte seine Musik, aber es konnte auch nichts Gutes bedeuten, wenn seine CD an so einen Laden verscherbelt wurde. Die Regale waren voll von Tonträgern, die wohl keine Käufer finden würden.

Die Stimme des Verkäufers riss sie aus ihren Gedanken.

„Welches Lied möchten Sie denn nun haben?“

„Äh ...“ Verlegen schaute sie auf die Cover vor ihnen. Vielleicht sollte sie einfach den Titel von einer billigen CD ablesen und dann so schnell wie möglich aus diesem Laden verschwinden. Marino hatte erzählt, dass seine Single auch im Musikgeschäft drei Straßen weiter angeboten wurde. Dort konnte sie immer noch ein Exemplar kaufen. Eventuell würde der andere Shop auch einen besseren Eindruck machen und sie konnte die CD aus dem Regal nehmen, ohne danach fragen zu müssen.

Als Isabell sich umsah, fiel ihr Blick auf ein Albumcover, das eine bunt gekleidete Musikgruppe zeigte. Sie musste zweimal hingucken, um ihren Augen zu trauen. Das gab es doch nicht! Dieser komische Laden, den sie am Anfang verflucht hatte, hatte tatsächlich eine CD von Aquaflesh auf Lager, eine CD, die es offenbar nirgends woanders gab.

Aquaflesh war Isabells absolute Lieblingsgruppe. Leider war es schier unmöglich, deren Album zu finden. Sie hatte zahlreiche Musikgeschäfte abgeklappert, aber nirgendwo konnte man ihr helfen. Die CD befand sich nie im Regal, und wenn Isabell sie bestellen wollte, bekam sie die Auskunft, dass auch nichts davon im Katalog stand und deshalb nicht angefordert werden konnte. Mit der Zeit hatte Isabell aufgegeben und sich auf das gelegentliche Hören eines ihrer Songs im Radio beschränkt. Und selbst das war nur äußerst selten möglich gewesen.

„Sie haben Aquaflesh?", hauchte Isabell begeistert. Fast blieb ihr die Stimme weg.

„Sicher", lächelte der Verkäufer, froh darüber, dass sich seine Kundin endlich zu einer Entscheidung durchgerungen hatte. Bevor sie wieder unsicher wurde und womöglich ihre Meinung änderte, hatte er ihr blitzschnell die CD in die Hand gedrückt.

Isabell musste schlucken, als sie das Preisschild entdeckte. Das Album kostete an die zwanzig Euro. Sie griff nach ihrem Portemonnaie und zählte die wenigen Scheine und Münzen, die sich darin befanden. Eines wurde ihr sofort klar: Wenn sie die CD kaufte, hatte sie kein Geld mehr für Marinos Single.

Isabell stand vor einer schweren Entscheidung. Sie wusste sich im ersten Moment keinen Rat und versank in Gedanken.

Der Verkäufer wurde ungeduldig. „Was ist nun? Möchten Sie diese einmalige CD kaufen oder nicht? So eine Gelegenheit bekommen Sie nicht wieder."

Isabell befürchtete, dass er Recht haben könnte. Ausgerechnet von ihrer Lieblingsgruppe stand nur ein einziges Exemplar im Regal. Was, wenn sich doch noch ein anderer Kunde in dieses Geschäft verirrte und ihr das gute Stück vor der Nase wegschnappte? Das würde sie ewig bereuen, da war sie sicher.

Marino wird mich schon verstehen, dachte sie, als sie sich für Aquaflesh entschieden hatte. Vielleicht konnte sie Luca um etwas Geld bitten und später noch einmal in einen Musikladen gehen, um die Single ihres Freundes zu holen. Ja, das war ein Plan, mit dem sie leben konnte!

Als sie zurückkehrte, saß Marino vor dem Fernseher und schaute sich ein Konzert von irgendeiner Popgruppe an. Die Fans stürmten gerade die Bühne und gingen den Jungs dort regelrecht an die Wäsche.

„Ich hab's!", rief Marino plötzlich.

„Was denn?", wunderte sich Isabell. Was hatte dieser Mann bloß wieder vor?

„Ich mache mich sexy!", platzte er prompt heraus, und sie wusste im ersten Moment nicht, ob sie erschrocken sein oder lachen sollte.

„Was versprichst du dir davon? Du siehst doch jetzt schon sehr gut aus."

Aber Marino wollte von ihrem Kompliment nichts hören. „Quatsch! Schau mich doch mal an, meine Gesamtoptik ist zum Schreien!" Er sprang abrupt auf und lief zum Spiegel. „Meine Frisur! Oh Gott, nein!" Er raufte sich die Haare. „Und was ich anhabe! Diese altmodische Rentnerkluft." Ärgerlich zerrte er an seiner Hose herum.

„Also, mir gefällt's", beeilte sich Isabell zu versichern.

Marino öffnete den Mund, als ob er etwas sagen wollte, doch er schloss ihn sofort wieder und murmelte stattdessen ein „Hm", das nicht sehr überzeugt klang. Er kratzte sich am Kopf und stellte schließlich die Frage, die Isabell insgeheim schon befürchtet hatte: „Na, hast du meine CD bekommen? Dann brauche ich ja nur noch 299 Stück zu verkaufen."

„Äh ..." Sie wurde ganz weiß im Gesicht und spielte nervös mit ihren Fingern herum. „Ich fürchte, du musst noch 300 Stück verkaufen."

„Was soll das heißen?" Marino fuhr herum und schaute sie verständnislos an. „Hast du nicht genügend Geld mit gehabt? Aber so teuer kann meine Single doch gar nicht sein."

„Doch! Na ja, eigentlich nicht. Also, das war so ..." Isabell entschloss sich, ihm die ganze Wahrheit zu erzählen. Sie war nicht besonders gut im Schwindeln. Das hatte sie schon als Kind gespürt, als sie sich manchmal aus Angst vor schlechten Noten so sehr in Lügenmärchen verstrickt hatte, bis sie gar nicht mehr anders konnte, als die nackte Wahrheit zu gestehen.

Deshalb hatte sie sich beizeiten angewöhnt, selbst auf Notlügen zu verzichten.

Nach ihrem Geständnis starrte sie Marino ausdruckslos an. Aus seinem Gesicht konnte sie nicht ablesen, wie betroffen er war, bis er schließlich sein Schweigen brach.

„So ist das also! Dir gefällt meine Musik also auch nicht."

„Nein, ich ...", versuchte Isabell zu protestieren. Sie war völlig erschrocken über seine Unterstellung. Wenn sie geahnt hätte, wie heftig er auf ihre Aktion reagieren würde, hätte sie selbstverständlich auf das Album ihrer Lieblingsgruppe verzichtet.

„So willst du mir also helfen, ja? Indem du so etwas machst! Das hätte ich nicht von dir gedacht. So wenig bin ich dir wert, dass du mir das antust!", unterbrach er sie. Er hatte sich in Rage geredet.

„Nun sei nicht so dramatisch! Mein Gott, dann hole ich eben etwas Geld und gehe noch einmal los. Da ist doch nichts dabei." Nun wurde auch Isabell ärgerlich. Warum musste er derart aus der Haut fahren? Schließlich war keine Katastrophe passiert.

„Ach, das ändert auch nichts mehr. Es geht ums Prinzip. Du hast mir gezeigt, was dir wichtiger ist. Nun weiß ich, was ich von deiner „Unterstützung" zu halten habe. Alles leere Worte, wenn's drauf ankommt. Du hast mich zutiefst enttäuscht."

„Amen!" Isabell verschränkte die Arme und ließ den Kopf auf die Brust sinken. Marino übertrieb so maßlos, dass sie den Fehler beging, die Situation nicht ernst zu nehmen.

„Lass deine blöden Kommentare! Das ist nicht lustig!" Seine Augen funkelten vor Zorn. „Ich hatte gedacht, du liebst mich!"

„Ach ja, dachtest du?" Isabell war plötzlich so wütend, dass sie nicht mehr über ihre Worte nachdachte. Warum durfte sie nicht auch einmal etwas verkehrt machen? Es war ja nicht so, dass man es nicht mehr korrigieren konnte. War das gleich ein Grund, an ihrer Liebe und Loyalität zu zweifeln? Sie hatte geglaubt, dass ihr Marino mehr vertraute.

„Nun weiß ich's ja! Du hast mich nie geliebt! Aber in unsere Familie hast du dich eingeschlichen! Wolltest wohl kostenlos versorgt werden! Kein Wunder, dass du dir keine richtige Mühe gegeben hast, einen Job zu finden. Warum auch, wenn du bei uns umsonst essen, trinken und schlafen kannst? Keinen Cent hast du bezahlt, damals nicht und jetzt auch nicht! Und zum Dank hast du mich belogen und betrogen nach Strich und Faden! Und als du genug hattest, bist du einfach abgehauen. Es hätte ja sein können, dass ich dich hätte heiraten wollen. Aber das passte dir nicht in den Kram. Und jetzt hast du dich plötzlich wieder an uns erinnert, weil du jemanden brauchtest, der dir was zu essen und ein Dach über den Kopf gibt. Ich wette, so ohne Job konntest du drüben deine Miete nicht mehr bezahlen. Also, was tun? Anstatt arbeiten zu gehen, versuchen wir es mal bei den Rossinis. Die sind so blöd und nehmen mich wieder auf. Ja, dafür sind wir dir gut genug!"

„Das glaubst du doch nicht wirklich?" Isabell war völlig fertig von seinem Ausbruch. Nie im Leben wäre sie auf die Idee gekommen, dass er so von ihr denken könnte, und ihr schossen unwillkürlich die Tränen in die Augen.

„Du brauchst gar nicht zu heulen! Auf den Trick falle ich ganz bestimmt nicht mehr herein. Ich weiß doch, dass alles nur Show ist! Aber noch einmal legst du mich nicht herein!" Er war nicht zu bremsen und schleuderte ihr alle Gemeinheiten an den Kopf, die ihm gerade in den Sinn kamen. Von seiner Liebe war plötzlich nichts mehr zu spüren.

Isabell hielt sich krampfhaft am Tisch fest, um nicht umzukippen, da ihr auf einmal schwindlig wurde. Noch einen letzten Blick in Marinos wütendes Gesicht, dann stürzte sie aus der Wohnung und lief wie im Trance die Straße entlang.

Isabell bekam nicht mehr mit, was um sie herum geschah. Sie hörte nur ab und zu ein Auto hupen und aufgeregte Schreie, aber sie achtete nicht darauf. Es war ihr alles egal geworden. Sie wollte nur noch weg, so als könne sie damit Marinos hasserfüllten Worten entfliehen.

Sie wusste nicht, wie lange sie so blindlings durch die Gegend gestolpert war, aber plötzlich bemerkte sie ein Glitzern und Funkeln in der hellen Frühlingssonne.

Als sie näher kam, sah sie, dass sie an einem See angelangt war. Wie eine tiefe blaue Grube erschien er ihr und brachte sie auf eine schreckliche Idee.

Sie lief geradeaus, immer geradeaus und fühlte sich seltsam wohl dabei, als das Wasser um ihre Füße schwappte. Bald reichte es ihr bis zu den Knien. Ein Lächeln umspielte ihren Mund. Nur noch ein paar Schritte, dann war alles vorbei. Kein Schmerz mehr, der sie quälte, kein Gedanke an ihr verpfuschtes Leben und die verlorene Liebe von Marino. Bald würde sie Frieden haben.

Sie bewegte sich etwas schneller vorwärts. Das Wasser reichte ihr schon bis zu den Schultern. Ein, zwei Schritte noch, dann ...

„Nein, tu es nicht!", hörte sie plötzlich eine aufgeregte Stimme. Doch sie konnte nicht sagen, ob sie echt war oder ob sie sich das nur einbildete. Als wollte eine innere Macht sie davon abhalten weiterzugehen. Aber da war es schon zu spät. Eine große Welle schlug über ihrem Kopf zusammen, und es wurde schwarz vor ihren Augen.

5. Kapitel

Isabell erwachte in einem weißgetünchten Zimmer. Es dauerte eine Weile, bis sie ihre Gedanken geordnet hatte. Doch dann erkannte sie, dass sie sich in einem Krankenhaus befand. Auf dem Stuhl neben ihrem Bett hockte ein Junge, der eingenickt war. Erstaunt erkannte Isabell, Peter Klosser, den Jungen, dem sie einmal das Leben gerettet hatte. Konnte das Schicksal es so gewollt haben, dass er sie jetzt im Gegenzug ebenfalls vor dem sicheren Tod bewahrt hatte?

Sie fühlte ihre Wangen heiß werden. Beschämt erkannte sie, dass sie durch ihr kurzes Glück mit Marino Familie Klosser und deren Freundlichkeit fast vergessen hatte.

Während sie noch mit ihrem schlechten Gewissen rang, öffnete sich plötzlich die Tür, und der Oberarzt trat ein.

„Sie sind wach, Frau Röske. Das freut mich zu sehen. Ich bin Dr. Schleifer", begrüßte er sie freundlich. Lächelnd drückte er ihre Hand und strich ihr wie einem kleinen Kind beruhigend über das Haar. „Nun erzählen Sie mir mal, was passiert ist. Können Sie sich daran erinnern, was Sie getan haben?"

„Ich ...", begann sie stockend, während sie fasziniert auf ihre Hände starrte. Sie konnte sich sehr wohl daran erinnern, wie und warum sie ins Wasser gegangen war. Aber ob sie dem Arzt wirklich davon berichten sollte? Sie schaute ihm ins Gesicht und beschloss, ihm zu vertrauen. Seine ruhige Ausstrahlung ließ sie ohne Umschweife weitersprechen.

Sie redete sich alles von der Seele und vergaß dabei völlig, dass ihr ein Fremder zuhörte. Erst als sie von ihrer Liebe zu Marino erzählte, wurde es ihr plötzlich wieder bewusst. Erschrocken hielt sie inne.

„Sie brauchen sich nicht für Ihre Liebe zu schämen, aber dafür, was Sie schließlich getan haben. Kein Mann ist so eine Handlungsweise wert. Aber ich bin sicher, dass es nur eine Kurschlusshandlung war und dass Sie das eigentlich gar nicht wollten. Man wirft sein Leben nicht einfach so weg."

Der Arzt hatte Recht. Durch den immensen Schmerz hatte ihr Verstand für einen Moment ausgesetzt. Sie hatte an nichts anderes mehr gedacht, als diesen Schmerz abzustellen. Doch jetzt, da etwas Zeit vergangen war und sie sich beruhigt hatte, kam sie sich nur noch töricht vor.

„Sie können froh sein, dass es noch so mutige junge Leute gibt." Dr. Schleifers Kopf nickte in Richtung Peter, der immer noch sanft vor sich hinschnarchte. „Ohne ihn wäre es sicherlich schiefgegangen."

„Ist er okay?", flüsterte Isabell. Sie machte sich plötzlich Sorgen um ihren Lebensretter. Auch wenn er offensichtlich nicht verletzt war, konnte er sich eine starke Erkältung zugezogen haben. Immerhin war es noch nicht allzu warm draußen.

„Es geht ihm gut. Wir hatten ihn nach Hause geschickt, damit er seine Kleidung wechseln und ein heißes Bad nehmen konnte. Allerdings hat er es dort nicht lange ausgehalten. Er wollte unbedingt an Ihrem Bett sitzen, bis Sie aufwachen. Er scheint Sie sehr zu mögen." Der Arzt zwinkerte ihr zu, bevor er weitersprach. „Sie haben auch Glück, dass Sie sich keine Lungenentzündung eingefangen haben. Sie bleiben noch eine Nacht zur Beobachtung. Wenn keine Komplikationen mehr auftreten, wovon ich stark ausgehe, werden Sie morgen entlassen. Allerdings nicht, bevor Sie einen Termin mit unserem Sozialdienst vereinbart haben. Herr Friedrich wird Sie innerhalb der nächsten Stunde besuchen."

„Bitte, ich brauche keinen Psychiater", protestierte Isabell beschämt. „Ich werde so etwas nie wieder tun, glauben Sie mir."

„Ich glaube Ihnen. Trotzdem ist es in solchen Fällen besser, mit einem Experten darüber zu reden. Und keine Angst, Herr Friedrich ist kein Psychiater, sondern ein sehr guter Sozialpädagoge. Er kümmert sich um alle sozialen Angelegenheiten unseres Krankenhauses. Er hat früher einmal bei der Telefonseelsorge gearbeitet und ist mit vielen menschlichen Problemsituationen vertraut. Ich weiß, dass es Ihnen gut tun wird, mit ihm zu sprechen."

Wie sich herausstellte, war Sören Friedrich ein attraktiver, humorvoller Mittdreißiger. Peter, der inzwischen aufgewacht war, bedachte ihn von Anfang an mit eifersüchtigen Blicken. Anscheinend sah er ihn sofort als Konkurrenten an.

Isabell konnte nicht anders, als darüber zu schmunzeln. Davon abgesehen, dass Peter nun wirklich ein paar Jährchen zu jung für sie war, hatte sie erst einmal genug von Männern. Sie würde sich ganz gewiss nicht gleich wieder in eine neue Beziehung stürzen, auch wenn sie zugeben musste, dass ihr der Sozialpädagoge des Krankenhauses ein bisschen gefiel. Er hatte schöne blaue Augen und ein einnehmendes Lächeln, sodass man gar nicht anders konnte, als ihm sein Vertrauen zu schenken. Er war sicher sehr gut in seinem Beruf.

Bevor sie entlassen wurde, hatte Isabell ein Gespräch mit ihm. Sie saß in seinem gemütlichen Büro und schaute aus dem großen Fenster hinaus in den Krankenhauspark. Obwohl sie sich in seiner Nähe wohlfühlte, traute sie sich nicht, ihm in die Augen zu schauen, als sie von ihrem Leben sprach, welches sie in den letzten Tagen nicht mehr in den Griff zu kriegen schien. Zu tief saß die Scham über ihr feiges Verhalten. Ja, inzwischen war sie zu der Einsicht gekommen, dass es feige war, sich selbst töten zu wollen, um sich nicht seinen Problemen stellen zu müssen.

„Ich kann Ihnen zwar nicht helfen, was Ihre unglückliche Liebe betrifft, aber ich glaube, ich habe einen Tipp für einen neuen Job." Sören Friedlich lächelte geheimnisvoll und griff zum Telefonhörer.

„Was haben Sie vor?", wunderte sich sie laut.

„Nun ja, ich habe einen Freund, der beim Jugendamt arbeitet. Sie sind dort unter anderem auch zuständig für Neueinstellungen städtischer Kinder- und Jugendeinrichtungen. Es kann nicht schaden, einmal nachzufragen, ob sie gerade jemanden brauchen." Nach einem kurzen Plausch am Telefon legte Sören Friedrich den Hörer auf und strahlte Isabell an.

„Sie haben Glück. Es werden tatsächlich mehrere Erzieherinnen für verschiedene Kindergärten gesucht. Sie können bis morgen Ihre Bewerbungsunterlagen vorbeibringen. Am Freitag findet ein Auswahlgespräch statt. Ich drücke die Daumen. Es klappt bestimmt. Ich habe das im Gefühl."

„Ich weiß gar nicht, wie ich Ihnen danken soll." Isabell war überglücklich. Das erste, was sie tun würde, sobald sie hier herauskam, war, ihre Bewerbungsmappe zusammenzustellen. Gut, das – und ihre Sachen von Luca holen. Mit Schrecken fiel ihr ein, dass sie noch einmal zu den Rossinis gehen musste. Außerdem hatte sie jetzt nicht einmal eine feste Adresse. Was bloß sollte sie auf den Bewerbungsbogen als Absender schreiben? Denn das hatte sie einmal gelernt: Ohne Wohnung keinen Job und ohne Job keine Wohnung. Ein Teufelskreis!

Isabell fühlte, wie sie wieder in Depressionen abzurutschen drohte. Auch Sören nahm mit Besorgnis wahr, dass die junge Frau seine Nachricht nicht so erfreut aufnahm, wie sie eigentlich sollte.

„Ist irgendetwas nicht in Ordnung?" fragte er sie schließlich.

„Es ist nur, dass ich nicht mehr zu der Familie meines Ex-Freundes zurück kann. Ich weiß nicht, wo ich wohnen soll." Isabell starrte auf einen undefinierbaren Punkt im Krankenhauspark.

„Oh ..." Sören überlegte einen Moment, schien dann jedoch sicher zu sein, dass er den folgenden Vorschlag machen durfte.

„Wie wäre es, wenn Sie erst einmal bei mir einziehen würden? Solange, bis Sie etwas Eigenes gefunden haben? Ich wohne allein und habe eine viel zu große Wohnung. Es wäre kein Problem."

„Oh nein, das geht wirklich nicht." Isabell war ganz weiß im Gesicht geworden. Es war nicht so, dass sie sich vor Sören fürchtete – zumindest nicht auf die Weise, dass er ihr etwas antun könnte. Trotzdem hielt sie es für eine schlechte Idee, mit einem fremden Mann zusammenzuziehen, einem Mann, der entschieden zu attraktiv und einfühlsam war! In ihrem jetzigen Zustand konnte die Zuwendung eines gut aussehenden Fremden gefährlich werden. Sie musste erst innerlich stärker werden. Und ob sie sich auf eine neue Beziehung einlassen würde, war selbst dann noch äußerst fraglich.

„Darf ich Ihnen wenigstens meine Telefonnummer geben?" Sören nahm seine Visitenkarte aus der Zettelbox vom Schreibtisch und schrieb einige Zahlen darauf. „Hier ist noch meine private Nummer. Wenn etwas sein sollte, können Sie mich dort rund um die Uhr erreichen. Scheuen Sie sich nicht, mich anzurufen, selbst wenn es mitten in der Nacht sein sollte. Und was Ihre Wohnsituation anbetrifft: Dr. Schleifer hat mir von dem Jungen erzählt, der Ihnen das Leben gerettet hat. Wie es scheint, kannten sie sich vorher bereits?"

„Das ist richtig. Ich hätte bei Peters Familie sogar vorübergehend einziehen können, wenn ich nicht den Bruder meines Freun... Exfreundes getroffen hätte. Ich weiß, wo sie wohnen, habe aber ihre Telefonnummer nicht." Sie hatte gehofft, das Thema damit beenden zu können, aber Sören ließ sich gar nicht darauf ein.

„Na, es sollte kein Problem sein, diese herauszufinden." Er griff nach dem Telefonbuch, das in der hinteren Ecke seines Schreibtisches lag. „Ich werde jetzt dort anrufen, damit sie einen Ort haben, wo Sie hingehen können. Da Sie glücklicherweise völlig gesund sind, können wir Sie nicht länger hier behalten. Nach unserem Gespräch heute bin ich überzeugt, dass Sie nicht selbstmordgefährdet sind. Es war wohl tatsächlich nur eine Kurzschlusshandlung."

"Sie können doch nicht die Klossers anrufen! Das wäre viel zu aufdringlich." Isabell war geradezu erschrocken über diesen Vorschlag. Immerhin hatte sie auch nicht zweimal überlegt, als es darum ging, sich bei ihnen zu verabschieden. Und nur, weil es mit Marino nicht geklappt hatte, erinnerte sie sich wieder an die Leute? Dazu kamen noch ihre psychischen Probleme, mit denen sie nun wirklich niemanden belasten wollte.

„Keine Angst", versuchte Sören, die aufgeregte junge Frau zu beruhigen. „Ich glaube nicht, dass der Junge oder seine Familie etwas dagegen hätten. Soweit ich von Dr. Schleifer gehört habe, schien sich der junge Herr ernsthaft Sorgen um Sie zu machen. Er wollte keine Sekunde von Ihrer Seite weichen. Wir mussten ihn praktisch rauswerfen, sonst hätte er noch die Nacht an Ihrem Bett verbracht. Ich glaube fast, er ist ein bisschen in Sie verliebt, was man ihm nicht verdenken kann." Er zwinkerte ihr zu, und sie fragte sich: Flirtet er etwa mit mir?

Seltsamerweise störte es sie nicht so sehr, wie sie befürchtet hatte. Im Gegenteil, es war wie Balsam für ihre verwundete Seele, dass sie doch noch jemand attraktiv fand und offensichtlich sogar gern hatte.

Schon wenige Minuten, nachdem Sören den Telefonhörer aufgelegt hatte, erschienen Peter und seine Mutter im Krankenhaus, um Isabell abzuholen.

„Was machen Sie nur für Sachen!" Mit Tränen in den Augen umarmte Regina Klosser die junge Frau. „Wären Sie bloß gleich bei uns geblieben, dann wäre das alles nicht passiert. Aber jetzt lassen wir Sie nicht gleich wieder gehen. Sobald wir zu Hause sind, werde ich das Gästezimmer für Sie vorbereiten."

„Oh ja", jubelte Peter. „Und ich zeige dir meine Playstation. Dann können wir ..."

„Peter!", unterbrach Regina ihren Sohn. „Ich glaube, Isabell muss sich erstmal ausruhen." Sie lächelte dabei, was ihren Worten die Schärfe nahm.

Isabells Laune besserte sich zusehends. Es war so schön zu wissen, dass sie einen Ort hatte, wo sie hingehen konnte und wo sie sich geborgen fühlen würde. Es gab Leute, die sich um sie sorgten. Sie war nicht allein. Wenn sie heute nicht noch den schweren Gang zu Luca vor sich gehabt hätte, hätte dieser Tag perfekt werden können. Aber diesen Gedanken wollte sie erst mal ein wenig von sich schieben.

Stattdessen versuchte sie, sich über ihr neues Zimmer zu freuen. Es erinnerte sie sehr daran, wie es früher bei ihr zuhause gewesen war, und Sie fühlte sich sofort in ihre Kinder- und Jugendzeit zurückversetzt. Die lustige Bärchenmuster-Tapete, die wohl noch aus Peters Tagen als Hosenmatz stammen musste. Das kleine Bett, das in der Ecke stand. Die altmodische Schrankwand, vollgestopft mit Sachen, die sich im Laufe der Zeit angesammelt hatten, die keiner mehr brauchte und von denen man sich trotzdem nicht trennen konnte. Der bunte, leicht zerschlissene Vorhang vor dem Fenster, das auf den grünen Spielplatz hinausführte. Das alles rief Erinnerungen an ihre eigenen Kinderjahre wach. Wenn sie doch noch einmal so sorgenfrei und unbekümmert sein könnte wie damals!

Ihr neues Reich war hübsch und beruhigend. Nur ihre persönlichen Sachen fehlten noch, damit sie sich hier rundum wohlfühlen konnte. Deshalb entschloss sie sich, nicht mehr allzu lange zu warten und sich schon mittags auf den Weg zu Luca zu begeben, bevor der auf Arbeit ging. Peter, der gerade Ferien hatte, bestand hartnäckig darauf, sie zu begleiten. Das war ihr jedoch alles andere als lästig. Im Gegenteil, ein bisschen moralische Unterstützung konnte nicht schaden.

„Isabell, wo warst du? Ich habe mir schon Sorgen um dich gemacht, als du plötzlich so schnell verschwunden warst. Wenn du dich heute nicht gemeldet hättest, hätte ich wahrscheinlich die Polizei eingeschaltet." Luca schien ehrlich erleichtert zu sein, sie zu sehen. „Und wer ist das?" Sein prüfender Blick fiel auf den Teenager, der etwas nervös hinter ihr von einem Fuß auf den anderen trat.

„Das ist Peter", antwortete sie kurz angebunden. Sie hatte keine Lust, ihm zu erklären, woher sie den Jungen kannte und welche Rolle er in ihrem Leben spielte. Von nun an ging ihr Leben Luca und seine Familie nichts mehr an. „Ich bin hier, um meine Sachen abzuholen."

„Wieso? Ist es wegen des Streits mit meinem Bruder gestern?" Luca schaute sie erschrocken an. Anscheinend war es das Letzte, womit er gerechnet hatte. „Du musst deswegen nicht ausziehen. Ich habe nicht alles mitgekriegt, aber ich bin sicher, dass es Marino nicht so gemeint hat."

„Und ob er es so gemeint hat." Isabell ließ sich nicht beirren und ging an Luca vorbei, um so schnell wie möglich ihre Habseligkeiten zusammenzupacken.

„Aber Isa. Das muss nun wirklich nicht sein! Überleg es dir noch mal. Ich dachte, dass du und Marino wieder zueinander gefunden habt. Ihr hattet euch doch so gut verstanden."

Sie hatte schon eine unhöfliche Antwort auf der Zunge, aber dann fiel ihr ein, dass Luca nichts für ihren Streit mit seinem Bruder konnte. Er wollte wahrscheinlich wirklich nicht, dass sie aus seiner Wohnung auszog. Deshalb schluckte Isabell ihren Ärger hinunter. Es hielt sie jedoch nicht davon ab, ihre Sachen in den Koffer zu stopfen.

„Ja, geh nur. Renn davon. Genauso wie du es vor sechs Jahren gemacht hast. Du hast dich kein Stück verändert!" Luca wurde wütend. Er fühlte sich hilflos, weil er sie nicht aufhalten konnte. Worum es auch immer in ihrer Auseinandersetzung mit Marino gegangen war, es musste doch zumindest wert sein, noch einmal darüber zu reden.

Lucas Worte versetzen Isabell einen tiefen Stich im Herzen. Hatte er etwa Recht? Gab sie wirklich zu schnell auf und wählte den einfachsten Weg, mit ihrem Kummer fertig zu werden?

„Hau doch ab! Ich bereue, dass ich dich überhaupt wieder aufgenommen habe!"

Sie war erschüttert, als er einige ihrer T-Shirts hinaus auf den Hausflur warf. Von Luca hatte sie sich nicht auch noch im Streit trennen wollen. Aber vielleicht war es besser so. Blut war bekanntlich dicker als Wasser, und falls er sich irgendwann einmal hätte entscheiden müssen, hätte er sich ohnehin auf Marinos Seite gestellt. Jetzt konnte Isabell einen endgültigen Schlussstrich unter die Familie Rossini setzen und neu starten. Darin hatte sie ja inzwischen schon etwas Übung.

Sie wusste nicht, wie sie es schaffte, sich so weit zu konzentrieren, dass sie am Nachmittag eine Bewerbung an Peters Computer tippen konnte. Zum Glück hatte sie sich schriftlich immer recht gut ausdrücken können, sodass sie einen ansprechenden Text zu Papier brachte. Ihre Zeugnisse vervielfältigte sie anschließend mit einem All-In-One-Gerät, das Drucker, Kopierer und Scanner in einem war. Nur gut, dass Peters Zimmer mit der modernsten Technik ausgestattet war. So hatte sie alles für ihr Anschreiben beisammen, ohne aus dem Haus gehen zu müssen.

Obwohl sie mit ihrer Mappe recht zufrieden war, hatte Isabell plötzlich Zweifel, dass ihre Bewerbung überhaupt berücksichtigt werden würde. Peter musste Isabell sogar überreden, den Umschlag in den Briefkasten des Jugendamtes einzuwerfen. Daher war sie außer sich vor Freude, als sie bereits am nächsten Tag telefonisch zu einem Vorstellungsgespräch eingeladen wurde.

„Ich kann es immer noch nicht glauben", strahlte sie über das ganze Gesicht. „Das ist der erste Schritt zu meinem neuen Job."

„Ich drücke Ihnen die Daumen. Aber seien Sie nicht allzu enttäuscht, wenn es am Freitag doch nicht klappen sollte." Regina Klosser freute sich mit ihr, versuchte aber, ihre Freude ein wenig zu bremsen. Sie hatte Angst, dass Isabell im Falle einer Absage wieder irgendwelche Dummheiten begehen könnte. Auch wenn sie versuchte, es sich nicht anmerken zu lassen: Ihr Liebeskummer und die seelischen Wunden waren längst nicht verheilt. Und wie aufgewühlt ihre Emotionen noch waren, sollte sich bald herausstellen.

Am Abend konnte Isabell kein Auge zutun. Sie wusste, sie sollte eigentlich glücklich sein. Nun gut, nach allem, was sie durchgemacht hatte, war „glücklich" vielleicht nicht der richtige Ausdruck. Doch zufrieden hätte sie wenigstens sein müssen. Schließlich schien es in ihrem Leben wieder aufwärts zu gehen. Trotzdem fühlte sie sich traurig und unendlich leer. Da war kein Licht am Ende des langen Tunnels, in dem sie sich immer noch befand. Und sie begann sich fragen, ob sie je wieder dieses Licht sehen würde – ohne Marino.

Gegen ihren Willen zauberte sein Name ein Lächeln auf ihre Lippen. Da sie sowieso nicht schlafen konnte, stand sie auf und setzte sich auf die breite Fensterbank. Die Nacht war klar, die Sterne funkelten hell am Himmel. Verträumt schaute Isabell zu ihnen hinauf. Ihre Gedanken wanderten zurück zu dem Tag vor sechs Jahren, als sie der Liebe ihres Lebens zum ersten Mal begegnete.

*

„Es ist echt langweilig hier", beschwerte Sandra. Sie war Isabells beste Freundin. „Ich hatte gedacht, so ein Schüleraustausch würde mehr Spaß machen. Diskos, Partys, nette Jungs. Aber nein, stattdessen rennen wir von Museum zu Museum oder hören uns langweilige Diavorträge über Stuttgart an. Die Stadt ist ja ganz schön, aber ... Hör mal, wie wäre es, wenn wir in die Pizzeria vor der Jugendherberge gehen? Lass die anderen doch Volleyball spielen. Das ist sowieso nicht mein Sport. Ich muss auf meine Finger und Nägel aufpassen."

Isabell begleitete ihre Freundin, aber eher, um ihr einen Gefallen zu tun als aus Interesse. Sie hatte nicht einmal Hunger und hoffte, dass man ihr die Lustlosigkeit nicht ansah. Wenn sie ehrlich war, hätte sie lieber mit den anderen auf dem Volleyballplatz gestanden, da sie sehr sportlich war und sich nicht groß um abgebrochene Fingernägel scherte.

Sie setzten sich an einen kleinen Tisch am Fenster. Isabell bestellte sich nur einen kleinen Salat.

Mehr würde sie nicht hinunterbekommen. Das Mittagessen in der Herberge war einfach zu reichhaltig ausgefallen.

Seltsamerweise wollte auch Sandra nichts essen. Stattdessen ließ sie sich eine ganze Flasche Rotwein bringen. Isabell hatte den Verdacht, sie war nur deshalb in diese Pizzeria gegangen.

Obwohl seine Schützlinge bereits volljährig waren, sah es ihr Lehrer nicht gern, wenn sie Alkohol tranken. Er hatte öfter Vorträge über die schädlichen Auswirkungen der Trinkerei gehalten und es sogar einmal fertig gebracht, auf einer Klassenfahrt sämtliche Bierflaschen einzusammeln, die die Jugendlichen mitgenommen hatten. Natürlich ließ sich nicht jeder vom Trinken abbringen. Im Gegenteil, für manche war es nur ein Ansporn mehr, alles zu versuchen, um an den verbotenen Genuss zu kommen.

So nippte auch Sandra sichtlich zufrieden an ihrem Glas Rotwein, bis auf einmal ihr Handy klingelte. Isabell merkte sofort, dass es kein erfreulicher Anruf war. Sie konnte praktisch mit ansehen, wie sich die Mundwinkel ihrer Freundin immer weiter nach unten zogen, je länger das Gespräch dauerte.

Als Sandra es schließlich wegdrückte, sagte sie erst einmal gar nichts, sondern leerte ihr Weinglas fast in einem Zug.

„Was ist passiert?" Besorgt legte Isabell die Hand auf ihren Arm.

„Torsten! Dieser Blödmann hat gerade mit mir Schluss gemacht. Übers Telefon! Kannst du dir vorstellen, wie ich mich jetzt fühle?"

Leider konnte sich das Isabell nicht richtig vorstellen. Immerhin war sie bis dahin noch nie ernsthaft verliebt gewesen. Sie versuchte daher etwas unbeholfen, aber so gut wie sie konnte, ihre Freundin zu trösten. Doch es gelang ihr nicht wirklich. Trost schien Sandra nur im Alkohol zu finden. Bald schon hatte sie die ganze Flasche vor sich ausgetrunken.

Isabell hatte ihr zwischendurch noch das Glas wegnehmen wollen. Immerhin war es keine Lösung, sich zu betrinken. Aber da war Sandra wütend geworden und hatte angefangen, sie anzubrüllen. Nachdem sie die Aufmerksamkeit sämtlicher Restaurantgäste und des netten Kellners hatten, gab Isabell schließlich auf.

Wie sich herausstellte, vertrug ihre Freundin nicht viel, traute sich jedoch trotzdem, noch einen Schoppen Wein zu bestellen.

„Sani, ich glaube, du hast genug!" Isabell brachte endlich den Mut auf, Sandra vom Weitertrinken abzuhalten.

„Was erlaubst du dir? Das ist immer noch meine Sache!" Für einen Moment schien es, als ob Sandra die Beherrschung verlieren würde und ihr eine Ohrfeige geben wollte. Doch dann meinte sie nur: „Du hast Recht. Was oben reinkommt, muss unten wieder raus. Ich mache mal eine Pause auf dem Klo. Aber danach geht's weiter!"

Sandra stand auf und hätte beinahe mit dem Boden Bekanntschaft gemacht. Zum Glück konnte sie sich noch rechtzeitig am Stuhl festhalten. „Hier dreht sich ja alles."

„Weil du schon viel zu viel getrunken hast", mahnte Isabell. „Ich begleite dich lieber."

„Was, du willst mit aufs Klo? Ja, ja, Frauen müssen immer zu zweit gehen. Aber nein, ich schaffe das auch allein", gluckste Sandra und schüttelte Isabells Hand von ihrer Schulter. Auf wackeligen Beinen schaffte sie es tatsächlich, sich bis zur Toilette vorzukämpfen. Dort brach sie jedoch auf einmal zusammen und sank einem jungen Mann in die Arme, der gerade aus einem Raum hinter der Theke gekommen war.

Nach einer Schrecksekunde hievte der Mann sie vorsichtig auf einen Stuhl in der Nähe. Dann rief er dem Kellner zu, ihm ein Glas Wasser zu bringen, bevor er sich wieder Sandra zuwandte und beruhigend auf sie einsprach.

Isabell zögerte nicht lange und eilte ihrer Freundin entgegen. Sie hätte sie niemals allein zur Toilette gehen lassen sollen, egal, wie sehr sie dagegen protestiert hatte.

„Sani, geht es dir gut?" Besorgt kniete sie neben Sandra nieder, und erst als diese leicht nickte, schaute Isabell den hilfsbereiten jungen Mann zum ersten Mal an.

Für einen Moment war sie sprachlos. Er sah genauso aus, wie sie sich früher immer den Prinzen in ihren Träumen vorgestellt hatte: Groß, dunkel und aufregende grünbraune Augen.

Sie atmete tief durch und biss sich nervös auf die Unterlippe. Sie wusste, dass es dumm war, aber sie konnte nicht einmal das Wort „Danke" herausbringen.

Aber auch er schien nervös zu sein. Er strich sie die schwarzen Locken aus der Stirn, während er sie nur stumm anlächelte. Dann endlich reichte er ihr die Hand.

„Hallo, ich bin Marino!"

Seine Finger waren kalt, so als hätte er vor kurzem in einen Kübel Eiswasser gefasst, und doch floss ein heißer Energiestrom durch beide, als sie sich zum ersten Mal berührten.

Isabell hielt seine Hand fest und wusste dabei immer noch nicht, was sie sagen sollte, bis sie sich plötzlich wieder an ihren Namen erinnerte.

„Ja, ich bin Isabell."

Er schaute hinunter zu ihren Händen, und ihr wurde bewusst, dass sie ihn immer noch nicht losgelassen hatte. Ihr Gesicht lief rot an, doch er lächelte nur eine Spur breiter und überspielte ihren Fauxpas mit einem festen Händedruck.

„Es freut mich, Sie kennen zu lernen, Isabell."

Sie lachte zurück und fühlte sich plötzlich wie in einem Film über die berühmte Liebe auf den ersten Blick. Hatte sie nicht immer darauf gewartet?

Gemeinsam schafften sie Sandra zurück zur Jugendherberge. Zum Glück war der jungen Frau nichts weiter passiert und sie musste lediglich ihren Rausch ausschlafen. Sie und Isabell bekamen jedoch ziemlichen Ärger mit ihrem Lehrer. Für zwei Tage durften sie an keinen Aktivitäten mit den anderen Jugendlichen teilnehmen. Aber Isabell war zum ersten Mal richtig glücklich, sodass die kleine Strafe ihre aufgedrehte Stimmung nicht drücken konnte. Es gab ihr außerdem mehr Zeit, sich mit Marino zu treffen. Erst war es nur heimlich, schließlich war ihr Zimmer nicht abgesperrt, während ihre Klasse unterwegs war. Aber dann zeigten die beiden ihre Beziehung ganz offen und verbrachten fast den ganzen Rest ihres Aufenthaltes in Stuttgart zusammen. Isabells Lehrer mochte den jungen Mann von Anfang an und fand, dass sie in seinen Händen gut aufgehoben war. Auch sah der ältere Herr ein, dass seine Schülerin kein Kind mehr war.

Obwohl es zwischen den zwei Liebenden nur zu Küssen und Streicheleinheiten gekommen war, fühlte sich Isabell Marino auch später noch näher als allen – kurzen – Beziehungen, die sie nach ihm hatte. Irgendwie hatte sie schon damals gewusst, dass kein anderer diesen besonderen Platz in ihrem Herzen einnehmen konnte.

*

Isabell spürte, wie ihr die Erinnerung Tränen in die Augen getrieben hatte. Sechs Jahre lang war es ihr nicht gelungen, Marino zu vergessen. Und nach den wunderbaren Tagen ihrer Wiedervereinigung glaubte sie auch nicht mehr daran, dass sie es je könnte. Sie war wohl einer von diesen Menschen, die nur einmal im Leben wirklich lieben konnten. Da sie anscheinend trotzdem nicht mit Marino zusammenkommen konnte, befürchtete sie, dass sie auch nicht mehr glücklich werden würde. Aber wenn sie nicht mehr glücklich werden konnte, was hatte das Leben dann noch für einen Sinn?

Schlimme Gedanken breiteten sich aus. Sie wusste, dass sie ohne Hilfe heute Nacht keinen Schlaf finden würde. Sie benötigte einige Tabletten, um die Stimme, die ihr von einer düsteren Zukunft erzählte, wenigstens für einen Moment auszuschalten. Doch wenn die Dosis aus Versehen zu hoch sein sollte, würde Isabell das ebenfalls recht sein.

Sie erinnerte sich an das Medizinschränkchen, das sie im Badezimmer entdeckt hatte. Es war hoch oben an der Wand angebracht, damit die kleinsten Familienmitglieder nicht heranreichten, denn Regina musste mehrere Pillen gegen ihren hohen Blutdruck und verschiedene Zipperlein einnehmen. Um diese Zeit würden alle im Haus tief und fest schlafen. Also war die Gelegenheit günstig.

Auf leisen Sohlen tapste Isabell hinunter ins Bad. Aus dem Schlafzimmer erklang ein gleichmäßiges Schnarchen. Daher wähnte sie sich sicher, dass sie nicht erwischt werden würde, und schaltete das Licht an.

Sie stellte sich auf Zehenspitzen, um das Medizinschränkchen zu öffnen und wurde nicht enttäuscht. Eine ganze Reihe von Schachteln lag darin. Da war sicher einiges dabei, was sie schnell einschlummern lassen würde. Und selbst wenn Regina keine Schlaftabletten zu Hause aufbewahrte, würden verschiedene Arzneien durcheinander eingenommen sicherlich dieselbe Wirkung haben.

Isabell schnappte sich mehrere Pillen, ohne sich darum zu kümmern, gegen welche Beschwerden sie halfen und welche Nebenwirkungen sie verursachen konnten. Sie hatte einfach kein gutes Gefühl dabei, das Licht so lange brennen zu lassen. Irgendjemand konnte es bemerken.

Sie stopfte die Arznei unter ihr Nachthemd und wollte den Raum so schnell wie möglich wieder verlassen. Doch als sie nach der Klinke griff, ging die Tür von außen auf. Isabell erschrak heftig und ließ die Schachteln auf den Boden plumpsen.

„Was hast du vor?" Peter starrte sie entsetzt an. In seinen Augen konnte sie sehen, dass er sehr wohl wusste, was sie vorgehabt hatte. Er war nicht dumm.

Erst jetzt wurde ihr auf einmal klar, was es für die Klossers bedeuten musste, wenn einer von ihnen am nächsten Morgen ihren leblosen Körper gefunden hätte. Was, wenn es sogar ein Kind gewesen wäre? Diesen Schock hätte es nicht verkraften können. Soweit hatte Isabell gar nicht überlegt und war nun doppelt froh, dass der Junge sie noch rechtzeitig erwischt hatte.

„Warum wolltest du das tun? Ich dachte, es ist wieder alles in Ordnung? Oder ist es wegen dieses Kerls?", fragte Peter.

Isabell senkte den Kopf und betrachtete verlegen die bunten Schachteln, die verstreut herumlagen. „Wenn du erstmal richtigen Liebeskummer hast, weißt du, wie das ist."

„Ach Quatsch! Männer gibt es wie Sand am Meer! Du findest immer 'nen anderen. Nimm mich zum Beispiel. Du kannst dich mit mir trösten. Ich habe nichts dagegen."

Isabell ließ sich zu einem Lächeln hinreißen. Vielleicht hatte er sogar Recht. Es gab noch andere Männer, die sie sicherlich wollten und nicht so schnell an ihr zweifelten wie Marino. Nur leider würde sie diese wohl nicht lieben können.

„Ich könnte das jetzt meinen Eltern erzählen. Die würden sehr enttäuscht sein. Aber ich bin keine Petze."

Am Klang seiner Stimme erkannte Isabell, dass sie auch Peter kaum etwas Schlimmeres hätte antun können. Sie schämte sich plötzlich, dass sie ihr Leben nicht wirklich in den Griff zu bekommen schien. Kaum stellte sich eine Hürde in den Weg, warf sie alles weg. Isabell atmete tief durch und nahm sich vor, eine stärkere Persönlichkeit zu werden. Außerdem konnte es nicht schaden, ein bisschen härter zu werden. Sie war viel zu nah am Wasser gebaut und nahm sich alles zu sehr zu Herzen. Doch das machte sie nur angreifbar. Wenn sie aber nichts mehr an sich herankommen ließ, würde sie auch keiner mehr verletzen können.

„Es tut mir leid. Ich werde es nie wieder tun. Ich schwöre es!“

„Das hast du schon mal gesagt. Wie soll ich dir das jetzt noch glauben?“ Peter machte klar, dass er sich nicht mit halbherzigen Versprechungen abspeisen lassen wollte.

„Ich weiß. Ich erwarte auch nicht, dass du mir hier blindlings vertraust. Aber gib mir noch eine Chance, um zu beweisen, dass es mir ernst ist. Hey, du kannst mir morgen helfen, mich auf mein Vorstellungsgespräch vorzubereiten. Ihr habt das sicherlich schon in der Schule behandelt, und du kannst mich gut unterstützen. Ich lege großen Wert auf deine Meinung.“

Wie sie gehofft hatte, brachte ihre Schmeichelei den gewünschten Erfolg. Peter vergaß, dass er verärgert über sie war.

Isabell nahm sich vor, ihn nicht noch einmal zu enttäuschen. Sie würde ihr Leben komplett umkrempeln. Sie war bestrebt, die Leute vom Jugendamt mit ihren Kenntnissen zu beeindrucken. Wenn sie schon im Privatleben nicht erfolgreich war, dann wollte sie wenigstens im Berufsleben voll durchstarten.

Nachdem sie die Tabletten aufgesammelt und zurück in den Schrank gestopft hatte, legte sich Isabell wieder ins Bett. Sie war plötzlich emotional so erschöpft, dass sie sofort einschlief.

Am nächsten Tag bereitete sie sich ausschließlich auf ihren großen Tag beim Jugendamt vor. So konnte sie ihren Kummer sehr gut verdrängen und alle düsteren Gedanken aus ihrem Kopf vertreiben.

Wie sie gehofft hatte, konnte sie auf Peters Unterstützung bauen. Zwar machten sie anfangs mehr Unsinn, statt ein realistisches Rollenspiel zu inszenieren, denn Peter übertrieb die Rolle des Chefs maßlos. Einige Scherze konnte er sich einfach nicht verkneifen. Aber dann wurde auch er ernst und stellte Fragen, die Isabell oft ins Schwitzen brachten. Letztendlich hatte sie sich jedoch auf alles eine vernünftige Antwort überlegt. Diese schrieb sie sich auf und lernte sie auswendig.

Normalerweise hielt sie nicht viel davon, aber hier gab es ihr die Sicherheit, die sie brauchte. Daher war sie zwar ein wenig nervös, aber nicht extrem aufgewühlt, als Regina sie am Freitag zum Jugendamt fuhr.

Isabell war überrascht, dort so viele Bewerberinnen anzutreffen. Der Bereich am Empfang war dermaßen voll, dass nicht einmal die Stühle ausreichten und einige junge Frauen stehen mussten. Natürlich hatte sie gewusst, dass sie nicht die einzige sein würde, dennoch hatte sie nicht mit so vielen Kontrahenten gerechnet.

Missgünstige Blicke streiften sie und ein leichtes Frösteln überkam sie. Der Konkurrenzkampf hatte also schon hier im Vorraum begonnen. Er spitzte sich zu, als die Bewerberinnen in ein anderes Zimmer gebeten wurden, um dort an einer Gruppendiskussion zum Thema optimale Kinderbetreuung teilzunehmen.

Die Debatte wurde sehr hitzig. Besonders zwei junge Damen wollten ihre Meinung unbedingt durchsetzen und ließen die anderen kaum zu Wort kommen. Natürlich hatten sie in einigen Punkten Recht. Isabell fand auch, dass sich die Männer an der Betreuung der Kleinsten beteiligen sollten. Die Mütter ihrerseits sollten ihnen mehr zutrauen. Doch die beiden Frauen unterbrachen Isabell ständig, und sie hatte Mühe, nicht den Faden zu verlieren.

Dabei lag ihr das Thema sehr. Sie hatte noch so viele Argumente, was eine optimale Kinderbetreuung in Krippe, Kindergarten und Hort bewirken konnte. Sie hatte zum Beispiel von dieser Kleinstadt in Westfalen gehört, wo es perfekt funktionierte und die Geburtenrate bei 13,5 Neugeborenen pro 1000 Einwohner lag. Das war weit über den Durchschnitt, was für Deutschland üblich war. Es war kein Geheimnis, dass ihre Nation schon seit Jahren als Schlusslicht bei der Anzahl der Geburten galt.

Erst gegen Ende der Gesprächsrunde erinnerte sich Isabell wieder an die Situationen, die sie mit Peter durchgespielt hatte. Solch ein Interview hatte sie sich vorher plastisch ausgemalt, denn hatte man eine Szene erst vor Augen, verlor sie ihren Schrecken. Isabell stellte sich die heldenhafte Hauptrolle vor und spielte die Diskussion noch einmal in Gedanken durch. Sie wusste doch, was sie sagen wollte, verdammt! Diese Erkenntnis und der Ärger darüber, dass sie sich bisher unterbuttern lassen hatte, ließen sie plötzlich ganz entspannt reagieren. Nun gelang es keiner mehr, Isabell mitten im Satz zu unterbrechen. Sachlich erläuterte sie ihre Meinung und achtete darauf, sie vollständig vorzubringen.

Isabell war zufrieden mit sich. Sie hoffte nur, dass sie sich nicht zu spät gefangen hatte und man ihr noch eine Chance gab.

Ihre Stärke lag ohnehin im Einzelgespräch. Sie hatte ja den Dreh raus, wie sie ihre Vorzüge am besten darlegen konnte, Antworten auswendig gelernt oder nicht. Sie konnte stundenlang über ihren Beruf sprechen und über die Erfahrungen, die sie während ihrer Praktika gesammelt hatte. Sie fühlte auch den Druck von ihren Schultern gleiten, jetzt da sie wusste, dass man an ihrer Meinung interessiert war und sie auch niemand unterbrechen würde.

Mit dem Gefühl, am Schluss doch noch alles gegeben zu haben, ging Isabell aus ihrem Vorstellungsgespräch.

Als am darauf folgenden Dienstag die erfreuliche Nachricht eintraf, dass sie in die engere Auswahl einbezogen wurde und sie sich in zwei Tagen in einem Kindergarten vorstellen sollte, war es erstaunlicherweise Sören Friedrich, der ihr als erster in den Sinn kam. Er musste sofort von ihrem Erfolg erfahren. Und so griff sie zum Telefon.

„Das sollten wir feiern!" Sören war genauso erfreut wie sie und gab ihr das Gefühl, dass es richtig gewesen war, sich gleich bei ihm zu melden.

Sie verabredeten sich noch am selben Abend in einem kleinen griechischen Restaurant. Bei Krasato und Suflaki ließen sie es sich richtig gut gehen. Die Kerze auf ihren Tisch zauberte ein beruhigendes Licht. Die leise traditionelle Musik weckte Träume. Das Personal war diskret und doch immer sofort zur Stelle, um all ihre Wünsche zu erfüllen. Es könnte perfekt sein – wenn sie nicht mit dem falschen Mann dort gesessen hätte.

Isabell wollte einen solchen romantischen Abend mit dem Mann genießen, den sie liebte und nicht mit einem Fremden. Auch wenn Sören sehr nett und zuvorkommend war, konnte er Marino nicht ersetzen.

Sören bemerkte ihre Niedergeschlagenheit und glaubte, es hätte etwas mit ihrem gescheiterten Selbstmordversuch zu tun. Vielen Patienten wurde erst später bewusst, was sie angerichtet hatten. Daher war ihr Verhalten für ihn nicht ungewöhnlich.

Er nahm ihre Hand in seine und drückte sie leicht. „Isabell, was auch immer passiert ist, er ist es nicht wert, sich seinetwegen aufzugeben. Sie sind eine liebe, aufrichtige, wunderschöne Frau. Eine Frau, die kein Mann gehen lassen sollte. Wenn er nicht schätzen konnte, was er an Ihnen hatte, dann hat er Sie nicht verdient. Davon abgesehen, haben Sie schon einmal daran gedacht, was sie Ihrer Familie damit antun würden? Wie sollen es beispielsweise Ihre Eltern verkraften, wenn es Sie plötzlich nicht mehr gäbe?"

Isabell schämte sich. Es stimmte: Sie hatte keine Minute an ihre Eltern und Geschwister gedacht, als sie ins Wasser gegangen war oder die Tabletten gestohlen hatte. Wie hatte sie nur so selbstsüchtig sein können, ihrem Schmerz zu entfliehen, aber gleichzeitig anderen Menschen Schmerzen zuzufügen?

„Sie haben Recht. Ich habe nicht mehr richtig überlegen können. Aber ich werde jetzt stärker werden und nicht mehr vor meinen Problemen davonrennen. Das Bestehen des Vorstellungsgespräches ist ein erster Schritt." Isabell versuchte zu lächeln, um ihre Verlegenheit zu überspielen.

Sören, der ihre Hand immer noch nicht losgelassen hatte, begann, sie sanft zu streicheln. „Und ich werde Ihnen dabei helfen."

Isabell wusste nicht, wie sie darauf reagieren sollte. Sören schien mehr zu wollen, als nur ihr Therapeut und Freund zu sein. Aber sie mochte diesen wunderschönen Abend nicht ruinieren, indem sie ihm antwortete, dass er für sie nicht mehr sein konnte. Deshalb nahm sie ihre Gabel und stocherte in ihrem Salat herum. Als sie aufsah, blieb ihr eine Olive im wahrsten Sinne des Wortes fast im Hals stecken.

Was zum Teufel machte Marino hier?

Er sah blendend aus in seinem schwarzen Anzug und den frisch frisierten Haaren. Das Einzige, was nicht gut an ihm aussah, war die Frau an seiner Seite.

Wer war das? Vergeblich kämpfte Isabell gegen die Eifersucht an. Nun war ihr Abend doch verdorben. Ihr Ex-Freund hatte sich ja verdammt schnell getröstet! Noch ein Beweis mehr, dass er sie nicht wirklich geliebt haben konnte. Sie sollte froh sein, den Kerl los zu sein. Stattdessen fühlte sie sich betrogen und rang mit den Tränen.

Sören registrierte ihre Verwirrtheit und folgte ihrem erschrockenen Blick.

„Kann es sein, dass *er* der Grund für Ihren Liebeskummer ist?" fragte er behutsam.

„Können wir bezahlen?", hauchte sie. Das war Antwort genug für Sören. Er zückte sein Portemonnaie und winkte den Kellner herbei.

„Wie wäre es, wir gingen noch ein bisschen zu mir? Dort können wir uns ungestört unterhalten", schlug er vor.

Das war an und für sich eine gute Idee, da sie hier nur noch raus wollte. Leider mussten sie dabei an Marino und seiner Begleiterin vorbei, die immer noch unentschlossen an der Ausgangstür standen.

Wie sollte sie aus dem Restaurant schleichen, ohne von ihnen gesehen zu werden? Verlegen und mit klopfendem Herzen starrte sie auf die Tischplatte, während Sören die Rechnung bezahlte.

„Kommen Sie?" Er reichte ihr seine Hand, die sie nur zögernd ergriff. Anstatt aufzustehen, wäre sie lieber unter den Tisch gekrochen. Blieb ihr denn gar nichts erspart?

„Haben Sie keine Angst. Er kann Ihnen nichts tun." Sören hatte den Arm um ihre Schulter gelegt und führte sie wie ein furchtsames Kind zwischen den Tischen hindurch.

Das war ihr dann doch etwas zu viel. Sie wollte nicht vor Marino kuschen und es so aussehen lassen, als bräuchte sie Geleitschutz, um an ihn vorbeizukommen. Womit sie jedoch nicht gerechnet hatte, war, dass er sie ansprach.

„Isabell?" Sie zuckte zusammen, als sie ihren Namen aus seinem Munde hörte.

„Was machst du hier?" Seine grünbraunen Augen musterten sie. Als sein Blick auf Sören fiel, zog er abschätzig die Brauen hoch. „Wer ist das denn?"

„Ich wüsste nicht, was dich das angeht. Ich frage dich auch nicht, wer die Dame an deiner Seite ist." Isabell war gar nicht so empört, wie sie sich gab. Doch es war eine gute Waffe, um die plötzliche Schwäche in ihren Knien zu bekämpfen. Gott, dieser Mann übte immer noch diese enorme Anziehungskraft auf sie aus!

„Das ist Katrin", stellte er seine Begleiterin vor. Doch die Blondine lächelte sie nur kühl an und unternahm nicht einmal den Versuch, höflich zu wirken. Anscheinend sah sie die andere Frau sofort als Konkurrentin an.

Isabell war geneigt zu fragen, ob Katrin seine Neue war, ließ es aber bleiben. Sie wollte nicht so erscheinen, als ob es sie kümmern würde, dass er sich so schnell getröstet hatte. Stattdessen versuchte sie, ihn zu ignorieren und sich auch nicht von seinem aufregenden Aftershave die Sinne vernebeln zu lassen.

Doch so einfach wollte er es ihr anscheinend nicht machen.

„Isa, was ich dir an den Kopf geworfen habe, war nicht so gemeint. Ich liebe dich doch!"

Sein Geständnis überraschte sie, aber sie wollte davon nichts hören. Sie hatte keine Kraft mehr, es noch einmal ertragen zu müssen, dass er ihr das Herz brach.

„Lass mich!" Verzweifelt versuchte sie, seine Hand abzuschütteln, die sich um ihren Oberarm gekrallt hatte. Seine Finger gruben sich jedoch nur tiefer in ihr Fleisch.

„Isa, hör mich erst mal an!"

„Nein, lass mich in Ruhe!" Sie hatte keine Lust auf seine Erklärungen, aus Angst, wieder schwach zu werden. Sie wand sich wie ein Fisch an Land, um sich aus seinem Griff zu befreien. Dabei schaffte sie es nicht einmal, ihn anzugucken. Sie spürte, dass er diesen flehenden Blick aufgesetzt hatte, dem sie noch nie hatte widerstehen können.

Dieser perfekte Dackelblick, zusammen mit den richtigen Worten, würde sie dazu bringen, ihm alles zu verzeihen. Dann glaube er womöglich noch, sie wäre eine kleine dumme Gans, mit der man alles machen konnte. Nein, er sollte ruhig merken, wie tief sie seine ungerechten Worte verletzt hatten, und dass er damit einen Schritt zu weit gegangen war.

Doch Marino gab nicht einfach auf. Er wollte sie partout nicht gehen lassen, als ob sein Leben davon abhinge. Bis es Sören schließlich zu bunt wurde.

„Belästigen Sie die Dame nicht!"

„Und Sie haben hier was zu melden? Wieso?" Marino starrte ihn an, als wollte er sich gleich auf ihn stürzen. „Mischen Sie sich nicht ein! Das ist eine Sache zwischen Isabell und mir!"

„Falsch! Isabell ist jetzt auch meine Angelegenheit!"

Angelegenheit! Isabell zuckte innerlich zusammen. Seit wann war sie eine Angelegenheit?

Bevor sie darüber nachdenken konnte, ob ihr Sörens Schutz gefiel, wurde sie bereits dadurch abgelenkt, dass Marino den Mann am Kragen packte.

„Hör mal, Freundchen", zischte der Italiener. „Ich habe die älteren Rechte!"

„Rechte? Sie haben überhaupt keine Rechte, so wie Sie Isabell behandelt haben!" Sören wurde jetzt ernsthaft wütend und stieß den anderen Mann zurück. Dieser fackelte nicht lange und schlug mit der geballten Faust zu. Sörens Lippen sprangen auf, und das Blut rann ihm am Kinn hinunter.

Ausgerechnet jetzt fing Katrin, die sich die ganze Zeit herausgehalten hatte, an, wie irre zu kreischen. Spätestens jetzt war ihnen die Aufmerksamkeit sämtlicher Restaurantgäste gewiss. Aber niemand schritt ein, um die beiden Streithähne auseinander zu bringen. Die Leute hätten wohl eher Beifall geklatscht. Wahrscheinlich fanden sie das Drama auch noch amüsant wie ein unterhaltsames Bühnenstück. Doch Isabell fühlte sich ziemlich hilflos. Das Herz klopfte ihr bis zum Hals, aus Angst, dass sich die Männer ernsthaft verletzen könnten. Und es sah ganz danach aus. Die zwei waren so in Rage, dass sie anscheinend vergaßen, wo sie sich befanden. Wie zwei wilde Tiere im Paarungskampf schlugen sie aufeinander ein. Erst als Sören zu Boden ging, nahte Rettung in Gestalt von Demetrios, dem Inhaber des Restaurants.

„Schluss jetzt!" Die Arme in die Hüften gestemmt, baute er sich vor Marino auf und versperrte ihm den Weg, bevor Marino dem unterlegenen Mann einen Tritt versetzen konnte. „Sie verlassen auf der Stelle mein Lokal!"

„Haben Sie sich wehgetan?", rief Isabell erschrocken.

Dass sie sich um den anderen sorgte, schien Marino gewaltig zu stören. Er warf ihr einen bitterbösen Blick zu, als sie sich neben Sören hockte.

„Na, hast du einen anderen Trottel gefunden, der dich aushält?", fauchte ihr Ex-Freund. „Das ging aber schnell! Von wegen, du liebst mich! Alles Lüge!" Er wollte vor ihr auf den Boden spucken, traf aber nur Demetrios' Hemd.

Der ältere Mann hatte Mühe, nicht die Beherrschung zu verlieren. Doch er hatte einen guten Ruf zu verteidigen und wollte die anderen Gäste nicht völlig verschrecken. Deshalb zeigte er dem Raufbold so freundlich wie möglich den schnellsten Weg zur Ausgangstür.

Erst als Marino und seine Begleiterin gegangen waren, konnte sich Isabell über ihre Sprachlosigkeit ärgern. Wieso hatte sie ihm nur nicht die richtige Antwort gegeben? Er beschuldigte sie, und dabei hatte er selber eine neue Frau an seiner Seite!

„Brauchen Sie einen Arzt?" Demetrios hatte Sören einen nassen Lappen gebracht, damit er sich das Blut aus dem Gesicht wischen konnte.

„Nein, ich nehme es wie ein Mann." Sören hatte plötzlich Angst, zur Behandlung womöglich noch in das Krankenhaus gebracht zu werden, wo er arbeitete. Seine Kollegen würden sich fragen, was er in seiner Freizeit machte. Selbst wenn er dadurch nicht seinen Job verlor, würden sie sich wundern, ob die Arbeit als Sozialpädagoge wirklich das Richtige für ihn war.

6. Kapitel

„Vielleicht sollte sich das doch mal ein Arzt anschauen? Das sieht nicht so gut aus." Besorgt betrachtete Isabell Sörens ramponiertes Gesicht. Sie machte sich Vorwürfe. Wenn sie nicht gewesen wäre, hätte diese Prügelei zwischen ihm und Marino niemals stattgefunden. Brachte sie denn allen Menschen nichts als Unglück?

„Keine Sorge, das wird schon wieder. Es sieht schlimmer aus, als es ist. Es hilft mir schon, dass Sie mich nach Hause begleitet haben." Sören, der sich aufs Sofa gelegt hatte, musste über seine eigenen Worte schmunzeln. „Eigentlich ist es ja umgekehrt: Der Mann sollte die Frau heimbringen."

Isabell konnte in sein Lachen nicht einstimmen und schüttelte nur den Kopf. Warum mussten Männer immer die Helden spielen? Sie sah doch, dass es ihm nicht gut ging.

Vorsichtig legte sie den Eisbeutel, den er kurz zuvor aus dem Kühlschrank geholt hatte, auf seine geschwollene Wange.

„Uh ..." Er zuckte leicht und biss die Zähne aufeinander, als Kälte und Schmerz zusammentrafen. Sein Lächeln wurde etwas gequälter, aber verließ seine Lippen nicht ganz.

„Da ich so eine tolle Krankenschwester habe – wie wäre es, wenn wir uns endlich duzten?", fragte er plötzlich.

Isabell zögerte nur einen kurzen Augenblick.

„Einverstanden! Das ist auch besser so unter Freunden." Sie erschrak über sich selbst. Hoffentlich hatte sie sich mit ihrer Bemerkung nicht zu weit hinausgelehnt. Sie wusste ja nicht einmal, ob er an einer Freundschaft mit ihr interessiert war. Sicher, er hatte sie zum Essen eingeladen und sich um sie gekümmert. Aber vielleicht fühlte er sich nur verantwortlich für sie, weil sie seine Patientin war?

„Das ist sehr schön." Sein Lächeln wurde wieder eine Spur breiter. „Freundin", fügte er zärtlich hinzu. Und Isabell musste vom Thema ablenken, da sie sich plötzlich sehr verlegen fühlte und sogar zu zittern begann.

„Jetzt nimmst du erstmal ein Schmerzmittel ein und schläfst dich gesund.“ Sie reichte ihm ein Glas, in dem sie eine Tablette aufgelöst hatte und breitete anschließend eine kuschelige Wolldecke über seinen Körper. Dann endlich rief sie Regina an, um ihr mitzuteilen, dass sie diese Nacht nicht nach Hause kommen würde.

„Du kannst in meinem Bett schlafen“, murmelte Sören. „In dem hellblauen Schlafzimmerschrank liegt noch ein Pyjama, der dir passen könnte.“

Ganz so war es jedoch nicht. Isabell fühlte sich, als ob man sie in einen Sack gesteckt hätte. Aber sie war froh, dass sie überhaupt etwas zum Anziehen hatte. Sie hatte nicht damit gerechnet, die Nacht bei Sören zu verbringen und hatte natürlich keine Schlafsachen dabei. Selbst wenn er in einem anderen Raum schlief, hätte sie sich nicht wohl dabei gefühlt, in Unterwäsche oder gar nackt ins Bett zu krauchen.

Es war dunkel und völlig still. Trotzdem konnte sie kein Auge zutun. Zu viele Gedanken rasten durch ihren Kopf, machten sie fast schwindelig. Es war eine Menge passiert in den letzten Tagen. Beinahe wünschte sie sich, zu Hause in Thüringen geblieben zu sein. In ihrem kleinen Heimatort war es zwar etwas langweilig, dafür aber ruhig und beschaulich. Davon abgesehen, dass sie es dort etwas schwerer hatte, einen Arbeitsplatz zu finden, hätte sie sonst keine allzu großen Sorgen gehabt.

Aber ich hätte nicht so viele nette Menschen kennen gelernt, schoss es ihr durch den Kopf.

Gerade, als sie lächelnd an den Mann im Nebenzimmer dachte, rumste es plötzlich laut. Erschrocken schnellte sie in die Höhe und tastete nach der Nachttischlampe neben sich.

Auf wackeligen Beinen tapste sie ins Wohnzimmer. Das Herz klopfte ihr bis zum Hals. Was war nur passiert? Hoffentlich hatten sich keine Einbrecher hierher verirrt.

In der Stube jedoch hörte sie ein leises Wimmern. Sie erkannte Sörens Stimme und schaltete das große Licht an. Mit Entsetzen nahm sie wahr, dass er von der engen Couch gefallen war.

„Oh, mein Gott! Hast du dir wehgetan?“, rief sie und hätte sich im selben Augenblick die Zunge abbeißen mögen. Was für eine Frage. Er wand sich vor Schmerzen am Boden, und sie wollte wissen, ob er sich wehgetan hatte! Etwas Dümmeres hätte man in diesem Moment kaum sagen können.

Als Antwort kam nur ein Stöhnen. Er schien nicht mehr fähig, Worte zu formulieren.

„Oh, du meine Güte! Ich hole jetzt Hilfe!" Isabell griff zum Telefonhörer und war drauf und dran, den Notarzt zu rufen, auch wenn Sören damit nicht einverstanden war. Aber sie war nun an dem Punkt angelangt, wo ihr die Meinung des „sturen Helden" egal war. Leider erwischte er noch das Kabel und zog den Telefonstecker aus der Dose.

„Au, ich will keinen Krankenwagen, der mich abholt wegen ein paar blauer Flecken! Da blamiere ich mich ja!"

„Mein Gott, wie kann man nur so verbohrt sein!" Langsam wurde sie wütend, weil er sich nicht von ihr helfen lassen wollte. „Du musst nicht den starken Mann markieren. Ich weiß nicht, wen du damit beeindrucken willst. Bei mir bringt das jedenfalls nichts."

„Hey, ich mag temperamentvolle Frauen." Sein Versuch zu lächeln endete in einer Grimasse.

„Ich finde das gar nicht lustig. Wie auch immer, das Sofa ist zu schmal für dich. Du musst wieder in dein Bett." Isabell griff ihm unter die Arme und half ihm aufzustehen. Dann führte sie ihn wie selbstverständlich zum Schlafzimmer.

„Und wo bleibst du? Ich werde nicht erlauben, dass meine Freundin auf der unbequemen Couch schläft."

„Wenn wir ein bisschen zusammenrücken, haben wir sicher beide Platz in deinem Bett. Es ist ja ziemlich breit."

Oh nein! Das hatte sie doch jetzt nicht wirklich gesagt? Sie warf einen vorsichtigen Blick zur Seite und erkannte an seinem amüsierten Halbgrinsen, dass sie in der Tat diesen verrückten Vorschlag gemacht hatte.

Was war bloß mit ihr los? Konnte sie nicht nachdenken, bevor sie ihren Mund öffnete? Sie konnte doch nicht wirklich in einem Bett mit ihm übernachten! So vertraut waren sie schließlich auch noch nicht miteinander. Aber wie sollte sie ihm das jetzt wieder ausreden? Sie ahnte, dass er ganz begeistert von der Idee war, ihr so nah zu sein.

Resigniert ließ sie die Schultern hängen. Sie konnte ihn jetzt unmöglich von sich stoßen. Das traute sich sie einfach nicht. Immerhin war er nur ihretwegen verletzt worden. Sie fühlte sich auf einmal fast so, als ob sie ihm etwas schuldig war. Sie konnte bloß hoffen, dass er ein Gentleman war und nicht versuchen würde, die Situation auszunützen.

Ihr Herz pochte wild, als er sich neben sie legte. Zuerst hielt er noch etwas Abstand, doch dann rückte er näher, bis sich ihre Körper berührten. Sein Arm wanderte über ihre Hüfte und blieb schließlich auf ihrem Bauch liegen.

Sie hielt den Atem an und biss sich leicht auf die Unterlippe. Sie erwartete, dass seine Hand noch tiefer rutschen würde und ertappte sich dabei, wie ihr Herz vor Angst klopfte. Sie fühlte sich wie ein unerfahrenes Schulmädchen und wünschte sich wie so oft, dass sie etwas selbstbewusster und energischer wäre. Dann würde sie wenigstens nicht immer in solch einen Schlamassel geraten. Was, wenn sie ihn durch ihr Verhalten ermutigt hatte?

Sie traute sich nicht, sich zu rühren, und lauschte nur angespannt in die Stille der Nacht. Nach einigen Minuten vernahm sie jedoch ein leises Schnarchen und entspannte sich. Er hatte sich also nur im Schlaf an sie gekuschelt. Ein Körper, der unbewusst die Wärme eines anderen suchte.

Als ihr das klar wurde, stellte sie plötzlich fest, dass es gar nicht so schlecht war, von jemandem gehalten zu werden. Im Gegenteil, es vertrieb das Gefühl von Einsamkeit, das sie in den letzten Tagen manchmal überkommen hatte.

Mit einem Lächeln auf den Lippen schloss sie die Augen. Ihr Gefühlsleben war wirklich durcheinandergeraten. Trotzdem war sie auf einmal ganz ruhig und fiel in einen traumlosen, tiefen Schlaf.

Die Morgensonne kitzelte ihre Nase. Für einen Moment war Isabell orientierungslos, dann erinnerte sie sich wieder an die vergangene Nacht.

Sören hatte immer noch beschützend den Arm um sie gelegt. Seine Nase war in ihrem Rücken vergraben.

Es war zwar nicht dieses aufregende, überwältigende Gefühl, das sie gehabt hatte, als sie in Marinos Armen aufgewacht war, trotzdem war es irgendwie schön. Sie kam zu dem Schluss, dass die große Liebe vielleicht gar nicht so wichtig war. Für den Alltag taugten Verlässlichkeit und

Vertrauen ohnehin mehr. Und dass sie Sören vertrauen konnte, hatte er letzte Nacht bewiesen: Er hatte nichts versucht, obwohl die Gelegenheit da war.

Langsam drehte sie sich zu ihm herum, um zu sehen, ob er noch schlief.

Als ihr Blick sein Gesicht streifte, erschrak sie. Die blauen Flecke hatten gestern schon schlimm ausgesehen, aber im Tageslicht wirkten sie noch gefährlicher.

Um Gottes willen, sie musste etwas tun! Wenn er schon nicht zum Arzt wollte, würde sie ihm zumindest etwas Heilerde und durchblutungsfördernde Salben aus der Apotheke besorgen. Außerdem erinnerte sie sich wieder an ein altes Hausmittel ihrer Oma. Ja, das würde helfen.

Isabell gähnte herzhaft und boxte ein paar Mal in die Luft. Ein Ritual, das ihr am Morgen half, richtig wach zu werden. Anschließend tapste sie ins Bad. Nachdem sie sich etwas frisch gemacht hatte, ging sie in die Küche auf. Es war an der Zeit, Sören ein wenig zu verwöhnen. Das hatte er sich wirklich verdient.

Der Duft von frisch gekochtem Kaffee weckte schließlich auch den jungen Mann auf. Er musste schmunzeln, als er Isabell in seinem Schlafanzug hantieren sah. Es hatte eine anheimelnde Atmosphäre an sich, an die er sich leicht gewöhnen könnte. Zu leicht.

„Guten Morgen", begrüßte sie ihn, als sie ihn aus den Augenwinkeln wahrnahm. „Das Frühstück ist gleich fertig. Aber deine Kartoffeln habe ich nicht gefunden."

„Kartoffeln? Willst du mir auch das Mittagessen zubereiten, meine liebe kleine Frau." Er strahlte über das ganze Gesicht.

„Das hättest du wohl gern", lachte sie zurück. „Nein, ich wollte Pellkartoffeln machen und sie in einer Schale zerstampfen. Daraus kann ich dir eine Wärmepackung machen. Einen Tag nach der Verletzung bewirkt es Wunder bei blauen Flecken. Oder willst du ewig mit diesem Gesicht herumlaufen?"

„Ein anderes habe ich ja nicht. Okay, dummer Scherz. Aber erinnere mich bloß nicht daran, wie ramponiert ich ausschaue." Er schlug die Hände zusammen. „Morgen muss ich wieder zur Arbeit. Ich weiß nicht, wie meine Kollegen reagieren, wenn sie mich so sehen! Ich brauche eine plausible Erklärung. Als Sozialpädagoge darf ich mich doch nicht prügeln!"

„Du könntest behaupten, die Treppe hinuntergestürzt zu sein. Aber das wird dir wahrscheinlich kein Mensch glauben.“

„Das stimmt wohl“, seufzte er. Viele Ideen schwirrten durch seinen Kopf, wie er die blauen Flecke erklären könnte, aber eine klang absurder als die andere. Ihm wollte einfach nichts Gescheites einfallen.

Wenig später beim Frühstück waren sie deshalb immer noch nicht von diesem Thema abgekommen.

„Vielleicht sollte ich bei der Wahrheit bleiben und mal alle kräftig erschrecken.“ Sören zuckte resigniert mit den Schultern und biss in sein Marmeladenbrot.

„Oh nein, ich will nicht, dass du meinetwegen deinen Job riskierst. Weißt du was? Behaupte doch einfach, du hättest einen Fahrradunfall gehabt und wärst mit dem Gesicht auf den Lenker gefallen oder so“, schlug Isabell vor.

„Solange niemand mein Gesicht genauer untersucht, könnte man mir das sogar abnehmen. Ich wünschte nur, der andere Kerl würde genauso aussehen.“ Kaum hatte er diese Worte ausgesprochen, wurde Sören bewusst, dass er das lieber nicht hätte sagen sollen. Wahrscheinlich empfand Isabell noch etwas für diesen Mann und war froh, dass er recht glimpflich davongekommen war.

„Verzeihung. Ach hey, lassen wir uns den Tag nicht verderben“, versuchte Sören abzulenken. „Hast du gesehen, hinterm Haus ist ein überdachter Swimmingpool. Wie wär’s?“

„Gute Idee. Aber erstmal kriegst du deine Wärmepackung.“

Isabell hatte sehr wohl gemerkt, dass es ihm seine unbedachte Äußerung unangenehm war. Obwohl sie sich ein wenig ärgerte, entschied sie, nicht näher darauf einzugehen. Stattdessen konzentrierte sie sich voll und ganz darauf, die Krankenschwester für ihn zu spielen.

„Du lässt wohl nicht locker.“ Er seufzte dramatisch, holte nach dem Essen jedoch die Kartoffeln aus dem Keller.

Während er mit Isabells zubereiteten Hausmittel noch mal ins Bett kroch, begab sie sich zu Regina, um frische Sachen und vor allem ihren Bikini zu holen. Anschließend machte sie einen Abstecher in die Apotheke, um die Salben für Sören zu besorgen.

Auf dem Rückweg nahm sie noch einen Döner mit. Das war zwar nicht die Hausmannskost, die Sören als Mittagessen vorgeschwebt hatte, aber sie wollte nicht, dass er auf die Idee kam, sie wäre die neue Frau an seiner Seite, die ihn liebevoll umsorgte.

Zwar wollte sie für ihn da sein, aber sie war noch recht unerfahren in solchen Dingen und wusste nicht genau, wo die Grenze zwischen Freundschaft und einer Beziehung war. So konnte sie ihm zeigen, ohne die Worte direkt auszusprechen, dass sie an einen netten Kumpel, aber nicht an einen Liebhaber interessiert war. Letzteres wollte sie zwar nicht gänzlich ausschließen. Immerhin war Sören nicht unattraktiv. Doch die Zeit schien ihr noch nicht reif dafür. Sie hatte auch mal in so einem Ratgeber gelesen, dass man sich nach einer gescheiterten Beziehung nicht sofort in eine Neue stürzen, sondern erst einmal die Trennung überwinden sollte. Die Erinnerungen an den Ex seien noch zu stark, und man würde den Nachfolger zu sehr mit ihm vergleichen.

Isabell hatte den Eindruck, dass es stimmte. Sie war noch lange nicht über Marino hinweg und würde ständig an ihn denken, wenn sie mit Sören zusammen war. Das wäre ihnen beiden nicht fair gegenüber. Aber wer wusste, wie sich ihre Gefühle für den jungen Sozialpädagogen entwickeln würden? Im Moment konnte sie nur Freundschaft für ihn aufbringen und hoffte, er würde das verstehen und akzeptieren.

Als sie zurück war, wunderte sie sich, dass ihr Sören im Bademantel und Latschen öffnete.

„Ach, ich habe es mir schon mal gemütlich gemacht", meinte er augenzwinkernd.

„Hier, die Wohlfühlbehandlung für dein Gesicht." Isabell überreichte ihm die Tüte aus der Apotheke und stellte die Sporttasche mit ihren Sachen im Flur ab.

Erst da entdeckte sie das braune Fellknäuel zu seinen Füßen.

„Wer ist denn der Süße?"

„Darf ich vorstellen: Das ist George." Sören kniete sich zu dem kleinen Hund hinunter und kraulte ihn hinter den Ohren.

„George? Das ist ein ungewöhnlicher Name für einen Hund."

„Das kommt von George Clooney. Die Hundedamen sind so verrückt nach ihm wie die Frauen nach diesem amerikanischen Schauspieler", erklärte Sören, und sie mussten beide lachen. Auch Isabell bückte sich nun, um das weiche Fell des Tieres zu berühren.

Der wuschelige Mischlingsrüde genoss sichtlich ihre Streicheleinheiten und zeigte, dass er auch nichts gegen menschliche weibliche Bewunderung einzuwenden hatte.

„Wo hattest du ihn eigentlich versteckt?" Isabell wunderte sich, dass sie ihn bisher noch nicht gesehen hatte.

„Oh, er hat seine Hütte hinten im Garten. Komm, ich zeig sie dir."

Sören legte den Döner, den sie ihm mitgebracht hatte, auf der Kommode im Flur ab. Anschließend führte er Isabell durchs Wohnzimmer in eine kleine Abstellkammer, in der sich sein Fahrrad sowie mehrere Kisten mit allerlei Krimskrams befanden. Im hinteren Teil des Raumes gab es eine grüne Holztür. Als Sören sie aufstieß, glaubte Isabell, in einem Urlaubsparadies gelandet zu sein.

In einer überdachten Veranda befand sich ein hübscher Swimmingpool, umsäumt von zwei Liegestühlen und etlichen Zimmerpalmen. Sogar eine Massivholz-Sauna fehlte nicht. Es war eine richtige kleine Wellness-Oase. Isabell kam nicht umhin, sich zu fragen, ob man als Sozialpädagoge so viel verdiente.

„Ich weiß, das sieht recht luxuriös aus", erriet Sören ihre Gedanken. „Ich habe mal ein bisschen was im Lotto gewonnen. Nicht so viel, dass ich nicht mehr arbeiten muss. Aber das würde ich sowieso nicht wollen. Doch ich kann mir und einer Frau an meiner Seite ein angenehmes Leben bieten." Während er sprach, sah er Isabell wieder auf diese seltsame Weise an. Dann ließ er provozierend seinen Bademantel zu Boden gleiten und stand nur in Badehose vor ihr.

Sie musste schwer schlucken, als sie seinen muskulösen Oberkörper sah. Ohne Vorwarnung stieß sie ihn rückwärts in den Pool. Ihn abzukühlen bedeutete gleichzeitig, sich selbst abzukühlen. Denn sein Anblick hatte sie etwas nervös gemacht.

Diese Aktion bereute sie jedoch gleich wieder. Auch wenn nur sein Gesicht etwas abbekommen hatte, er war vor kurzem erst verprügelt worden und sollte sich noch etwas schonen.

Er schien sich allerdings nicht wehgetan zu haben und tauchte lachend aus dem Wasser auf. Die Tropfen perlten auf seiner Haut. Seine nassen blonden Strähnen wirkten nun dunkler. Da Isabell auf dunkelhaarige Männer stand, hatte sie sich und ihren Hormonen keinen Gefallen getan. Dieser Schuss war nach hinten losgegangen.

„Du kleine freche Zwecke! Wenn du jetzt schon im Bikini wärst, würde ich mich rächen und dich ebenfalls ein unfreiwilliges Bad nehmen lassen. Obwohl ...“ Er stieg grinsend aus dem Wasser und schlich auf sie zu.

„Nein, nicht“, protestierte sie, doch da hatte er sie bereits gepackt und fest an sich gedrückt, sodass seine nasse Haut gegen ihre Sachen gepresst wurde. Doch sie hatte nun mit ganz anderen Gefühlen zu kämpfen, als sich darüber Gedanken zu machen, ob ihre Kleidung feucht wurde.

Sie war wie gelähmt und konnte nicht reagieren. Der Atem stockte ihr und sie zitterte am ganzen Körper. Was war nur mit ihr los? Warum war sie innerlich so aufgewühlt? Konnte es wirklich sein, dass sie sich plötzlich für Sören interessierte? War sie tatsächlich so schnell über Marino hinweg? Das war alles so verwirrend. Zum Glück bellte George und sprang schwanzwedelnd an beiden hoch. Das war die Abwechslung, die sie brauchte, bevor ihre Gefühle sie gänzlich verrückt spielen ließen.

„Na, da ist aber einer eifersüchtig. Am besten, du schmeichelst dich ein wenig bei ihm ein.“ Sören ließ sie los und streichelte seinen kleinen Racker. „Du könntest mit ihm im Garten toben. Das liebt er. Ich setze mich solange in den Liegestuhl, lese die Zeitung und lasse mir dein wunderbares Mittagessen schmecken. Ich muss mich schließlich von deiner heimtückischen Attacke erholen.“ Er zwinkerte ihr zu, um ihr zu zeigen, dass sein letzter Satz nicht ernst gemeint war.

Der Garten hinter der Veranda bestand aus einer großen Rasenfläche, auf der eine hellblau gestrichene Hundehütte stand. Ansonsten befanden sich nur noch ein einzelner Obstbaum, ein Johannisbeerstrauch und ein kleiner Geräteschuppen im Garten. Sören mochte es also pflegeleicht.

Isabell, die Tiere sehr liebte, war glücklich, mit George auf der Wiese ausgelassen wie ein Kind herumtollen zu können. Später, als beiden vor Erschöpfung die Zunge heraushing, schnupperte die junge Frau den Duft von frisch gebratenen Steaks. Er wehte von dem Imbisswagen hinter dem Garten herbei.

„Na, wie wäre es mit einem schönen knackigen Würstchen?", fragte sie ihren vierbeinigen Freund. George wedelte aufgeregt mit dem Schwanz und schaute sie aufmerksam an, als ob er ihre Worte verstanden hätte.

Isabell griff in ihre Hosentasche und fühlte das kalte Metall zwischen ihren Fingern. Zum Glück hatte sie immer ein paar Münzen dabei.

„Ich komme gleich wieder", versicherte sie George und verließ den Garten durch den Hinterausgang. Nachdem sie sich selbst ein Schaschlik zum Mittag gegönnt hatte, kehrte sie mit einer knackigen Bockwurst für den Hund zurück.

„Hey, ich habe hier was für dich!" Sie wedelte mit der Wurst vor der Nase des Tieres herum. Es neigte den Kopf zur Seite und beobachtete sie höchst interessiert. Plötzlich legte es die Ohren an. Sein ganzer Körper spannte sich.

Isabell fand, dass sein Knurren nichts Gutes verhieß. Dann hörte sie Sören schon aufgeregt schreien.

„Halt! Lass das lieber!" Nur mit seiner Badehose bekleidet, war er in den Garten gerannt. Der immer noch recht frische Wind des Frühlingstages schien ihm im Augenblick nicht zu kümmern.

„George ist ein sehr lieber Hund, aber bei Würstchen spielt er verrückt", warnte Sören und nahm Isabell die Bockwurst aus der Hand. Gerade noch rechtzeitig, denn das Tier hatte nur noch den Leckerbissen im Sinn und schnappte gierig zu.

„Au, verdammt!" Sören betrachtete mit schmerzverzerrtem Gesicht seinen blutenden Finger. In letzter Zeit schien der junge Mann das Pech geradezu gepachtet zu haben.

„Schnell, du musst ins Haus, die Wunde verbinden. Außerdem ist es viel zu kalt, um hier draußen halbnackt herumzurennen." Wie zur Bestätigung von Isabells Worte begann er, heftig zu niesen.

„Ich fürchte, da muss ich wohl noch einmal in die Apotheke, Erkältungsmittel holen. Die

Bisswunde sieht ja zum Glück nicht so schlimm aus. Aber etwas Wundsalbe kann nicht schaden.“

Obwohl er behauptete, ihre Sorge sei übertrieben (aber sich insgeheim darüber freute), schaffte es Isabell, ihn zu überreden, ins Bad zu gehen. Dort bewahrte er sein Medizinschränkchen auf. Als sie seinen Finger abgewaschen hatte, stellte sie fest, dass es nur ein winziger Kratzer war, der mit einem Pflaster bedeckt werden konnte.

„Gott sei Dank, dass ich meine Tetanusimpfungen regelmäßig auffrischen lasse. Ich wünschte nur, es gäbe auch einen vernünftigen Impfstoff gegen Erkältungen. Mein Kopf tut so weh. Ich glaube, ich werde Fieber bekommen.“

Isabell hatte Mühe, sich das Lachen zu verkneifen. Das war wieder so typisch Mann: Eine blutige Wunde schien ihm nichts auszumachen. Aber wehe, ein Schnupfen war im Anmarsch, dann glaubte er, dem Tode geweiht zu sein.

„Na, ich habe dir genügend Schmerztabletten mitgebracht. Und weil du es bist, flitze ich jetzt gleich noch einmal in die Apotheke. Heute Nachmittag kannst du dann schon ein richtig schönes Erkältungsbad zur Vorbeugung nehmen, mein Ärmster. Vielleicht können wir verhindern, dass du ernsthaft krank wirst.“ Sie wurschtelte in seinem Haar herum, und er schaute sie so an, als wolle er jeden Moment behaupten, sie bringe seine Frisur durcheinander. Doch dieser Kommentar blieb aus.

Die nächste Apotheke war zum Glück nicht allzu weit entfernt, ein gemütlicher Spaziergang für Isabell. Es war zwar noch etwas kalt, aber die Sonne strahlte am Himmel. Die junge Frau fühlte sich beruhigt und zufrieden – bis sie in die Apotheke trat.

An der Kasse stand ein Mann, der gerade eine Menge Tabletten in seine Einkaufstüte verschwinden ließ. Isabell musste zweimal hingucken, um sicher zu sein, dass es sich tatsächlich um Marino handelte.

Er sah schlecht aus. Sein Gesicht wirkte gräulich, und tiefe Ringe zeichneten sich unter seinen Augen ab, so als hätte er die ganze Nacht nicht geschlafen. Außerdem hatte er schmutzige Hände. Für einen Mann, der stets so sehr auf sein Äußeres bedacht war wie Marino, war das schon mehr als seltsam. Warum ließ er sich so gehen? Und wozu benötigte er die vielen Medikamente?

Isabell ärgerte sich, dass ihr das nicht gleichgültig war. Und das aufgeregte Klopfen ihres Herzens gefiel ihr noch weniger.

Marino war mindestens genauso überrascht, ihr an diesem Ort zu begegnen und hätte beinahe seine Tüte fallengelassen.

„So ein Zufall, dass wir uns hier treffen." Isabell wusste nicht, was sie weiter sagen sollte. Für einen Moment hatte sie sogar gezögert und sich gefragt, ob sie ihn überhaupt ansprechen sollte. Seinen unverschämten Auftritt in Demetrios' Restaurant konnte sie nicht einfach so vergeben und vergessen. Doch dann wurde ihr klar, dass sie ihn auch nicht wie einen Fremden oder gar einen Feind behandeln wollte. Dafür hatten sie sich einmal zu nahe gestanden. Und ihn zu ignorieren würde bedeuten, auch ihre schöne Zeit zusammen zu verdrängen. Trotz allem, was passiert war, wollte sie das nicht.

Momentan fühlte sie sich jedoch mit der Situation überfordert. Es war, als ob in ihrem Kopf gähnende Leere herrschte.

Um keinen Smalltalk halten zu müssen, wollte sie sich so schnell wie möglich verabschieden und das Weite suchen, selbst wenn sie wegen der Medikamente in eine andere Apotheke gehen musste.

Seine Hand auf ihrem Arm hinderte sie aber erst einmal daran. So schnell, wie er nach ihr gegriffen hatte, ließ er sie jedoch auch wieder los. Anscheinend hatte er sich daran erinnert, was das letzte Mal passiert war, als er sie bedrängt hatte.

„Entschuldige." Er wirkte verlegen. „Aber es ist kein Zufall, sondern Schicksal, dass wir uns jeden Tag begegnen. Das hat etwas zu bedeuten."

Jetzt erst schaute sie ihm richtig ins Gesicht und stellte erschrocken fest, dass seine Augen blutunterlaufen waren. Hatte er etwa getrunken?

Isabell schüttelte den Kopf. Nein, sie wollte sich jetzt keine Gedanken darüber machen.

„Ich bin davon überzeugt, dass das Schicksal uns zeigen will, dass wir zusammengehören, Isa."

Isabell hätte bei seinen Worten beinahe laut aufgelacht. „Was für ein Quatsch ist das, Marino? Du hast mir deutlich klargemacht, dass wir keine Zukunft miteinander haben. Und ich bin kein kleines Mädchen mehr, das an die Macht der Sterne und das Happyend mit ihrem Märchenprinzen glaubt. Diese Illusion hast du mir ebenfalls geraubt. Es war purer Zufall, dass wir uns wieder gesehen haben.“

„Aber die Stadt ist so groß. Es kann kein Zufall sein, dass wir uns trotzdem nicht aus dem Weg gehen können“, erwiderte er, schon etwas gereizt, weil sie ihm nicht zustimmte.

Isabell musste zugeben, dass es schon etwas seltsam war, doch ein echtes Wunder war es auch nicht.

„Isa, ich verstehe ja, dass du sauer auf mich bist. Aber bitte vergib mir. Ich möchte noch eine Chance, um dir zu beweisen, dass ich alles tun werde, um dich glücklich zu machen. Per favore, nur eine Chance. Ich habe sechs Jahre auf dich gewartet. Willst du alles, was wir hatten, wegwerfen, nur weil ich einen Fehler begangen habe? Ich habe dir doch schon gesagt, dass es nicht so gemeint war, was ich dir an den Kopf geworfen habe. Sei nicht so nachtragend!“

Isabell, völlig verwirrt über ihre Gefühle, war beinahe froh darüber, dass er sie als nachtragend bezeichnet hatte. Der Ärger darüber gab ihr die Kraft, die sie brauchte, um ihn abzuweisen.

Doch dann geriet er plötzlich ins Wanken und kniff die Augen zusammen. Es dauerte nur einen kurzen Moment, bis er sich wieder gefangen hatte und fest auf den Füßen stand. Dennoch reichte es, um Isabell einen gehörigen Schrecken zu versetzen.

„Oh Gott, ist dir nicht gut? Was hast du?“ Instinktiv hatte sie die Arme ausgebreitet, um ihn aufzufangen.

Marino konnte sich ein Grinsen nicht ganz verkneifen. Egal, was die Frau behauptete, sie war noch nicht über ihn hinweg, und er würde alles tun, bis sie es sich endlich eingestand und zu ihm zurückkehrte.

Er schloss die Augen und tat so, als hätte er einen erneuten Schwindelanfall. Ihm war klar, dass dieser Trick ziemlich gemein war, aber er wollte ein weiteres Mal ihre Reaktion testen, um sich zu überzeugen, dass er sich auch nichts eingebildet hatte.

Wie er gehofft hatte, zeigte sie ihm sofort wieder ihre Besorgnis.

„Irgendetwas hast du doch. Komm, wir fragen mal die Apothekerin. Vielleicht kann sie dir helfen." Ohne darüber nachzudenken, hatte sie seine Hand gegriffen und wollte ihn vor zur Kasse ziehen. Doch er stoppte sie.

„Halt! Das brauchen wir nicht! Es ist etwas mit dem Kreislauf, und ich habe mir schon Tabletten dafür besorgt. Aber du kannst mich nach Hause begleiten, um sicherzugehen, dass ich unterwegs nicht umkippe." Er gratulierte sich selbst für die brillante Idee, die ihm gerade durch den Kopf gehuscht war.

„Also, ich weiß nicht." Isabell zögerte. „Sören wartet auf seine Medizin. Er ist krank – auch dank deiner Hilfe!" Diese kleine Stichelei hatte sie sich nicht verkneifen können. Dass sie nun hauptsächlich wegen seiner möglichen Erkältung, an der sie nicht ganz unschuldig war, in die Apotheke gegangen war, musste sie Marino ja nicht unter die Nase reiben.

„Dann kauf schnell deinen Kram für ihn und bring mich nach Hause. Die Nachmittagspause in der Pizzeria geht heute bis 17 Uhr. Also kann Luca dich zurückfahren, und du bist ruckzuck wieder bei deinem – was ist der eigentlich?" Bei der letzten Frage wurde sein Gesichtsausdruck regelrecht lauernd. Das machte Isabell nervös.

Da es Marino nichts mehr anging, hatte sie auch keine Lust, über den anderen Mann mit ihm zu sprechen. Sie wusste selbst nicht genau, was Sören für sie war. Eigentlich hatte sie nur einen guten Freund in ihm sehen wollen. Doch wenn sie daran dachte, wie heftig sie auf ihn am Swimmingpool reagiert hatte, war sie sich dessen nicht mehr so sicher.

Um sich nicht weiter mit ihrer wirren Gefühlswelt auseinandersetzen zu müssen, willigte sie schließlich ein, Marino zu begleiten. Dabei wollte sie das gar nicht. Aber es war das Einzige, womit sie ihn ablenken konnte. Ansonsten hätte er garantiert auf eine Antwort bestanden. Diese wollte und konnte sie ihm jedoch nicht geben.

Marino dagegen war begeistert und hätte sie am liebsten auf der Stelle geküsst. Er konnte sich gerade noch zurückhalten. Schließlich wollte er sie nicht verschrecken.

Der folgende Fußmarsch gestaltete sich anfangs recht schweigsam, weil keiner von beiden so richtig wusste, was er sagen sollte.

„Wollen wir nicht wenigstens Freunde sein?", platzte er plötzlich heraus, als er es nicht mehr aushielt. „Wenn du mich nicht mehr als Lebenspartner oder Liebhaber willst, werde ich das akzeptieren. Aber so kann es doch nicht mit uns weitergehen. Lass mich dein Freund sein!"

Er tat wirklich nichts, um ihre Gefühle zu ordnen. Ganz im Gegenteil. Er trug nur dazu bei, alles noch komplizierter zu machen. Was, bitte schön, sollte sie jetzt darauf antworten? Sicher wollte sie nicht mit ihm verfeindet sein, aber konnte sie wirklich nur mit ihm befreundet sein? Daran hegte sie starke Zweifel.

„Gib mir Zeit, darüber nachzudenken." Sie zog es vor, sich noch nicht festzulegen.

„Okay, das ist fair." Erstaunlicherweise war er sofort einverstanden und suchte keine Diskussion mit ihr. Das war etwas, womit sie nicht unbedingt gerechnet hatte, was sie aber sehr erleichterte.

„Ich möchte dich nicht unter Druck setzen", fügte er hinzu. Im selben Moment blieb er stehen. Erst da merkte sie, dass sie bereits vor seiner Haustür standen. Der letzte Teil des Weges war wirklich wie im Flug vergangen.

„Ich möchte mich entschuldigen dafür, wie ich mich gestern Abend benommen habe. Ich weiß, dass das völlig bescheuert und unangebracht war. Aber du kennst ja mein Temperament. Es gerät schon mal außer Kontrolle, besonders wenn ich eifersüchtig bin." Er bemerkte, wie sie sich bei seinem Geständnis zurückzog. Bevor sie sich zu weit entfernen konnte, hatte er sie jedoch schon gepackt und zog sie so dicht an sich heran, dass sich ihre Oberkörper berührten.

Wie gebannt starrte sie in seine grünbraunen Augen, unfähig, den Blick abzuwenden. Sie fühlte sich plötzlich, als hätte sie in einen elektrischen Zaun gefasst und begann, leicht zu zittern. Seine wunderschönen Augen konnten sie anscheinend immer noch aus der Fassung bringen.

„Ist dir kalt?" Seine leise, heisere Stimme schmeichelte ihren Ohren, und sein Blick heftete sich auf ihren Mund.

„Was schaust du so? Willst du mich jetzt küssen?" Diese Gedanken schlüpften sofort hervor. Und das Schlimme an der Sache war, es würde sie nicht einmal stören. Sie wusste ja, wie weich und gut sich seine Lippen anfühlten.

Was dachte sie da nur? Ein wütender Strom fuhr in ihr hoch. Er hatte kein Recht, sie so anzusehen und wieder in seinen Bann zu ziehen! Doch bevor sie etwas tun konnte, beugte er sich zu ihr hinunter und küsste sie tatsächlich. Sobald sein Mund den ihren berührte, war ihr Ärger verflogen.

Sie spürte, wie sich seine Arme um ihren Körper schlangen. Seine Hände kletterten ihren Rücken hinauf, bis sich seine Finger schließlich in ihrem dichten Haar vergruben.

Sie schmeckte ihn, seine Lippen, seine Zunge, seine Haut, und es war, als käme sie nach Hause. So paradox wie es klang, doch gerade das brachte sie wieder zu Verstand.

Sie löste sich von ihm und schaute zu ihm hinauf. Seine Augen hatten sich vor Lust verdunkelt, und seine Lippen waren leicht geschwollen. Ein Zeichen dafür, wie intensiv ihr Kuss gewesen war.

„Wir hätten das nicht tun sollen", stammelte sie.

„Warum nicht? Wir gehören doch zusammen."

„Fang bloß nicht wieder damit an! Erst vor ein paar Minuten wolltest du nur mein Freund sein, und jetzt machst du schon Annäherungsversuche. Man kann dir also doch nicht trauen!" Enttäuscht und wütend über sich selbst trat Isabell den Rückzug an.

„Verdammt!" Verärgert stieß Marino gegen einen Stein. Wenn er sie zurückhaben wollte, musste er ihr Vertrauen haben. Aber wie sollte er ihr Vertrauen gewinnen, wenn er sich nicht unter Kontrolle hatte? Nun, er musste auf Plan B zurückgreifen. Wenn er nur wüsste, wie der aussehen sollte!

Unterdessen rannte Isabell wie ein gehetztes Tier durch die Stadt. Sie wollte nur noch zu Sören und der Sicherheit, die er versprach. Er war der Einzige, der verhindern konnte, dass sie sich wieder von Marino einwickeln ließ. Doch als sie bei Sören ankam, stellte sie fest, dass sie die Hälfte der Medizin, die sie für ihn mitbringen wollte, vergessen hatte. Auch das hatte sie Marino zu verdanken! Er hatte sie so abgelenkt, dass sie sich nicht auf ihre Bestellung hatte konzentrieren können. Diese simple Tatsache war der Tropfen, der das Fass zum Überlaufen brachte.

„Was ist denn los? Du bist ja ganz durcheinander." Sören, der gerade den kalt gewordenen

Döners verspeiste, erschrak, als er sie in Tränen ausbrechen sah.

„Ich habe deinen Hustensaft vergessen", schluchzte sie.

„Aber deswegen brauchst du doch nicht zu weinen." Sören ahnte, dass dies nicht der eigentliche Grund für ihren Gefühlsausbruch sein konnte.

„Bitte, nimm mich in deine Arme! Halt mich einfach nur fest!" Erschöpft ließ sie sich gegen seine breite Brust sinken.

Er drückte sie an sich, ohne ein Wort zu sagen. Er fühlte, dass sie im Moment nicht darüber reden wollte, was passiert war. Aber er hatte schon eine Vermutung. Es konnte nur an diesem Kerl – seinem Konkurrenten – liegen! Es musste doch einen Weg geben, ihn loszuwerden!

„Es tut mir leid. Ich bin eine gefühlsduselige Gans." Als sie sich wieder von ihm löste, strich sie sein Hemd glatt, das sie ganz nass geschnieft hatte. „So ein Mist, jetzt ruiniere ich auch noch deine Sachen! Ich muss dir wohl doch die Wäsche machen."

„Genau wie eine liebende Frau", scherzte er. Anscheinend liebte er es, sie damit zu necken. Oder vielleicht wollte er ihr auch ein paar Denkanstöße geben und sie in die richtige Richtung schubsen?

Doch Isabell war nicht in der Stimmung, darauf anzuspringen. Siedend heiß war ihr eingefallen, dass sie morgen ein weiteres Vorstellungsgespräch hatte und die Hälfte des Tages bereits mit ihren Männergeschichten verplempert war.

Was war nur aus ihren guten Vorsätzen, sich auf ihre Karriere zu konzentrieren, geworden? Hatten es die Herren der Schöpfung tatsächlich wieder geschafft, sie von ihren eigentlichen Zielen abzubringen? Doch jetzt war Schluss damit. Den Rest des Nachmittags würde sie nutzen, um sich auf das Gespräch im Kindergarten vorzubereiten, damit sie eine reelle Chance hatte, den Job zu ergattern.

Und sie machte gleich Nägel mit Köpfen. Um gar nicht erst in Versuchung zu geraten, sich von Sören ablenken zu lassen, rief sie sofort bei Regina an, um zu fragen, ob Peter daheim war.

„Aber ich kann dir auch helfen, und wahrscheinlich sogar besser als dieser kleine Junge", protestierte Sören etwas beleidigt, als sie aufgelegt hatte.

Doch auf diese Diskussion wollte sie sich gar nicht erst einlassen.

„Das letzte Mal habe ich auch mit ihm trainiert. Und bin ich in die engere Auswahl gekommen oder nicht? Der „kleine Junge" weiß, wie man bei Vorstellungsgesprächen punktet. Immerhin muss er sich auch bald um eine Lehrstelle kümmern."

Als Sören merkte, dass er so nicht weiterkam, versuchte er eine andere Masche, um sie zum Dableiben zu bewegen. Schließlich hatte er für den Abend eine romantische Wohnzimmerparty für zwei mit Rotwein und Kerzenlicht geplant.

„Aber ich bin krank. Einer muss sich doch um mich kümmern." Er setzte eine mitleiderregende Miene auf.

„Weiß du was? Du wirst jetzt deinen Chef anrufen und dich krank melden." Sie drückte ihm den Telefonhörer in die Hand. „Dann verkrümelst du dich unter die warme Decke und schläfst dich gesund. Und ich gehe zu Regina, damit du ungestört bist."

„Frauen können so grausam sein", murmelte Sören später, als er George mit ins Bett zum Kuscheln nahm.

Der eingruppige Kindergarten in Stuttgart-Uhlbach war nicht schwer zu finden. Das kleine Haus unweit der U-Bahn-Station war mit liebevollen Zwergenmotiven an den Fenstern geschmückt. Fröhliches Kindergeschnatter war schon von weitem zu hören und führte Isabell gleich in die richtige Richtung.

Obwohl sie das Gespräch ausgiebig geübt hatte, schwitzten ihre Hände, als sie um das bunte Gebäude herum zum Spielplatz ging. Dort tobten die Kleinen gerade ausgelassen herum.

Isabell atmete noch einmal tief durch, bevor sie auf die Klingel am Zaun drückte.

„Wer bist du denn?" fragte sie ein etwa vierjähriges Mädchen mit lustigen Zöpfen, das ihr auf einem Dreirad entgegengerollt kam. „Bist du die neue Tante, die auf uns aufpasst? Du siehst gar nicht so alt aus. Tanten müssen doch alt sein. Genau wie Tante Uschi."

„Vanessa!" Eine ältere Dame bog um die Ecke und schnappte entrüstet nach Luft.

„Das ist unsere Vanessa. Immer so unbekümmert. Nimmt nie ein Blatt vor den Mund. Hallo, ich bin Ursula Gladis, die Leiterin der Einrichtung." Mit einem freundlichen Lächeln reichte sie Isabell die Hand. „Und Sie sind sicherlich die junge Dame, die bei uns anfangen möchte?"

Isabell nickte und nannte ihren Namen.

„Na, in dem Falle können Sie ruhig Uschi zu mir sagen." Mit diesem Satz war das Eis gebrochen.

„Wir sind momentan noch zu zweit, meine Kollegin Frau Müller und ich. Wir haben derzeit jedoch 21 Kinder im Alter zwischen zwei und sechs Jahren", erklärte Frau Gladis, als sie ihr Büro betraten. „Bis jetzt hatten wir nur eine gemischte Gruppe. Das hat ganz gut funktioniert, auch mit den pädagogischen Angeboten. Aber dieses Jahr bekommen wir noch viele Kleine herein. Sie würden doch etwas stören, wenn wir mit den Großen Beschäftigungen durchführen wollen. Wir haben uns deshalb entschlossen, eine weitere Gruppe zu bilden. Für die Betreuung der Zweijährigen benötigen wir eine zusätzliche Kraft, da es nicht zulässig ist, dass eine Erzieherin mit zehn Kindern dieses Alters allein ist."

„Ja, das ist selbstverständlich", murmelte Isabell dazwischen, allerdings mehr, um überhaupt etwas zu sagen und ihre Aufmerksamkeit zu zeigen.

„Wir haben drei Bewerberinnen herausgesucht, die für uns in Betracht kommen. Das sind nicht viele, aber wir können uns nur für eine entscheiden. Also, nennen Sie mir bitte einmal Ihre Stärken. Was zeichnet sie aus?"

So erzählte Isabell von ihren Praktika, den jahreszeitlichen Projekten, die sie durchgeführt hatte, und von den Klanggeschichten, die sie im Rahmen der Musikerziehung mit den Kindern eingeübt hatte. Schnell waren fast dreißig Minuten vergangen, ohne dass Isabell es gemerkt hatte. Wenn sie in ihrem Element war, konnte sie ewig reden, auch wenn sie sonst eher schüchtern und sogar etwas wortkarg war.

„Na, das hört sich doch ganz gut an." Ursula Gladis nickte zufrieden, und Isabell hatte den Eindruck, dass sie sich schon fast für sie entschieden hatte. Trotzdem versuchte die junge Frau, ihre Hoffnung nicht allzu hoch zu schrauben, um nach einer eventuellen Absage sanfter zu fallen.

„Kommen Sie doch mit auf den Spielplatz. Dort können Sie schon mal unsere Rasselbande und vielleicht Ihre zukünftige Kollegin kennen lernen", schlug die Leiterin vor.

Isabells besonderer Draht zu Kindern wurde gleich spürbar. Die Knirpse umringten sie und wollten sofort mit ihr spielen. Sie zeigten keine Zurückhaltung, so als würden sie sie schon lange kennen.

Isabell war glücklich, bis sie mit Dorothea Müller zusammentraf. Ein Blick in die kalten stahlgrauen Augen der etwa fünfzigjährigen Frau, und sie wusste, dass sie einer Feindin gegenüberstand.

Diese Erkenntnis ließ sie frösteln. Besonders nervös machte sie, dass sie keine Ahnung hatte, woher diese Abneigung kam. Sie hatte der älteren Frau doch nichts getan!

„Freut mich." Ihre Stimme war genauso kalt wie ihre Augen und verriet, dass sie alles andere als erfreut war, Isabell zu sehen.

Diese versuchte, die Bitterkeit, die in ihr aufzusteigen drohte, hinunterzuschlucken. Auf keinen Fall durfte sie sich jetzt einbilden, dass niemand sie mochte, sonst fiele sie bestimmt in ein schwarzes Loch. Stattdessen versuchte sie, sich auf die Kleinen zu konzentrieren und sich abzulenken. Doch selbst beim Spielen mit ihnen fühlte sie Frau Müllers bohrenden Blick in ihrem Rücken. Und die Gänsehaut wurde sie nicht mehr wirklich los.

Nachdem ihr Frau Gladis versprochen hatte, sich in zwei Tagen bei ihr zu melden, verabschiedete sich Isabell gegen Mittag mit gemischten Gefühlen. Einerseits freute sie sich, dass sie einen guten Eindruck auf die Leiterin gemacht hatte, andererseits hatte sie auch etwas Angst davor, die Stelle zu erhalten. Mit einer Kollegin, die sie nicht ausstehen konnte, würde das Arbeitsklima sehr getrübt sein. So sensibel, wie sie war, wusste Isabell nicht, ob sie das auf die Dauer aushalten konnte.

Als sie wieder bei den Klossers ankam, merkte sie sofort, dass irgendetwas nicht stimmte. Zornesfalten standen in Reginas sonst stets so freundlichem Gesicht.

„Weißt du Isabell, ich bin ziemlich enttäuscht von dir. Gerade von dir hätte ich das nicht erwartet. Nach allem, was wir für dich getan haben!"

„Was ist passiert? Ich habe keine Ahnung, wovon du sprichst." Isabell erschauderte unter Reginas bösem Blick. Dieser Tag, der eigentlich ganz gut begonnen hatte, entwickelte sich langsam zu einem Alptraum.

„Nun spiel nicht das Unschuldslämmchen, sondern gib mir mein Geld zurück!" Regina streckte ihr auffordernd die Hand entgegen, aber Isabell konnte nur ratlos darauf starren.

„Welches Geld? Ich weiß wirklich nicht, was du meinst."

„Erzähl mir doch nichts vom Pferd! Bei uns ist noch nie etwas weggekommen. Aber seitdem du da bist ... Meine Haushaltskasse ist verschwunden. Heute Morgen habe ich sie auf die Kommode im Flur gelegt. Von dem Geld wollte ich einige Besorgungen erledigen und die neue Mikrowelle kaufen. Ich war dann nur mal kurz auf der Toilette, und als ich zurückkehrte, lagen die Scheine nicht mehr da."

„Und wie kommst du darauf, dass ausgerechnet ich sie genommen habe?"

„Weil es gerade in der Zeit passierte, als du das Haus verlassen hast. Du musst in den paar Minuten durch den Flur gegangen sein. Da hast du wahrscheinlich das Geld gesehen. Und du kennst ja sicherlich den schönen Spruch: Gelegenheit macht Diebe."

„Aber du kannst mich doch nicht ernsthaft verdächtigen!" Isabell war fassungslos. Sie hatte überhaupt nicht darauf geachtet, was sich auf der Kommode befunden hatte, weil sie mit den Gedanken nur bei ihrem Vorstellungsgespräch gewesen war. Ob Reginas Haushaltskasse noch da gewesen war, als sie vorbeigegangen war, konnte Isabell somit nicht einmal sagen.

„Ja, warum denn nicht? Als noch Arbeitslose und mit so wenigem Besitztum wie du kann man sicherlich ein Extra gut gebrauchen."

„Willst du damit behaupten, dass jeder Mensch, der etwas ärmer ist, automatisch stiehlt? Ich hätte nicht geglaubt, dass du solche Vorurteile hegst." Isabell traten unfreiwillig die Tränen in die Augen. „Ich habe nichts geklaut. Das würde ich nie tun."

Reginas Blick zeigte, dass sie ihr nicht glaubte.

„Ich werde die Polizei nicht einschalten, aber nur aus dem Grund, weil du meinem Sohn das Leben gerettet hast. Und dafür bin ich dir auf ewig dankbar. Mein Geld möchte ich trotzdem wiederhaben. Immerhin wohnst und isst du hier schon umsonst. Also appelliere ich an deine Ehrlichkeit und erwarte das Geld kommentarlos zurück.“

Isabell gab in der Tat keinen Kommentar mehr dazu ab, sondern stürzte auf ihr Zimmer. Dort warf sie zuerst ihre Handtasche aufs Bett und sich gleich hinterher.

Das war alles so ungerecht! Was sollte sie jetzt nur tun? Sie hatte das Geld doch gar nicht! Ihr Schluchzen wurde so laut, dass sie beinahe das Klopfen an ihrer Tür überhört hätte.

„Ja, herein,“ rief sie und wischte sich mit dem Handrücken über die Augen, in einem armseligen Versuch zu vertuschen, dass sie geweint hatte.

Peter, der ins Zimmer trat, bemerkte dies auch sofort.

„Was is’n los?“ Er setzte sich zu ihr aufs Bett.

Als sie zu erzählen anfing, biss er sich so fest auf die Unterlippe, bis diese leicht zu bluten begann.

„Hm“, murmelte er und fing an, erst zögerlich und dann fester ihren Rücken zu streicheln.

„Ich kann dir vielleicht helfen“, sagte er plötzlich in einer tiefen Stimme, die wohl verführerisch klingen sollte.

„Und wie willst du das machen?“ Sie schaute ihn zweifelnd an. Ob es etwas bringen würde, ein gutes Wort bei Regina einzulegen? Doch die war zu sehr von ihrer Schuld überzeugt.

„Gib mir einen Kuss, und ich verrate es dir.“ Peter grinste geheimnisvoll.

„Wie bitte?“ Isabell war verwirrt. Doch dann umspielte der Anflug eines Lächelns ihren Mund, und sie gab dem Jungen einen kräftigen Schmatzer auf die Wange.

„Nicht so einen Kinderkram!“ Empört wich er zurück und verdrehte die Augen. „Ich möchte wie ein richtiger Mann geküsst werden, mit Zunge und allem Drum und Dran! Lass mich die Freuden der Liebe mit dir erleben."

Im ersten Moment musste Isabell laut losprusten. Wo hatte er den letzten Satz nur aufgeschnappt? In einem Liebesroman? Doch dann bemerkte sie, dass Peter es gar nicht so lustig fand.

„Warum lachst du da? Ich will wirklich mit dir rummachen. Ich habe mich in dich verknallt."

„Das kann nicht dein Ernst sein." Isabell glaubte, im falschen Film zu sein. Anderen Frauen hätten so viele Verehrer sicherlich geschmeichelt, doch für sie wurde es langsam zur Belastung.

„Du bist erst vierzehn! Ich bin viel zu alt für dich." Sie hoffte, dass ihre Worte ihn zur Vernunft bringen würden, aber natürlich war das kein Argument für ihn.

„Das Alter ist doch nur 'ne Nummer. Du hast wenigstens schon Erfahrung und weißt, was du tust. Mit dir wird mein erstes Mal zum Erlebnis, da bin ich mir sicher."

Isabell wusste vor Schreck nicht mehr, was sie sagen sollte. Das wurde ja immer absurder. Erst wollte er nur einen Kuss von ihr, und jetzt sollte sie schon mit ihm schlafen?

„Hör mal, so geht das nicht!" Ihre Worte klangen harscher, als sie es beabsichtigt hatte, weil ihr alles zu viel wurde und sie mit den Nerven am Ende war. Aber vielleicht war es auch besser so, wenn sie ihm in diesem Ton begegnete. So würde er seine verrückten Träume gleich begraben und keine falschen Hoffnungen aufkommen lassen. Sie hatte schon genug Probleme und brauchte nicht noch eines mehr.

Leider war Peter ziemlich stur, und wenn er sich etwas in den Kopf gesetzt hatte, war er davon nicht mehr abzubringen.

„Aber ich liebe dich wirklich!" Mit einem zuckersüßem Lächeln nahm er ihren Kopf zwischen die Hände und versuchte, ihr einen Kuss auf die Lippen zu drücken. Das war endgültig zu viel für sie. Unsanft stieß sie ihn von sich.

„Dann eben nicht!" Seine Stimmung war von einer Sekunde auf die andere umgeschlagen. Gerade noch charmant und entschlossen, den Casanova zu spielen, blitzte jetzt der blanke Zorn in seinen blauen Augen auf. „Aber das eine sage ich dir: Wenn du nicht etwas freundlicher zu mir bist, werde ich dir auch nicht helfen! Das kannst du vergessen. Und du hast es auch verdient, dass dich meine Mutter als Diebin bezeichnet hat.“

Isabell versuchte, sich diese Beschimpfung nicht zu sehr zu Herzen zu nehmen. Das meiste war ohnehin nur verletzter Stolz und die Enttäuschung darüber, dass sie ihm nicht nachgegeben hatte. Aber sie konnte sich ja nicht mit einem Kind einlassen. Vielleicht hätte sie jedoch sensibler reagieren und ihn nicht so brüsk vor den Kopf stoßen sollen? Allerdings nahm im Moment auch keiner Rücksicht auf sie. Kein Wunder, dass ihr jetzt einmal der Kragen geplatzt war.

Peter verließ das Zimmer und schlug die Tür hinter sich zu. Der Knall schien das ganze Haus zu erschüttern.

„Was ist nun wieder los? Hat man denn hier nie seine Ruhe!“, ertönte die gereizte Stimme von Herrn Klosser, den Isabell den ganzen Tag noch nicht zu Gesicht bekommen hatte. Als dann noch die beiden kleinen Kinder zu brüllen anfingen, entschied Isabell, dass sie etwas frische Luft und Ruhe brauchte. Also schnappte sie ihre Jacke und eilte zur Haustür hinaus. Die Argusaugen, die ihr im Flur folgten, bemerkte sie nicht.

7. Kapitel

Die ersten Minuten streifte sie etwas planlos durch die Straßen, bis ihr einfiel, dass sie einmal nachsehen könnte, wie es Sören inzwischen ergangen war. Sicherlich würde er einen Krankenbesuch, verbunden mit viel Aufmerksamkeit und Pflege, zu schätzen wissen.

Der junge Mann sah heute wesentlich besser aus. Isabell war erstaunt. Die Schwellungen in seinem Gesicht waren zurückgegangen, die blauen Flecken etwas blasser. Nur seine Nase leuchtete rot, ein Zeichen dafür, dass er sich doch ein wenig erkältet hatte.

„Hey Süße, was für eine Überraschung,“ freute er sich, sie zu sehen. Die Enttäuschung darüber, dass sie ihn am vorhergehenden Tag beinahe überstürzt verlassen hatte, war bereits vergessen. Er hatte lange im Bett gelegen. Die plötzliche Stille und Georges warmes Fell hatten dafür gesorgt, dass er irgendwann eingeschlafen war. Den halben Nachmittag und die Nacht hindurch war er nicht mehr aufgewacht. Das wiederum war seiner Gesundheit zugutegekommen. Und in besserer Laune war er ebenfalls.

„Es tut mir übrigens leid wegen gestern ...“ begann Isabell, doch er winkte ab.

„Vergiss es. Wenn sich jemand zu entschuldigen hat, dann bin ich das. Ich weiß, ich war ein wenig eingeschnappt, weil du meine Hilfe nicht wolltest. Aber du kennst das ja: Männer sind manchmal wie kleine Kinder, wenn sie ihren Willen nicht kriegen. Doch eine ausreichende Portion Schlaf bewirkt Wunder. Ich habe mich wieder gefangen.“

„Bist du nun eigentlich krankgeschrieben?“, wollte Isabell wissen, damit er von etwas anderem sprach. Dass er glaubte, sich falsch benommen zu haben, war ihr schon ein wenig peinlich, da sie dasselbe von sich dachte.

„Ja, eine ganze Woche lang bin ich jetzt zu Hause“, verkündete er mit sichtlichem Stolz, dass er es überhaupt gewagt hatte, sich bei seinem Chef krank zu melden.

„Und du brauchst natürlich eine Pflegerin?“ Sie zwinkerte ihm zu.

„Natürlich.“

„Und als deine Pflegerin koche ich dir erst mal einen schönen Kamillentee.“

„Kamillentee?" Er zog eine Schnute. „Ein Kräuterschnaps wäre mir lieber."

Obwohl ihr nicht wirklich danach zumute war, musste sie schmunzeln. Es war eine gute Entscheidung gewesen, heute hierherzukommen.

Sie hatte gerade das Teewasser aufgesetzt, als sie einen Schatten am Küchenfenster vorbeihuschen sah. Zuerst dachte sie sich nichts dabei, vermutete einen Vogel oder Ähnliches. Aber dann hörte sie ein Geräusch, das so klang, als stolperte jemand über etwas.

Verwundert schaute sie hinaus, konnte jedoch niemanden entdecken. Dennoch war ihr, als hätte sie eine Gestalt hinter den Sträuchern verschwinden sehen. Etwas Rotes leuchtete dort hervor, etwas, das dort nicht hinzugehören schien. Sie starrte konzentriert auf diesen Punkt und versuchte zu erkennen, um was es sich handelte.

„Ist mein Tee schon fertig?" Sören war in die Küche getapst und schaute ihr über die Schulter.

„Na, hast du dich vor mir erschreckt?", lachte er, weil er bemerkt hatte, wie sie zusammengezuckt war.

„Gut, dass du da bist. Ich glaube, da schleicht einer um dein Haus."

„Ach was, wer sollte denn so was machen?" Er öffnete das Fenster und lehnte sich hinaus. „Das hast du dir sicherlich nur eingebildet."

Dieser an sich harmlose Satz verursachte einen weiteren kleinen Nervenzusammenbruch bei Isabell. Dieser Tag war bislang ein Desaster gewesen. Erst die giftigen Blicke einer vielleicht zukünftigen Kollegin – oder Feindin –, dann die ungerechtfertigte Beschuldigung, eine Diebin zu sein, Peters aufdringlicher Versuch, sie zu küssen, und nun behauptete Sören auch noch, sie spinne. Das ließ die Tränen wie ein Wasserfall aus ihren Augen schießen. Ausgerechnet diese Tatsache erschütterte sie noch mehr. Sie kam sich wie eine gefühlsduselige Heulsuse vor. Sie war zwar schon immer recht sensibel gewesen, aber die ständigen Gefühlsausbrüche, seitdem sie sich in Stuttgart aufhielt, waren selbst für ihre Verhältnisse zu viel.

„Um Gottes Willen, was ist denn nun schon wieder?" Sören klang ungehalten. Sie konnte es ihm nicht einmal verdenken. Er musste ja den Eindruck haben, dass sie seine Anwesenheit zum

Heulen fand. Wer wollte außerdem mit einer Frau zusammen sein, die sich nicht im Griff hatte und bei der man ständig einen hysterischen Anfall befürchten musste? Nein, sie konnte es ihm wirklich nicht übel nehmen, wenn er mittlerweile auch genug von ihr hatte.

Ach, es gab Augenblicke, in denen sie sich wünschte, das Wasser hätte sie damals für immer verschluckt. Das waren die Momente, in denen sie glaubte, das Pech habe sie fest in der Hand und es gebe keine Hoffnung, jemals das Glück zu finden.

„Na ja, ich geh mal wieder." Sie wollte sich so schnell wie möglich aus dem Staub machen, da sie plötzlich sicher war, dass sie Sören belästigte.

„Wieso denn? Du bist gerade erst gekommen!" Er fiel aus allen Wolken und fand, dass man bei Isabell vor Überraschungen nie sicher war. Sie war manchmal ziemlich rätselhaft.

„Na, meine ständige Flennerei nervt dich doch schon. Ich bin garantiert schlimmer als deine Patienten. Und du bist doch selbst krank und kannst mich in meinem Zustand gar nicht gebrauchen!"

Sören bemerkte ihre Verzweiflung und nahm sie in die Arme.

„Was heißt denn hier ‚In meinem Zustand'? Du bist ein wenig aufgelöst, na und? Ich wollte nur wissen, was passiert ist, weil ich mir Sorgen gemacht habe. Das ist alles. Es tut mir leid, wenn es mir etwas grob herausgerutscht ist. Das war nicht meine Absicht." Er drückte sie ein wenig fester an sich.

Als sie den Kopf an seine Schulter lehnte, konnte sie sich nicht mehr zurückhalten, und die Ereignisse des Tages sprudelten aus ihr heraus.

„Was mache ich nur immer falsch?" Sie schaute ihn mit großen rotgeweinten Augen an.

„Nichts", antwortete er. „Manchmal gibt's Tage, da läuft's halt nicht. Und auch wenn du den Spruch vermutlich nicht mehr hören kannst: Es wird alles wieder gut."

Er küsste ihr Haar, als aus heiterem Himmel etwas durchs Fenster geschossen kam.

Sie schrien gleichzeitig auf, als der Gegenstand in die Kaffeemaschine krachte und die Glaskanne in Scherben zerlegte.

„Himmel, was war das denn?" Isabell hielt die Hand auf ihr pochendes Herz.

„Ein Stein." Sören hatte den grauen Brocken entdeckt, der zwischen den Scherben am Boden lag. „Also war da doch jemand am Haus. Tut mir leid, dass ich dir nicht geglaubt habe. Verdammt, das ist ein großes Ding! Es hätte echt übel für uns ausgehen können, wenn wir getroffen worden wären."

Fassungslos hob er den Stein auf und wog ihn in seiner Hand.

„Wer macht denn so was?" Isabell war totenbleich geworden.

„Ich habe keine Ahnung, aber das werden wir gleich herausfinden."

„Was hast du vor?" Sie hielt ihn am Arm fest, als er außer sich vor Wut nach draußen stürmen wollte. „Du weißt doch gar nicht, wie gewalttätig dieser Typ werden kann. Er scheint vor nichts zurückzuschrecken!"

„Der jagt mir keine Angst ein. Ich schnapp mir den jetzt und übergebe ihn der Polizei!"

„Ich komme mit", entschied Isabell und griff nach einem scharfen Messer, das in einem Messerblock auf dem Küchenschrank stand.

Vorsichtig pirschten sie durch das etwas verwilderte Gelände seitlich des Hauses.

Isabell schaute sich zaghaft um. Insgeheim befürchtete sie, dass jemand aus dem Busch hervorspringen würde. Doch sie traute sich nicht, es zuzugeben. Schließlich wollte sie auch nicht als Angsthase gelten. Dann war jedoch ihre Neugier plötzlich stärker als ihre Furcht.

Während Sören geradeaus ging, machte sie einen kleinen Abstecher nach links zu dem Strauch, in dem sie vom Küchenfenster aus etwas entdeckt hatte. Und tatsächlich sah sie eine Jacke zwischen den Zweigen liegen, übersät mit roten Flecken. Blut? Bestimmt! Sie zitterte am ganzen Leibe. Ob der Mensch, dem die Jacke gehörte, noch lebte? Vielleicht hatte der Mann im Busch versucht, die Beweisstücke eines Verbrechens verschwinden zu lassen?

Plötzlich raschelte es hinter ihr. Kam er jetzt, um auch sie zu holen? Zum Glück hatte sie noch das Küchenmesser in der Hand. Sie stand wie angewurzelt da, wagte kaum, sich umzudrehen. Das Rascheln kam näher.

„Lassen Sie mich in Ruhe!", schrie sie und hätte in ihrer Angst beinahe auf die Person hinter sich eingestochen. Aber als sie sah, wer ihr gefolgt war, glitt ihr das Messer zu Boden.

„Marino? Du hast mich zu Tode erschreckt! Was zum Teufel machst du hier? Wie kommst du hierher?"

„Mit meinen Beinen", antwortete in einem armseligen Versuch, witzig zu sein. Doch sie fand das alles andere als lustig und musste mit sich ringen, ihn nicht zu ohrfeigen.

„Bist du verrückt geworden? Mir erst so eine Angst einzujagen und dann dumme Bemerkungen fallen zu lassen! Ich wette, das mit dem Stein warst du ebenfalls!"

Marino sagte nichts darauf, doch sein Blick heftete sich verlegen auf seine Füße. Das war Antwort genug für Isabell.

„Das habe ich mir gedacht. Sag mal, bist du von allen guten Geistern verlassen? Warum hast du das getan? Du hättest uns ernsthaft verletzen können! Apropos, ich dachte, du bist krank? Wieso rennst du dann wie ein tollwütiger Rambo herum, anstatt im Bett zu liegen?"

„Ach, was heißt hier krank? Zu viel und alles durcheinander gesoffen habe ich, aus Liebeskummer. Deinetwegen."

Isabell, die sich an dem ‚deinetwegen' stieß, verlor langsam die Geduld. „Wie hast du uns hier überhaupt gefunden? Du wusstest doch gar nicht, wo Sören wohnt, oder?", forschte sie zunehmend gereizt.

„Ich war gerade auf dem Weg zu diesem Tony, um etwas wegen meiner CD zu klären. Und da habe ich dich auf der anderen Straßenseite vorbeigehen sehen. Ich wollte wissen, wo du hinwillst, weil du so aufgelöst und irgendwie abwesend schienst. Also bin ich dir gefolgt. Als ich dich dann durchs Fenster mit ihm in einer intimen Umarmung gesehen habe, sind bei mir sämtliche Sicherungen durchgebrannt. Ich bin fast vor Eifersucht geplatzt und habe nach dem Erstbesten gegriffen, das ich finden konnte. Das war nun mal der Stein. Aber hey, ich habe nicht auf euch gezielt, sonst hätte ich euch nicht verfehlt. Ihn ganz gewiss nicht! Ich wollte die Kaffeemaschine treffen. Der Krach sollte euch auseinanderschrecken, und das ist mir ja gelungen."

Isabell starrte ihn ungläubig an. „Das kann doch nicht dein Ernst sein! Marino, ich glaube, du brauchst professionelle Hilfe, um deine Temperamentsausbrüche unter Kontrolle zu kriegen. Du hast nicht einmal das Recht, eifersüchtig zu sein. Wir sind schließlich kein Paar mehr!" Ihre Angst hatte sich nun komplett in Wut umgewandelt.

Ihr Geschrei machte Sören auf sie aufmerksam. Er hatte gerade die dichten Sträucher vor dem Küchenfenster durchkämmt und kam in großen Schritten auf sie zu. Als er Marino entdeckte, hielt er abrupt inne.

„Was macht der denn hier? Ich glaub es ja nicht!" Zornesfalten bildeten sich auf seiner Stirn, und er schnaubte entrüstet durch die Nase.

„Runter von meinem Grundstück, oder ...!"

„Oder was?", fauchte Marino und schritt wie ein Kampfhahn auf seinen Kontrahenten zu.

„Oh nein, nicht schon wieder!" Isabell hätte sich die Haare raufen können. Mussten die zwei ständig dem Bedürfnis nachgeben, sich zu prügeln, wenn sie sich begegneten? Bevor es dazu kommen konnte, stellte sie sich mutig zwischen sie.

„Reißt euch zusammen, verdammt noch mal!" Ihr energisches Eingreifen ließ die beiden Männer innehalten. Damit hatten sie nicht gerechnet. „Ich habe echt genug von eurem Neandertalerverhalten! Ihr glaubt doch nicht wirklich, sich gegenseitig die Köpfe einzuschlagen, sei die Lösung für alles? Sören, du hast dich vom letzten Mal noch nicht erholt, also hätte ich dich für klüger gehalten, als dich wieder provozieren zu lassen. Und Marino ..." Sie drehte sich zu ihm um. „Begreif endlich, dass wir nicht mehr zusammen sind. Du hast kein Recht, dich in mein Leben einzumischen. Wenn ich eine neue Beziehung eingehen will, ist das meine Sache!"

„Okay." Marino biss sich auf die Lippen. Er wusste nicht, wie er auf ihren Ausbruch reagieren sollte. Im Prinzip hatte sie Recht. Doch die Vorstellung, dass sie nachts in den Armen dieses blonden Schönlings liegen könnte, machte ihn schier wahnsinnig.

Der junge Italiener konnte sich einfach nicht damit abfinden, dass seine Traumfrau nicht mehr zu ihm gehören sollte. Und das kaum verhohlene Grinsen, mit dem ihm sein Konkurrent bedachte, ließ ihn beinahe noch einmal aus der Haut fahren. Allein der Gedanke, dass er dann endgültig bei Isabell verloren hätte, hinderte ihn daran, Sören das siegessichere Grienen von den Lippen zu prügeln.

„Tut mir leid, Isa. Das kommt nicht wieder vor. Ich gehe jetzt lieber und lass dich für eine Weile in Ruhe. Aber denke daran, dass ich dich liebe“, murmelte er stattdessen und küsste sie zum Abschied zärtlich auf die Wange.

Isabell wunderte sich über das warme Gefühl, das sich in ihrem ganzen Körper ausbreitete. Wenn es stimmte, dass sie Marino überwunden hatte, durfte sie doch nicht mehr so auf ihn reagieren. Aber gleich darauf schüttelte sie den Kopf. Nein, sie würde nicht überlegen, was das bedeuten mochte. Diese ständige Grübelei machte sie noch verrückt. Sie musste einfach mal abschalten, um wieder zur Ruhe zu kommen.

„Der Kerl gibt ja wohl nie auf!“, fauchte Sören und machte sich dabei nicht die Mühe, die Eifersucht in seiner Stimme zu verbergen. „Was bildet der sich eigentlich ein? Ich sollte ihn wegen Hausfriedensbruchs anzeigen und auf Schadensersatz verklagen!“

„Ach Sören, wegen einer Kaffeemaschine? Ist das nicht ein bisschen lächerlich?“, seufzte Isabell und schaute Marino nach, der um die Ecke verschwand. Trotz seines dummes Verhaltens wollte sie nicht, dass er Schwierigkeiten bekam. Wieder ein Grund, über den sie nicht weiter nachdenken wollte.

„Es geht ums Prinzip!“, ereiferte sich Sören unbeirrt. Seine sonst so liebevolle Art wurde von dem grünäugigen Monster der Eifersucht verdrängt. „Der Typ muss in seine Schranken gewiesen werden! Wer weiß, was er sich sonst noch erlaubt. Er stellt dir doch schon richtig nach. Vor so einem musst du dich in Acht nehmen. Er kommt nicht damit zurecht, dass er verloren hat. Gerade diese Südländer sind schlimm. Ich hatte in meinem Beruf schon oft mit ihnen zu tun gehabt. Da habe ich Storys erlebt, kann ich dir versichern. Nicht selten haben sich die Freundinnen und Ehefrauen im Frauenhaus versteckt. Ich möchte nicht, dass dir dasselbe Schicksal blüht.“

Ein jäher Ärger ließ ihren Magen verkrampfen. Isabell wollte nicht, dass Sören so schlecht von ihrem Exfreund redete. Sicher, Marino war temperamentvoll und aufbrausend, doch er war wirklich keine Bedrohung für Leib und Leben. Sie konnte es nicht ertragen, dass Sören ihn als Verbrecher hinstellte. Es tat ihr in den Ohren weh.

Da sie nicht wusste, wie sie ihn anders zum Schweigen bringen sollte, presste sie aus einer spontanen Idee heraus, ihre Lippen auf seinen Mund.

Erst als sie spürte, wie seine Zunge gegen ihre Zähne stieß, fragte sie sich, welcher Teufel sie da eigentlich geritten hatte. Das Letzte, was sie wollte, war, Sören irgendwie zu ermutigen. Doch wenn sie ihn jetzt von sich stieß, konnte er auf die Idee kommen, sie triebe ein gemeines Spiel mit ihm: Erst heiß machen und dann im kalten Regen stehen lassen.

Sie wollte es sich nicht mit ihm verscherzen. Immerhin war er momentan ihr einziger Freund in der Stadt. Also gewährte sie seiner Zunge Einlass in ihren Mund.

Es war nicht einmal unangenehm. Es wühlte sie aber auch nicht sonderlich auf. Ihr Herz klopfte nicht wild, und es kribbelte nicht in ihrem Bauch. Es war eher so, als ob sie ihren Bruder küsste.

Sören dagegen schien es mehr zu bedeuten. Er drückte sie enger an sich und fing an, leise zu stöhnen. Das gab ihr die Kraft, sich von ihm zu lösen. Dennoch zitterte sie leicht, weil sie befürchtete, ihn bereits zu sehr ermutigt zu haben. Sie hatte Angst, dass er nun etwas von ihr wollte, das sie ihm nicht geben konnte. Und sie tat das, was sie in der letzten Zeit immer getan hatte, wenn es brenzlig wurde: Sie ergriff die Flucht.

„Wo willst du denn hin? Du kannst mich doch nicht so stehen lassen!" Sören schüttelte fassungslos den Kopf. In was für eine Frau hatte er sich da eigentlich verliebt? Wieso benahm sie sich jetzt wie ein verschrecktes Kind? Er hatte doch nur den Kuss erwidert, den sie begonnen hatte!

Isabell wusste selbst, dass sie sich kindisch benahm, aber das war bestimmt nur auf all den Ärger und den Schlafmangel der letzten Tage zurückzuführen. Wenn sie sich erst mal ordentlich ausgeruht hatte, würde auch ihr Psyche etwas stabiler werden. Deshalb wollte sie nur noch zu den Klossers, auf ihr Zimmer und ins Bett. Allerdings hatte sie ihre Zweifel, ob sie mitten am Tag würde einschlafen können. Sie war zwar ziemlich müde, doch die Gedanken in ihren Kopf waren so laut, dass sie sie mit einiger Sicherheit wach halten würden.

Da schien es nur eine Lösung zu geben: Einen kleinen Abstecher zum Supermarkt zu machen und sich eine Flasche Wein zu besorgen. Isabell hielt normalerweise nicht viel davon, so früh schon Alkohol zu trinken, aber es würde ihr helfen, ihre Grübeleien zu vergessen und zu entspannen.

Aus ihrem gut durchdachten Plan wurde jedoch nichts. Zwar schaffte sie es noch, sich eine Flasche Spätburgunder zu holen, zum Schlafen kam sie trotzdem nicht.

Im Hause der Klossers herrschte eine unheimliche Stille. Isabell tapste auf Zehenspitzen durch die Flure, die Ohren gespitzt, um zu horchen, ob überhaupt jemand daheim war. Es wäre sehr schön, wenn alle ausgeflogen wären. Dann hätte sie wenigstens ihre Ruhe. Sie hatte wirklich keine Lust, Regina zu begegnen und erneut wüste Beschuldigungen über sich ergehen zu lassen. Daher wollte sie gar nicht groß auf sich aufmerksam machen, sondern schlich regelrecht zu ihrem Zimmer.

Vor der Tür vernahm sie jedoch Geräusche. Irgendjemand war in ihrem Raum.

Das Herz klopfte ihr bis zum Hals. Gleichzeitig schalt sie sich eine Närrin, dass sie schon wieder so nervös war. Warum musste sie nur so ein Angsthase sein? Sicherlich war es nur Regina, die ihr Bett frisch bezog oder etwas ähnlich Harmloses.

Sie umklammerte die Klinke so heftig, dass es den Anschein hatte, ihre Hand würde mit dem schwarzen Plaste verschmelzen. Doch sie nahm ihren Mut zusammen und öffnete die Tür langsam.

Vorsichtig schielte sie um die Ecke. Was sie dort sah, ließ ihr den Atem stocken.

Regina saß über ihrem Koffer gebeugt und wühlte darin herum. Sie war so vertieft, die fremden Sachen genau unter die Lupe zu nehmen, dass sie gar nicht bemerkte, wie jemand ins Zimmer getreten war.

Isabells „Was machst du da?" ließ sie deshalb sichtlich zusammenzucken.

Regina sah sofort ein, dass es keinen Zweck hatte zu lügen, und rückte ohne Umschweife mit der Wahrheit heraus. „Ich wollte nachsehen, wo du mein Geld versteckt hast."

„Wie bitte?" Isabell war fassungslos. „Du bist tatsächlich davon überzeugt, dass ich dich bestohlen hätte? Und das gibt dir das Recht, in meine Privatsphäre einzudringen?"

„Was hätte ich denn sonst tun sollen, wenn du mir nicht verrätst, wo du das Geld aufbewahrst?

Ich hoffe nur, du hast es nicht schon ausgegeben. Anscheinend bist du nicht nur arbeitslos, sondern auch eine Trinkerin." Regina spielte auf die Flasche Wein an, die Isabell immer noch in der linken Hand hielt.

Isabell konnte es kaum ertragen, erneut mit Vorwürfen konfrontiert zu werden. Sie musste sich sehr zusammenreißen, um nicht schon wieder in Tränen auszubrechen. Wenn sie etwas mehr Geld gehabt hätte, hätte sie es Regina gegeben, auch wenn das wie ein Schuldeingeständnis ausgesehen hätte. So konnte sie jedoch nur hoffen, dass diese ihre Haushaltskasse irgendwann wiederfand und einsah, welch Unrecht man ihr angetan hatte.

Dennoch wurde Isabell schmerzlich bewusst, dass sie hier nicht länger bleiben konnte. Einmal mehr würde sie umziehen müssen. Ob sie jemals ein richtiges Zuhause in Stuttgart haben würde? Einen Ort, wo sie hingehörte? Dieses ständige Kofferpacken nagte an ihrer Seele. Wie sollte sie zur Ruhe kommen und zu sich selbst finden, wenn sie immerzu hin- und herzog und manchmal nicht einmal wusste, wo sich ihre Sachen gerade befanden? Stets musste sie nach etwas suchen.

Das Gefühl, nirgendwo hinzugehören, war auf einmal so überwältigend, dass es ihr fast den Atem nahm. Wo sollte sie jetzt nur hingehen? Nach dem Kuss und ihre Reaktion darauf, traute sie sich nicht, Sören unter die Augen zu treten. Für ein Hotelzimmer hatte sie kein Geld. Somit blieb nur noch Marino übrig.

Ein leichtes Frösteln durchzog sie bei diesem Gedanken. Das war nun alles andere als eine ideale Lösung. Genau genommen war sie ziemlich verrückt. Aber was blieb ihr übrig, wenn sie nicht unter der Brücke schlafen wollte? Marino hatte ja behauptet, dass er sie noch immer liebte. Nun konnte er es ihr beweisen. Hoffentlich wohnte er noch bei seinem Bruder. Sie hatte ihn zwar vor kurzem zu Lucas Wohnung begleitet. Dennoch konnte er über Nacht wieder zu seinem Vater zurückgegangen sein, besonders dann, wenn Janine von ihrer Geschäftsreise nach Hause gekommen war.

Wenn dem so war, hatte Isabell ein großes Problem. Angela würde niemals erlauben, dass sie mit in ihr Haus zog. Also würde sie nicht mit Marinos Hilfe rechnen können und sich am Ende tatsächlich auf der Bahnhofsmission wieder finden. Aber nein, Isabell wollte noch nicht mit dem Schlimmsten rechnen!

Vielleicht hatte sie ja auch Glück, und Luca würde sie bei sich aufnehmen, selbst wenn Marino wieder ausgezogen war. Immerhin hatte er sie gleich zu sich geholt, bevor sie Marino überhaupt getroffen hatte. Diese Gedanken gaben ihr einen Energieschub.

„Was hast du denn vor? Willst dich wohl aus dem Staub machen?" Regina konnte es nicht fassen, dass ihr Isabell den Koffer unter der Nase weggezogen hatte und ihre herumliegenden Sachen hineinwarf.

„Was soll ich sonst tun? Du hast mir ja deutlich zu verstehen gegeben, dass ich hier unerwünscht bin."

„Und was ist mit meinem Geld?"

Ist das deine einzige Sorge, dachte Isabell. Doch sie sprach es nicht laut aus.

„Verdammt, wie oft denn noch? Ich habe dein Geld nicht!", fauchte sie stattdessen. „Aber wenigstens brauchst du mich jetzt nicht mehr durchzufüttern. Wenn ich den Job im Kindergarten kriegen sollte und etwas verdiene, zahle ich dir jeden Cent zurück, den du bisher für mich ausgeben musstest!"

„Das ist hoffentlich nicht nur ein leeres Versprechen." Es wurmte Regina schon ein bisschen, die andere Frau einfach so ziehen zu lassen. Wer wusste, ob sie ihre Haushaltskasse je wieder sah? Doch ihr war klar, dass ihr Sohn ohne Isabell vielleicht nicht mehr am Leben gewesen wäre. Daher konnte und wollte sie nichts gegen sie unternehmen.

„Ich möchte dich aber nicht rausschmeißen", machte sie dagegen einen halbherzigen Versuch, Isabell zum Bleiben zu überreden. Aber die junge Frau spürte, dass das keine gute Idee war. Regina hatte sie zu sehr enttäuscht und ihr Vertrauen missbraucht. Solange die Sache mit dem Geld nicht geklärt war, würde sie auch nicht wie ein Gast behandelt werden. Regina würde wieder in ihren Dingen herumschnüffeln. Nicht, dass sie etwas zu verbergen gehabt hätte, aber ein wenig Privatsphäre brauchte jeder Mensch.

Kurz darauf stapfte sie mal wieder mit ihren beiden Koffern durch die Stadt. Ihre Arme und Beine wurden langsam schwer wie Blei. Gott, wie sehr sie diese Umzieherei hasste! Hoffentlich konnte sie bei Marino etwas länger bleiben.

Anfangs schien es jedoch so, als sollte es ein besonders kurzer Aufenthalt werden. Sie hatte noch nicht einmal geklingelt, da wurde die Tür bereits aufgestoßen und ein gestresster Luca kam ihr entgegengestürzt.

„Was willst du denn hier? Doch nicht etwa wieder bei uns einziehen?" Sein entsetzter Blick fiel auf ihre Koffer.

„Ja, eigentlich hatte ich gehofft ...", begann sie, doch er unterbrach sie sofort.

„Hör mal, Mädel. Meine Freundin ist heute Abend wieder zu Hause. Nach einem anstrengenden Arbeitstag will ich diese Nacht mit ihr allein sein. Ich bin froh, wenn ich Marino bis dahin los bin. Da werde ich dich ganz bestimmt nicht hereinlassen. Am Ende seid ihr lauter als wir", versuchte er am Schluss noch zu witzeln, als er ihr enttäuschtes Gesicht sah.

„Ich weiß, ich hatte dir mal angeboten, bei mir zu wohnen. Aber das war, bevor mein liebes Bruderherz hier ebenfalls seine Zelte aufgeschlagen hat. Und nun macht der Kerl keine Anstalten mehr, mein Haus wieder zu verlassen. Und wenn du jetzt auch noch ... Nein, das geht nicht. Hey, warte!" rief er und ging zurück in den Korridor. Kurz darauf kehrte er mit seinem Portemonnaie wieder.

„Hier, such dir ein Hotel." Mit diesen Worten drückte er ihr tatsächlich einen 50-Euro-Schein in die Hand.

Fassungslos starrte sie das Geld an, bevor sie es in ihre Tasche steckte.

„Tut mir leid, aber ich muss jetzt wirklich ab in die Pizzeria. Die ersten Gäste kommen gleich und Mutter steht ganz allein da. Marino ist übrigens unterwegs, also lohnt es sich nicht, noch einmal zu klingeln. Ich bin sicher, du findest eine nette Unterkunft." Luca schenkte ihr ein aufmunterndes Lächeln und war verschwunden.

Wieder jemand, der sich nicht wirklich um mich kümmert, dachte sie niedergeschlagen und setzte sich auf einen ihrer Koffer.

Wie hatte ihr Leben nur so durcheinander geraten können? Plötzlich plagten sie ernsthafte Zweifel, ob es richtig gewesen war, nach Stuttgart zu gehen. Sie schien hier nicht wirklich Fuß fassen zu können. Sie hatte kein Zuhause, kein Geld, keinen Job und vielleicht auch bald keine Freunde mehr. Anscheinend gehörte sie einfach nicht in diese Stadt. Sie würde nur noch auf Marino warten, um sich das restliche Geld für die Zugfahrkarte nach Weimar zu borgen. Bahn fahren war leider sehr teuer geworden, und 50 Euro reichten nicht für ein Ticket.

Es würde mit Sicherheit ziemlich deprimierend und auch ein bisschen peinlich sein, ein Ziel begraben zu müssen. Sie würde sich wahrscheinlich wie eine Versagerin fühlen. Doch unter der Fürsorge ihrer Eltern würde wieder Ruhe in ihren Alltag einkehren. Das brauchte sie jetzt mehr als alles andere.

Über ihre Grübeleien nickte sie ein. Sie hatte keine Ahnung, wie lange sie geschlafen hatte, und erschrak heftig, als eine Hand sie an der Schulter rüttelte. Ihr Kopf fuhr in die Höhe, und sie schaute verwirrt in Marinos lachendes Gesicht.

„Was machst du denn hier, Isa-Spatz?"

„Ich fahre nach Hause." Sie war noch ganz verschlafen, und das war das Letzte, wovon sie geträumt hatte.

Als Marino anfing, wie ein alberner Schuljunge zu kichern, wurde ihr bewusst, wie dumm ihre Antwort geklungen haben musste, und sie war schlagartig hellwach.

„Ich meinte, ob du mir etwas Geld leihen kannst. Ich will wieder zurück nach Weimar fahren."

„Was willst du denn da? Es ist ja eine schöne Stadt und alles, aber hier hast du doch mehr Chancen, einen Job in deinem Beruf zu bekommen. Außerdem, willst du wirklich so weit weg von mir? Jetzt, da ich dich gerade erst wiedergefunden habe? Oder liegt es etwa an mir?" Er schaute sie mit einer Mischung aus gekränktem Stolz und aufrichtiger Traurigkeit an, sodass ihr ganz schwer ums Herz wurde.

„Nein, es ist ganz gewiss nicht deine Schuld", beeilte sie sich deshalb zu sagen. In einer Geste des Trostes strich sie ihm mit den Fingerkuppen sanft über die Wange. Sie wollte nicht, dass er sich schuldig fühlte. Immerhin hatte er nichts direkt mit ihrer Entscheidung zu tun.

„Ich habe einfach nur keinen Platz hier, wo ich bleiben könnte."

„Wieso? Was ist passiert?" Marino wollte es sich kaum eingestehen, aber er war sehr erleichtert, dass sie nicht mehr bei diesem Sören war.

„Ach, das ist eine lange Geschichte", seufzte Isabell. Sie war sich nicht sicher, ob er wirklich von ihrem Ärger hören wollte. Aber offensichtlich war es so.

„Diese wirst du mir bei einem schönen Glas Wein erzählen." Marino kramte seinen Schlüssel aus der Hosentasche und öffnete die Tür. Doch Isabell traute sich nicht einzutreten, sondern blieb einfach davor hocken.

„Was ist? Willst du den Wein etwa hier draußen trinken?" Marino drehte sich verwundert zu ihr um.

„Nein, natürlich nicht. Aber ich kann nicht mit hereinkommen. Dein Bruder hat es mir vorhin praktisch verboten." Sie ließ den Kopf hängen.

„Luca? Was ist denn in den gefahren?" Marino kniff wütend die Augen zusammen.

„Er will mit seiner Freundin allein sein, was ich auch verstehen kann. Oh, und übrigens wäre er ebenfalls froh, wenn er dich loswerden würde. So ähnlich hat er sich jedenfalls ausgedrückt."

„Aber den Gefallen werden wir ihm nicht tun." Marino nickte entschlossen. „Ich werde mich nicht von ihm rauswerfen lassen. Und du brauchst auch keine Angst zu haben. Ich werde dich beschützen." Er griff nach ihrem Arm und half ihr hoch.

„Aber nein, ich will wirklich keinen Ärger", protestierte sie, doch er ließ nicht mit sich diskutieren.

„Keine Widerrede. Ich lass dich jetzt nicht einfach so gehen. Es wird bald dunkel, und du hast offenbar keinen Platz, wo du schlafen kannst. Das ist mir viel zu gefährlich. Außerdem brenne ich darauf zu erfahren, was dir passiert ist. Vielleicht kann ich dir ja helfen. Komm, ich habe noch einen Grauburgunder im Kühlschrank."

„Und ich einen Spätburgunder im Koffer", lachte sie und folgte ihm endlich in die Wohnung. Vielleicht hatte er Recht. Es würde ihr zumindest helfen, sich alles von der Seele zu reden. Und sie konnte später ja immer noch gehen, wenn Luca oder Janine zurückkämen.

Es wurde ein langer Nachmittag. Der Wein schmeckte nicht nur gut, sondern löste auch ihre Zunge. Wie selbstverständlich und ohne Scham begann sie, von den Ereignissen der letzten Tag zu berichten.

Marino hörte einfach nur zu, ohne sie ein einziges Mal zu unterbrechen.

„Verdammt! Und ich mache dir auch noch so eine dämliche Eifersuchtsszene", rief er, verärgert über sich selbst, als sie zu Ende erzählt hatte. Der Burgunder war zu diesem Zeitpunkt bereits ausgetrunken.

„Ja, das war nicht die feine englische Art. Aber ich weiß ja, dass du wie ein wilder Stier bist, wenn dein Temperament mit dir durchgeht", kicherte sie. Sie fühlte sich so fröhlich und gelöst wie seit Langem nicht mehr.

Ihr Opa hatte stets behauptet, das Leben sei nur im Suff zu ertragen. Vielleicht hatte er gar nicht so unrecht damit, wie sie immer geglaubt hatte.

„Na, du hast wohl einen Schwips?" neckte Marino. Dass er selbst nicht mehr ganz nüchtern war, schien ihm gar nicht bewusst zu sein.

„Ich? Du musst dich irren. Ich trinke nie ein Glas zu viel." Sie tat entrüstet. „Aber das liegt wahrscheinlich daran, dass du selber alles doppelt siehst und dein Urteilsvermögen ein wenig getrübt ist."

„Was? Na warte, du freche Zwecke!" Er kletterte grinsend vom Sessel über den Tisch zum Sofa, auf dem sie es sich gemütlich gemacht hatte.

Marino freute sich, dass er die Stelle oberhalb ihrer Hüfte nicht vergessen hatte, an der sie extrem kitzelig war. Er stürzte sich auf sie, bevor sie eine Chance zur Flucht hatte. Als seine erbarmungslosen Finger den gewissen Punkt fanden, konnte sie nur noch lachend um sich schlagen. Dabei stieß sie an den Tisch, der zu wackeln begann, und die Gläser darauf stürzten zu Boden. Doch das störte die beiden Herumalbernden nicht.

„Ich liebe es, wenn du mir so ausgeliefert bist", kicherte Marino. Obwohl oder gerade, weil er nicht mehr ganz nüchtern war, war er erstaunlich stark. Anfangs kitzelte er sie nur, aber dann schlangen sich seine Arme immer fester um sie, bis sie sich wie in einer Zwangsjacke vorkam und stillhalten musste. Auch das Lachen blieb ihr im Hals stecken, als sie sich seiner Nähe bewusst wurde.

Verdammt! Sie wurde immer so anlehnungsbedürftig, wenn sie Alkohol getrunken hatte.

Die Wärme seines Körpers, der herrliche Duft seines Aftershaves, vermischt mit dem einzigartigen Geruch seiner Haut, das sehnsuchtsvolle Leuchten in seinen schönen Augen – das alles trug nicht dazu bei, ihre Gefühle abkühlen zu lassen. Es hatte eher den Effekt, dass sie der Versuchung nicht widerstehen konnte, und sie drückte ihre Lippen fest auf seinen Mund.

Sie wusste nicht, ob es an dem Wein lag oder einfach nur daran, dass es sich um Marino handelte, doch der Kuss gab ihr alles, was sie bei Sören vermisst hatte. Ihr wurde schwindelig, das Herz drohte aus ihrer Brust zu springen, und sie war froh, dass sie bereits saß, da ihre Beine nachzugeben drohten.

„Was ist denn hier los?"

Erschrocken sprangen die beiden auseinander und schauten in die verblüfften Gesichter von Luca und Janine, die plötzlich im Wohnzimmer standen.

„Das ist nun ein Anblick, auf den ich hätte verzichten können", brummte Luca, unüberhörbar verärgert.

„So viel zu unserem romantischen Abend. Ich dachte eigentlich, dass *wir* den hier verbringen", knurrte Janine und schaute sich die Szene etwas genauer an.

„Wie ich sehe, haben sie auch unseren Wein getrunken. Na, großartig. Und unsere schönen Gläser haben sie zerbrochen. Ich werd nicht wieder!"

„Danke, dass ihr uns alles ruiniert habt. Und was machst du hier, Isabell? Ich hatte dich doch gebeten, nicht hier zu bleiben." Luca hatte die Arme vor der Brust verschränkt und schnaufte wütend aus der Nase. „Hätte ich etwa noch deutlicher werden sollen?"

„Ich glaube, du warst schon deutlich genug." Marinos Stimme, bis dahin vom Alkohol schon etwas undeutlich, hatte mit einem Mal wieder einen festen Klang bekommen. „Aber ich lasse nicht zu, dass du meine Freundin einfach so rauswirfst. Sie ist MEIN Gast!"

„Ja, und das ist MEINE Wohnung!" Luca war drauf und dran, die Nerven zu verlieren und auf seinen Bruder loszugehen, vor allem, da Janine sich in den Finger schnitt, als sie ihre zerbrochenen Gläser untersuchen wollte.

„Jetzt reicht's! Das ist doch auch nur deine Schuld. Am besten, du packst deinen Kram zusammen und verschwindest auf der Stelle. Ich weiß sowieso nicht, warum du solange bei mir gewohnt hast! Oh, und wenn du gehst, vergiss bloß nicht, deine besoffene Freundin mitzunehmen."

Lucas Worte waren wie eine kalte Dusche für Isabell. Sie spürte den Wein in ihrem Blut plötzlich überhaupt nicht mehr. Es war, als hätte sie nie einen Tropfen angerührt.

Es war fast logisch, dass es sich rächen musste, wenn sie einmal fröhlich und ausgelassen war. Als wollte das Leben sie dafür bestrafen, dass sie ihre Sorgen für eine Weile vergaß.

„Hör mal, das war wohl unter der Gürtellinie. So viel hat Isabell gar nicht getrunken, um besoffen sein zu können!" Marino, der sie nur verteidigen wollte, hatte wieder einen seiner berühmt-berüchtigten Temperamentsausbrüche. Und doch schien er nicht nur wegen Isabell so wütend auf Luca zu sein. Irgendetwas anderes musste noch vorgefallen sein.

Bevor sie bis drei zählen konnte, hatte Marino seinen Bruder gepackt und mit einem gekonnten Judogriff zu Boden geworfen.

„Um Gottes Willen, Marino, bist du jetzt völlig übergeschnappt? So dankst du uns wohl für die Gastfreundschaft, die wir dir gewährt haben." Janine war aufgesprungen und bedrohte den Angreifer ihres Verlobten mit einer Glasscherbe.

Isabell wurde ganz weiß im Gesicht vor Angst. Sie hatte Panik, dass Janine in ihrer Wut Marino tatsächlich den Hals aufschlitzen könnte. Vielleicht hatte Isabell aber auch nur zu viele Krimis gesehen.

„Komm, Marino, wir gehen jetzt!" Das Blut rauschte so laut in ihren Ohren, dass sie ihre eigene Stimme kaum hörte. Mit zitternden Händen zog sie ihn von seinem Bruder weg.

Marino stolperte jedoch rücklings und blieb etwas benommen auf seinem Hosenboden sitzen.

Janine nutzte die Gelegenheit, um zur Schrankwand zu rennen. Aus dem untersten Schubfach zerrte sie eine Menge Klamotten hervor und warf sie gezielt auf Marino, bis er fast unter einem Kleiderberg verschwunden war.

„Hier, nimm deinen Mist und hau ab! Die Gläser werde ich dir übrigens in Rechnung stellen. Das waren nämlich die teuren Guten."

„Siehst du! Hätte ich nur nicht auf dich gehört", schimpfte Isabell, als sie mit Marino kurz darauf auf der Straße stand. Ein böiger Wind war aufgezogen, und es hatte zu tröpfeln angefangen. „Wenn ich schon früher gegangen wäre, hätte ich noch den Nachmittagszug nach Frankfurt erwischt und wäre zu einer zivilen Zeit in Weimar angekommen. Wer weiß, ob jetzt noch so viele Bahnen fahren. Wohl eher nicht. Du hast ja kein Problem. Du kannst zu deinem Vater zurück. Aber was wird mit mir?"

„Du nimmst dir ein Hotelzimmer", erwiderte er trocken ihren Ausbruch.

„Ja, und du bezahlst es!" Seine Gelassenheit machte sie nur noch wütender.

„Hm, und nicht nur das. Ich begleite dich sogar dahin." Schmunzelnd legte er den Arm um ihre Schulter. Offensichtlich war er trotz allem wieder bester Laune.

Sie fanden eine kleine Pension ein paar Straßen weiter. Obwohl sie von außen sehr hübsch und sauber wirkte, war Isabell nicht begeistert.

„So nah bei deines Bruders Wohnung? Meinst du, dass das eine gute Idee ist? Vielleicht wäre es besser gewesen, etwas in der Nähe des Hauptbahnhofs zu finden."

„Ach papperlapapp! Du hattest einen anstrengenden Tag und bist sicherlich todmüde. Warum willst du da noch durch die ganze Stadt rennen? Komm!" Mit seiner freien Hand schnappte er einen ihrer Koffer, während er mit der anderen seine eigene Reisetasche trug. So hatte sie gar keine andere Wahl, als ihm in den gemütlichen Altbau zu folgen.

„Ich möchte gern ein Zimmer", sagte sie zu der älteren Dame an der Rezeption.

„Ja, mit zwei Betten", grinste Marino über Isabells Schulter hinweg.

„Wie bitte?" Sie drehte sich erstaunt zu ihm herum. „Wozu brauche ich zwei Betten?"

„Du Dummerchen!" Er tippte ihr freundschaftlich auf die Stirn. „Das zweite Bett ist natürlich für mich. Du glaubst doch nicht, dass ich dich jetzt allein lasse", lachte er. Und morgen Früh bist du für immer verschwunden? No way!, fügte er leise in Gedanken hinzu.

„Aber ich kann nicht die Nacht mit dir in einem Raum verbringen." Isabell wusste nicht, ob sie sich freuen sollte. Einerseits fühlte sie sich schon geschmeichelt und irgendwie auch sicherer, wenn er in der Nähe war, andererseits hatte sie keine Ahnung, was er sich davon erhoffte.

„Ich höre schon, wie sich die Räder in deinem Kopf drehen", grinste er, wurde dann aber ernst. „Ich weiß, ich habe dich damit ein bisschen überrumpelt. Doch ich denke, nach so einem Tag brauchst du einfach nur jemanden, der für dich da ist. Ich verspreche auch, dass ich meine Hände bei mir behalten werde – es sei denn, du willst etwas anderes." Er konnte es nicht lassen, sie zu necken. Sie zögerte jedoch immer noch.

„Trotzdem ..." Sie zuckte unentschlossen mit den Schultern. Die Rezeptionistin nahm ihr die Entscheidung schließlich ab.

„Nun geben Sie sich schon einen Ruck", brummte sie. „Und nehmen Sie das Doppelzimmer mit ihm zusammen. Oder wollen Sie etwa die ganze Nacht hier stehen und diskutieren? Davon abgesehen haben wir ohnehin keine freien Einzelzimmer mehr. Sie müssten dann zwei Doppelzimmer buchen, und das wäre wesentlich teurer."

Die Pension machte zwar einen gemütlichen Eindruck, aber ihre Angestellte war es offensichtlich nicht. Das Verhalten der Frau passte zu diesem Tag. Isabell hatte wieder das Gefühl, die ganze Welt habe sich gegen sie verschworen. Resigniert nickte sie Marino zu und ließ ihn das Zimmer für sie beide reservieren.

Der Raum mit Bad im zweiten Stock war nicht besonders groß. Es befanden sich nur ein Schrank, ein Stuhl ohne Tisch und ein Ehebett darin. An der Wand hing ein auffälliges Bild, das eine nackte Frau zeigte.

„Wo sind wir hier eigentlich gelandet?", wunderte sich Isabell. „In einem Stundenhotel?"

„Ist doch egal. Hauptsache, wir haben einen warmen Platz zum Schlafen." Marino stellte seine Tasche und ihren Koffer ab und ließ sich rücklings aufs Bett fallen. „Ach herrlich! Eine Nacht in

Ruhe und Frieden mit dir allein. Was kann schöner sein?"

Isabell rollte nur mit den Augen. „Bist du jetzt unter die Dichter gegangen?"

„Das ist bloß der romantische Teil meiner komplexen Persönlichkeit, der da durchbricht." Mit einem verträumten Lächeln starrte er auf die Nackte an der Wand.

Isabells Magen krampfte sich wütend zusammen, und sie schüttelte über sich selbst den Kopf. War sie denn verrückt? Sie würde doch nicht auf ein Bild eifersüchtig sein? Wahrscheinlich brauchte sie nur eine erfrischende Dusche, um wieder zu Verstand zu kommen.

Als sie eine halbe Stunde später aus dem Bad trottete, hatte Marino genauso viele Sachen an wie die Dame auf dem Bild an der Wand.

Isabell erschrak. Hatte er nicht versprochen, keine Annäherungsversuche zu unternehmen? Nicht einmal zugedeckt hatte er sich, sodass sie freie Sicht auf seinen nackten Rücken und Hintern hatte. Erst als sie bemerkte, dass er leise schnarchte, entspannte sie sich so weit, dass sie diesen Anblick für eine Weile genießen konnte.

Sie seufzte. Ja, er war schon ein schöner Mann. Warum war ihre Beziehung nur so kompliziert? Doch sie rief sich zur Ordnung, bevor sie darüber nachdenken konnte, wie es hätte sein können. Das würde sie nur wieder auf dumme Ideen bringen und falsche Hoffnungen wecken.

Schnell deckte sie ihn zu, bevor sie sich neben ihn legte und die Augen schloss. Vielleicht würde der wohltuende Schlaf bald kommen.

Tatsächlich war sie für eine Weile eingenickt, wachte jedoch mitten in der Nacht wieder auf. Etwas kitzelte sie am Bauch. Sie blinzelte, um sich auf ihre Umgebung zu konzentrieren. Dennoch dauerte es einige Sekunden, bis sie wahrnahm, dass es Marinos Zunge war, die sie geweckt hatte. Er leckte langsam und genüsslich um ihren Bauchnabel herum.

„Was machst du da?", murmelte sie, noch zu verschlafen, um sich darüber aufzuregen. Außerdem war das Gefühl, dass seine zärtliche Liebkosung verursachte, nicht gerade unangenehm, und sie musste sich zusammenreißen, um nicht zu schnurren wie ein zufriedenes Kätzchen.

„Ich dachte, das wäre offensichtlich", schmunzelte er und knabberte sanft an ihr.

Sie stöhnte leise, bevor sie sich darin erinnerte, dass sie das eigentlich gar nicht wollte. Sie nahm seinen Kopf zwischen ihre Hände und versuchte, ihn wegzudrücken.

„Hm." Er brummte nur und machte unbeirrt weiter. Als er die Innenseite ihrer Oberschenkel küsste, verschwand die Kraft aus ihren Fingern. Stattdessen begann sie unbewusst, locker durch sein Haar zu streichen. Ihr Verstand meldete sich noch einmal, dass sie sich heftiger wehren sollte. Als er seinen Körper jedoch ganz an sie schmiegte, waren ihre Zweifel erfolgreich ausgeschaltet. Trotzdem hatte sie kurzzeitig das Gefühl, dass sie etwas Wichtiges vergessen hatten. Aber dieser Gedanke wurde sofort wieder ausgelöscht, als wildes Verlangen sie erfasste, das sie von Kopf bis Fuß zu erschüttern schien. So gab sie sich ihrer Leidenschaft hin, bis sie beide erschöpft, glücklich und immer noch vereint einschliefen.

Am nächsten Morgen erwachte Isabell als Erste. Marino hielt sie noch fest umschlungen, sein Kopf lag auf ihrer Brust.

Nach dem ersten Glücksgefühl, das sie durchströmte, machte sich das schlechte Gewissen bemerkbar.

Sie hätte nicht nachgeben dürfen, egal wie sehr sie es gebraucht hatte oder wie gut es ihr tat, ihn in ihren Armen zu halten. Wie sollte sie denn jemals von ihm loskommen, wenn sie immer wieder schwach wurde? Wenn sie ständig willenlos nachgab, hatte er auch keinen Grund, sich zu ändern, und ihre Beziehung würde wieder so werden wie früher, als er glaubte, alles tun zu können, was er wollte. Sie würde ihm ja schon verzeihen. Nein, Isabell wollte mehr respektiert werden, und solange das noch nicht der Fall war, konnte sie auf einen Mann verzichten, egal ob sie ihn liebte oder nicht.

Trotz allem konnte sie nicht verhindern, dass ihre Gedanken zurück zu letzter Nacht schweiften. Sie zauberten ein Lächeln auf ihre Lippen – solange, bis ihr plötzlich siedend heiß einfiel, was sie beide in ihren Heißhunger auf einander vergessen hatten. Ihr Herz drohte auszusetzen, und kalter Schweiß perlte auf ihrer Stirn. Hoffentlich würde das keine Konsequenzen haben!

8. Kapitel

„Und nun?" Nach dem Frühstück war es Zeit, die Pension zu verlassen. Isabell hatte das Gefühl, sie standen am selben Punkt wie am Abend zuvor. Es hatte sich ja auch nichts geändert. Sie hatte immer noch keinen Platz, wo sie bleiben konnte. Marino dagegen hatte hier ein Zuhause, ein Zuhause, in dem sie nicht willkommen war. Aber wenigstens konnte sie jetzt am Tage nach Weimar fahren. Das war vielleicht auch sicherer, als mitten in der Nacht in einem einsamen Zug zu sitzen.

„Wie komme ich von hier am schnellsten zum Bahnhof?" Sie stellte sie fest, dass sie sich in der Stadt nicht richtig auskannte. Es würde bestimmt kein Fehler sein, Stuttgart den Rücken zu kehren.

„Was du immer mit deinem Bahnhof hast", brummte Marino, der immer noch keine Anstalten machte, seine Tasche zu packen. „Wir könnten ja auch hier bleiben."

„Wie meinst du das, hier bleiben?"

„Na ja, wir könnten solange in der Pension wohnen, bis wir eine Wohnung gefunden haben."

„Wir? Soll das etwa heißen, du willst mit mir zusammenziehen?" Sie starrte ihn ungläubig an. Hätte sie sich die Ohren gründlicher waschen sollen? Das konnte doch nicht sein, was sie da soeben gehört hatte!

„Klar, warum nicht? Ich liebe dich und möchte mit dir zusammen sein. Außerdem bin ich eh zu alt, um noch bei meinem Vater zu leben. Ergo wäre es die ideale Lösung."

Isabell seufzte, plötzlich der Verzweiflung nahe. Musste er sie denn immer so durcheinanderbringen? Da hatte sie sich gerade entschieden, wie ihr Leben weitergehen sollte, und nun machte er ihr einen Vorschlag, der ihren Plan wieder in Frage stellte.

Isabell wusste nicht, was sie ihm antworten sollte, und sie hasste es, wenn es mehr als eine Möglichkeit gab. Denn was sie auch tat, am Ende schien es immer die falsche Entscheidung gewesen zu sein.

„Meinst du wirklich, dass das eine gute Idee ist, Mari?"

Er lächelte, als er merkte, dass sie ihn mit ihrem Kosenamen für ihn angesprochen hatte. Das hatte sie schon lange nicht mehr getan. In diesem Moment war er sich sicher, dass sie ihm seinen Wunsch nicht abschlagen würde. Dennoch brauchte er ein weiteres Argument, um sie zu überzeugen.

„Wenn dir die Wohnung mitgehört, kann dich auch niemand mehr rauswerfen. Du hättest eine sichere Bleibe. Du könntest dir Möbel kaufen und deine Sachen überall herumliegen lassen.“

Verlegen kratzte sie sich am Hinterkopf. Sie musste zugeben, es klang gut, was er sagte. Andererseits, was wäre, wenn sie sich wieder stritten? Bei einer gemeinsamen Wohnung wäre es schwieriger, sich von ihm zu trennen.

„Denk nicht immer so negativ. Trau dich mal etwas und glaub daran, dass alles gut wird“, ermunterte er sie, so als ob er ihre Gedanken gelesen hätte.

Isabell war überrascht, wie gut er sie kannte. Vielleicht standen sie sich doch noch näher, als sie geglaubt hatte.

„Okay.“ Endlich nickte sie. Einen Versuch war es wert. Und wenn es schiefgehen sollte – Züge fuhren schließlich jeden Tag.

„Na also!“ Glücklich fiel er ihr um den Hals. „Ich verspreche, dass du es nicht bereuen wirst.“

Nachdem die gemeinsame Wohnung beschlossene Sache war, besorgten sie sich Zeitungen, um diese nach geeigneten Angeboten zu durchforsten. Nach etlichen Telefonaten hatten sie am Nachmittag tatsächlich ihre erste Besichtigung.

Die kleine Zweiraumwohnung befand sich in einem Mehrfamilienhaus, das von außen leider nicht den besten Eindruck machte. Mit seiner dunkelgrauen Farbe fiel es zwischen den frisch verputzten Häusern ringsherum unangenehm auf. Der Putz bröckelte von den Wänden, und die Namen auf den Klingelschildern waren verblasst. Im Treppenhaus war es stickig, und es sah so aus, als ob sich um die Hausordnung eh niemand scherte.

„Ich glaube kaum, dass wir hier einziehen werden.“ Isabell rümpfte die Nase.

„Na, nun wart erst mal ab. Vielleicht ist die Wohnung drinnen gar nicht so schlecht." Marino wollte ungern zugeben, dass gleich ihre erste Besichtigung ein Reinfall war. Schließlich hatte er darauf bestanden, auf diese Anzeige zu antworten, obwohl Isabell von Anfang an dagegen gewesen war. Die Miete war für Stuttgart einfach zu niedrig.

Der Vermieter empfing sie oben an der Wohnungstür, da der Eingang unten nicht abgeschlossen war. Der Mann befand sich in einem weitaus gepflegteren Zustand als sein Haus. Er trug einen schwarzen Anzug, eine rote Krawatte und schaute so aus, als ob er gerade erst vom Frisör gekommen wäre. Nur sein Aftershave war eher von der billigeren Sorte.

„Guten Tag, ich bin Herr Nickel." Er gab ihnen die Hand. Sein Grinsen bewies, dass er von Zahnarztbesuchen nicht viel hielt.

Noch mehr Zahnlücken kamen zum Vorschein, als er zu lachen begann: „Na, dann zeige ich Ihnen mal unser Schmuckstück."

Tatsächlich schien das Apartment auf den ersten Blick vollkommen in Ordnung zu sein. Der Boden war gewischt und die Wände frisch gestrichen. Die Räumlichkeiten waren ganz passabel, auch wenn es Isabell nicht recht gefiel, dass man durch die Stube musste, um ins Schlafzimmer zu gelangen.

„Na, habe ich 's dir nicht gesagt?" flüsterte Marino triumphierend in ihr Ohr. „Diese Bleibe hier wäre doch was für uns."

Aber Isabell zuckte nur mit den Schultern. Die Miete war zu billig. Irgendeinen Haken musste es geben, und sie würde danach suchen.

Als sie das Bad inspizierten, schien sie ihn entdeckt zu haben. An der ansonsten strahlend weißen Decke zeichnete sich über der Wanne deutlich ein dunkler Fleck ab.

„Sieht aus, als ob es hier bald reinregnen wird", mutmaßte Isabell. Der Vermieter schüttelte energisch den Kopf.

„Aber nein! Das Dach ist hervorragend abgedichtet. Hier ist noch nie Wasser durchgekommen. Und falls es wider Erwarten doch einmal passieren sollte, deckt das jede anständige Hausratversicherung ab."

„Das sind ja tolle Aussichten", murmelte Isabell mehr zu sich selbst. Sie hoffte, dass dieser Makel Marino davon abhalten würde, den Mietvertrag zu unterschreiben. Aber aus irgendeinem Grund hatte sich der junge Italiener diese Wohnung in den Kopf gesetzt.

Isabell stieß ihn mit dem Ellenbogen in die Seite.

„Wir können doch nicht das erstbeste Apartment nehmen! Wir müssen zumindest noch zwei, drei andere anschauen. Vielleicht finden wir noch etwas Besseres."

„Das ist Ihr gutes Recht." Herr Nickel zuckte sichtlich enttäuscht mit den Schultern.

Auch Marino ließ die Mundwinkel hängen. Er war ein Mensch, der immer alles sofort wollte und hatte keine Lust, sich weiter auf die Suche zu begeben, wenn er gleich hier einziehen konnte. Außerdem hatte er noch einiges wegen seiner CD zu klären. Um den Kopf dafür frei zu haben, wollte er sich nicht mit anderen Dingen aufhalten. Aber ein Blick in Isabells entschlossenes Gesicht machte ihm bewusst, dass er nicht um weitere Besichtigungen herumkam, wenn er wirklich mit seiner Traumfrau zusammenziehen wollte.

An den nächsten Wohnungen, die sie sich anschauten, hatte er schon aus Prinzip etwas herumzumäkeln. Sie waren ihm zu klein, zu laut, zu teuer. Entweder war die Aussicht zu schlecht, oder es waren zu viele Treppen zu steigen. Einmal behauptete er, in den winzigen Briefkasten passe nichts hinein und die Wohnungstür sei zu leicht aufzubrechen.

„Ein gezielter Tritt, und es klafft ein riesiges Loch darin."

Isabell stöhnte nur. Ein leises Gefühl beschlich sie, dass er diese Ausreden nur erfand, weil er beleidigt war, dass sie die von ihm favorisierte Wohnung abgelehnt hatte.

„Mein Gott, dann nehmen wir halt die erste! Obwohl ich nach wie vor der Meinung bin, dass es keine gute Entscheidung ist", knurrte sie, als sie es gar nicht mehr aushielt. Marino konnte manchmal anstrengender sein als ein quengelndes Kind.

Allerdings musste sie zugeben, dass die Wohnung tatsächlich einen großen Vorteil bot. Der Vormieter hatte eine Einbauküche mitsamt Kühlschrank hinterlassen, sodass sie sich darum nicht mehr kümmern mussten.

Ein zufriedenes Lächeln umspielte Marinos Lippen, und er griff in die Brusttasche, um sein Handy hervorzuholen.

Isabell versuchte, sich nicht allzu sehr zu wundern, als er Herrn Nickels Nummer eintippte. Sie hatte gar nicht gemerkt, dass er diese eingespeichert hatte.

Marino konnte es nicht schnell genug gehen. Er rief direkt in der Pension an, sodass sie am nächsten Morgen schon auschecken konnten.

Es war dennoch recht komisch, als sie später in eine fast leere Wohnung einzogen. Die nackten Wände strahlten etwas Kaltes aus. Alles wirkte leblos, geradezu verlassen, obwohl es vielleicht gar nicht mal so lange her war, seit die letzten Mieter gegangen waren.

„Toll! Wir hätten wenigstens erst mal ein Bett kaufen können, bevor wir die Pension verlassen. Sollen wir jetzt auf den Boden schlafen?“, beschwerte sich Isabell.

„Ach wo, ich hab doch noch ein paar Luftmatratzen zu Hause.“

„Zuhause? Das bedeutet also, dass du unsere neue Wohnung gar nicht als Zuhause ansiehst.“

„Mensch, das ist nur eine Frage der Gewohnheit. Wenn man jahrelang irgendwo gelebt hat, kann man sich das ‚zuhause‘ halt nicht von heute auf morgen abgewöhnen.“

„Ja, ja, du hast Recht“, seufzte Isabell und ließ sich auf ihren Koffer fallen. Wenn sie doch wenigstens schon einen Stuhl hätten.

„Hey, pass auf: Wir mieten uns jetzt einen Kleintransporter und fahren damit zum Haus meines Vaters. Dort können wir Hocker, Kleiderschrank und notwendigen Kleinkram aus meinem alten Zimmer holen. Ich habe sogar noch ein Bett darin stehen. Das müssten wir uns zwar teilen, aber wenn du schön brav bist, mache ich mich auch nicht so breit und schubse dich nicht raus.“

Sie musste über seinen Versuch zu scherzen doch schon wieder lächeln.

Leider hielt dieser Moment nicht lange an. Sie trat ans Fenster, um sich noch einmal die Umgebung anzuschauen. Irgendetwas war ihr hier beim ersten Mal aufgefallen, das ihr nicht behagte, aber sie konnte sich keinen Reim darauf machen, was es genau war. Vielleicht würde sie ja jetzt darauf kommen.

Sie hörte den Zug schon herannahen, noch bevor sie ihn überhaupt sah. Das Getöse verstärkte sich, und als der ICE an der Wohnung vorbeirauschte, bebte der Boden und die Fensterscheiben klirrten.

Natürlich, die Gleise! Warum war ihr nicht vorher klar geworden, was das bedeutete? Nun war es zu spät, und wenn sie Pech hatten, würden sie Tag und Nacht mit einer enormen Geräuschkulisse leben müssen. Wie sollten sie da schlafen können, selbst wenn sie ein Bett hätten?

Nun musste sich auch Marino eingestehen, dass es nicht seine beste Idee gewesen war, auf diese Wohnung zu bestehen. Natürlich verbot es ihm sein Stolz, dies Isabell gegenüber auch zuzugeben. Doch sie erkannte an seiner zerknirschten Miene, wie sehr ihm bewusst war, dass er besser auf sie hören hätte sollen.

Sein schlechtes Gewissen würde ihr vorerst genügen. Später konnte sie ihm immer noch eine Standpauke halten. Aber jetzt hatten sie erst einmal zu tun, das Apartment so schnell wie möglich bewohnbar einzurichten.

„Der Blick vom Küchenfenster aus ist genial!", rief Marino aus heiterem Himmel und klatschte begeistert in die Hände.

„Wieso? Was gibt es da schon groß zu sehen?" Isabell trat hinter ihn. „Nur eine Straße und ein paar Häuser." Sie war weitaus weniger angetan.

„Aber da ladet gerade jemand seinen Sperrmüll am Straßenrand ab."

„Aufregende Sache, und?"

„Da ist eine schöne rote Couch dabei, die einen ganz passablen Eindruck macht. Würde sich gut in unserem Wohnzimmer machen."

„Ach?" Nun riskierte Isabell ebenfalls einen Blick. Die knallige Farbe des Sofas unten gefiel ihr nicht wirklich, aber es schien tatsächlich noch nicht reif für den Sperrmüll zu sein. Wer wusste, wann sich mal wieder eine Gelegenheit ergab, so günstig an ein Möbelstück zu kommen? Etwas zum Sitzen brauchten sie dringend. Und so geschah es, dass Marino und sie wenige Minuten später ihre neue Couch die Treppen hinaufschleppten.

Es war nicht gerade leicht für Isabell, da es sich um einen unhandlichen Dreisitzer handelte. Doch sie biss die Zähne zusammen und setzte alles an Kraft ein, was sie aufbringen konnte. Allerdings war sie danach so fertig, dass sie das Sofa oben erst einmal auf seine Bequemlichkeit hin testen musste.

Marino ließ sie ein paar Minuten ruhen, bevor er sie wieder hochscheuchte, damit sie ihren Tagesplan noch schafften.

Nachdem sie sich einen Kleintransporter geliehen hatten, fuhren sie zu Marinos Vater. Gaetano Rossini war überrascht, wenn auch nicht sehr begeistert, Isabell zu sehen. Gegen die Idee, dass sein Sohn mit ihr zusammenziehen wollte, sträubte er sich noch mehr. In der Tat standen ihm die Haare zu Berge wie bei einem Vogel, der sich aufplusterte, um seinen Gegner einzuschüchtern.

„Hast du dir das wirklich gut überlegt?“ Während er sprach, schaute er stur Marino an und tat so, als wäre Isabell gar nicht anwesend.

„Natürlich! Was soll die Frage? Bist du nicht glücklich, dass ich endlich selbständig werde und dir nicht länger auf der Tasche liege?“ Marino war entrüstet. Er hatte mehr Freude erwartet. Immerhin hatte ihm sein Vater schon längere Zeit zugesetzt, er solle sich nach einer passenden Frau umschauen und heiraten.

„Eben, das ist ein weiteres Problem.“ Gaetano runzelte die Stirn. Seine Stimme klang ernst. „Da du mit deinen Träumereien, Musik zu machen, offensichtlich keine Familie ernähren kannst, solltest du dir wenigstens eine gut betuchte Frau suchen. Haben Sie überhaupt einen Job, junge Dame?“ Endlich nahm er von Isabell Notiz, doch sie konnte ihm nicht antworten, da ihr etwas anderes durch den Kopf schwirrte.

Durch den ganzen Trubel und Ärger in den letzten Stunden hatte sie völlig vergessen, sich mit Frau Gladis in Verbindung zu setzen. Nachdem Regina sie rausgeworfen hatte, wollte Isabell eigentlich im Kindergarten anrufen, um nachzufragen, ob sie die Stelle bekommen hatte. Da sie das nun verschwitzt hatte, kam Isabell nicht drum herum, sich bei Regina zu erkundigen, ob sich Frau Gladis bei ihr gemeldet hatte. Schließlich hatte Isabell nur die Nummer und Adresse der Klossers im Kindergarten hinterlassen.

Das war ein wahr gewordener Alptraum! Ihr zitterten die Knie, wenn sie daran dachte, was ihr noch bevor stand. Leider blieb ihr nichts anderes übrig. Sie musste sich überwinden, wenn sie ihren potentiellen Job nicht aufs Spiel setzen wollte.

„Keine Antwort ist auch eine", brummte Gaetano. „Natürlich hat das Fräulein keine Arbeit."

„Aber sie hatte doch schon ein Vorstellungsgespräch. Es ist nur eine Frage der Zeit, bis sie einen Job kriegt", verteidigte sie Marino. Er verstand nicht, warum jeder gegen seine Beziehung mit Isabell zu sein schien. Sie war hübsch, lieb, gebildet und sollte somit eigentlich ein Traum für alle Schwiegereltern sein.

„Und wie stehen die Chancen?", fragte Gaetano ungehalten. Anscheinend war er von vornherein überzeugt davon, dass alle Bemühungen Isabells zum Scheitern verurteilt waren.

„Ich muss gehen", war alles, was Isabell herausbrachte. Ihre Gedanken kreisten nur noch um Regina und die bange Frage, ob diese einen Anruf erhalten hatte.

„Sicher. Wenn es unangenehm wird, verschwindet das Fräulein. Das ist ja nichts Neues." An seines Vaters bitteren Worten erkannte Marino endlich, warum der seine Freundin nicht mochte. Er trug ihr tatsächlich immer noch nach, dass sie vor sechs Jahren so überstürzt verschwunden war.

„Du kannst doch jetzt nicht abhauen!" Marino konnte nur den Kopf schütteln. War das denn stets die einzige Lösung, die Isabell einfiel? „Wir wollten die Sachen aus meinem Zimmer in den Transporter laden."

„Dein Vater kann dir dabei helfen. Ich bin ohnehin nicht sehr stark. Aber ich muss dringend mit Regina sprechen." Isabell zog unbeirrt den Reißverschluss ihrer Jacke hoch.

„Toll! Du solltest doch mit aussuchen, was wir brauchen. Nachher machst du mir wieder Vorwürfe, dass ich nur unnütze Sachen eingepackt habe." Marino wurde sauer.

„Hab ich es dir nicht gesagt? Die Frau ist einfach nichts für dich."

Marino versuchte, den Kommentar seines Vaters zu ignorieren und wandte sich wieder an Isabell.

„Kannst du das mit Regina nicht telefonisch klären?"

Isabell hielt in ihrer Bewegung inne. Natürlich. Daran hatte sie gar nicht gedacht. Manchmal kam man nicht auf die einfachsten Lösungen.

„Oh ja, darf ich anrufen?"

Als Antwort drückte ihr Gaetano das schnurlose Telefon in die Hand. „Fassen Sie sich aber kurz."

„Es ist doch nur ein Ortsgespräch", rutschte Isabell heraus, obwohl sie ohnehin nicht vorgehabt hatte, länger als unbedingt notwendig mit Regina zu sprechen.

Marino bemerkte, dass sein Vater kurz davor war, ihr das Telefon gleich wieder wegzunehmen. „War nicht so gemeint", lenkte er daher ein. Er legte den Arm um ihre Schulter und führte sie zur Couch, in die er sie sanft hineindrückte. „Ist gemütlicher so."

„Da hat tatsächlich jemand angerufen", murmelte Regina schlaftrunken ins Telefon. Anscheinend hatte sie gerade ein Nickerchen gemacht. „Ich hätte dir auch Bescheid gegeben, aber ich wusste nicht, wie ich dich erreichen kann."

Ihre Worte klangen nicht wirklich aufrichtig, aber Isabell war froh, dass sie nicht angegiftet wurde. Da hatte sie so eine Angst gehabt, und jetzt konnte sie ganz normal mit der Frau reden.

„Ich glaube, du solltest heute vorbeikommen wegen eines Jobs", fuhr Regina fort. Zum ersten Mal war so etwas wie ein schlechtes Gewissen aus ihrer Stimme herauszuhören.

„Heute?" Isabell erschrak bis ins Mark und legte hastig auf. „Hat hier jemand ein Telefonbuch?", rief sie aufgeregt.

Als sie die Nummer vom Kindergarten gefunden hatte, rief sie dort sofort an. Mittlerweile war sie ganz außer Atem und hatte Mühe, überhaupt ein Wort herauszubringen.

„Fräulein Röske?" Frau Gladis klang überrascht. „Ich hätte nicht gedacht, noch etwas von Ihnen zu hören. Ich muss sagen, dass ich Sie eigentlich für die Stelle vorgesehen hatte. Doch da ich Sie nicht erreichen konnte und Sie heute Vormittag nicht erschienen sind, dachte ich, es hätte sich erledigt und Sie hätten sich gegen uns entschieden. Nun muss ich Ihnen leider mitteilen, dass ich daraufhin einer Ihrer Mitbewerberinnen eine Chance gegeben habe."

„Soll das heißen, ich habe den Job deswegen verloren?" Isabell konnte nicht fassen, wie viel Pech sie hatte. Doch wie sollte sie ihre Situation erklären, ohne zu sehr ins Detail gehen zu müssen? Wenn sie von ihrem chaotischen Privatleben berichtete, würde das auch nicht gerade helfen, die Stelle zu bekommen.

„Es tut mir leid. Ich kann da nichts mehr für Sie tun." In Frau Gladis' Stimme schwang echtes Bedauern mit. „Die neue Kollegin hat sich schon bei den Kindern als Erzieherin vorgestellt. Es wäre jetzt sehr unfair, die Einstellung wieder rückgängig zu machen."

„Verstehe." Nachdem sie aufgelegt hatte, rutschte Isabell noch tiefer in die Couch hinein und starrte gedankenverloren das Telefon an, so als erwartete sie, dass das Gerät ihr erklärte, warum bei ihr nichts klappen wollte.

„Ich glaube, da brauche ich gar nicht zu fragen. Dem Gesicht nach zu urteilen, ist selbstverständlich nichts aus dem Job geworden." Gaetano winkte ab und wollte aus dem Zimmer gehen.

„Und weißt du auch, warum das so ist?" Isabell verlor die Nerven. „Nur weil ich keine feste Adresse habe und nicht rechtzeitig erreichbar war! Sonst hätte ich jetzt eine Arbeit! Und deshalb ziehe ich jetzt mit deinem Sohn zusammen. Da passiert so was nicht noch mal."

„Ich wüsste nicht, wann ich Ihnen das Du angeboten hätte", murmelte Gaetano etwas erschrocken über ihren Ausbruch.

„Komm, lasst es gut sein. Streitet euch doch nicht deswegen. Im Übrigen wird es sowieso Zeit, dass ihr euch endlich duzt. Ich habe schon vor sechs Jahren nicht verstanden, warum ihr so förmlich miteinander umgeht." Marino versuchte verzweifelt, die Wogen zu glätten. Er war inzwischen fest davon überzeugt, dass er den Rest seines Lebens mit Isabell verbringen würde, und da wäre ein Dauerstreit zwischen ihr und seinem Vater eine starke Belastung für den Familienfrieden.

„Nun, ich hatte damals den Eindruck, dass das zwischen euch beiden nichts Festes ist und ich die junge Dame nach Ende ihrer Klassenfahrt ohnehin nicht mehr wiedersehen würde. Und es hatte ja lange den Anschein, als sollte ich Recht behalten." Gaetano zuckte gelangweilt mit den Schultern.

„Aber du hast dich geirrt!" Er hatte sich tapfer geschlagen, aber spätestens jetzt war es mit Marinos Ruhe aus, und das Temperament brach aus ihm heraus. „Ich werde ewig mit ihr zusammen sein. Also gewöhn dich besser dran!" Ihm war gar nicht bewusst, dass er durch seinen Wutanfall gerade das heraufbeschwor, was er am wenigsten wollte, nämlich einen Familienstreit.

„Oh ja, mein Sohn. Ich weiß, du bist alt genug und solltest deine eigenen Fehler machen. Aber komm nicht wieder angekrochen und jammere mir die Ohren voll, weil du nicht zurechtkommst und deine Frau nicht ernähren kannst. Zwei Arbeitslose leisten sich eine neue Wohnung. Das ist doch lächerlich! Habt ihr euch eigentlich schon mal überlegt, wovon ihr leben wollt?", zürnte Gaetano und verließ den Raum. Als dramatischen Effekt schlug er die Tür noch kräftig hinter sich zu.

„Im Prinzip hat dein Vater Recht. Was machen wir, wenn das Geld nicht reicht? Ich kriege nicht mal Unterstützung vom Staat, weil ich bisher nichts beantragen konnte", murmelte Isabell niedergeschlagen, nachdem sie sich etwas von ihrem Schreck erholt hatte.

„Ach was, mach dir bitte keine Sorgen. Mit dem Verkauf meiner CDs verdiene ich bald genug." Um sie abzulenken, gab er ihr einen langen Kuss auf den Mund. Er wollte nicht, dass sie weiter nachhakte. Denn wenn er ehrlich war, sah es nicht danach aus, als würde er bald reich und berühmt werden. Seine Single hatte man nur an wenige kleine Läden geliefert, in die sich nicht viele Kunden verirrten. Der größte Schock war jedoch gewesen, als er seine CD in der Ramschkiste wiedergefunden hatte. Außer sich vor Empörung, wie man sein Lied für 40 Cents verscherbeln konnte, hatte er sich an den Ladenbesitzer gewandt. Doch der verwies ihn ungerührt an diesen Tony. Dessen mangelnde Professionalität und die fehlende Werbung für einen obendrein völlig unbekannten Sänger hatten die Platte zu einem Flop werden lassen.

Marino hatte Tony daraufhin zur Rede stellen wollen, doch der Rotschopf war wie vom Erdboden verschluckt und mit ihm leider auch das Geld, das ihm Marino im Voraus bezahlt hatte.

Wie konnte er nur so dumm sein? Marino schüttelte den Kopf über sich selbst. Er hatte nur an seinen Erfolg gedacht und nicht überprüft, ob dieser Tony wirklich etwas für seine Karriere tun konnte. Außerdem war er davon überzeugt gewesen, dass ein Freund von Luca kein Betrüger sein konnte. Doch nun war Marino durch seine Dummheit nicht nur seiner Träume beraubt, sondern stand auch fast völlig abgebrannt da. Zum Glück war er noch nie verschwenderisch gewesen und hatte etwas sparen können, aber es würde nicht ewig reichen. Er brauchte dringend einen neuen Job, um sich ein Leben mit Isabell aufzubauen, oder sie würde nie mit ihm zusammenziehen. Dafür kannte er sie zu gut.

„Nun ja, hoffentlich hast du wenigstens etwas mehr Glück." Ihr Lächeln ließ ihn frösteln. Was hatte er da nur wieder angestellt? Er musste ihr die Wahrheit sagen. Es war einfach nicht fair, ihr falsche Hoffnungen zu machen. Aber seine Kehle war plötzlich wie zugeschnürt. Er bekam kein Wort mehr über die Lippen, sondern brachte nur ein schiefes Grinsen zu Wege. Er musste unbedingt noch einmal mit seinem Bruder reden. Vielleicht war Tonys Verschwinden nur ein dummer Zufall, und das Geld war gar nicht verloren.

„Trotzdem möchte ich nicht, dass du der Einzige bist, der für unseren Lebensunterhalt sorgt." Sie schaute ihn mit ernster Miene an. „Morgen früh werde ich beim Jugendamt zu Kreuze kriechen und um eine neue Chance bitten. Vielleicht haben sie ja noch eine andere Stelle für mich."

„Das ist eine gute Idee." Marino nickte aufmunternd. „Aber komm, kümmern wir uns um unsere Wohnung." Mit diesen Worten führte er sie in sein Zimmer.

Sie holten zuerst einige Kleinmöbel und persönliche Sachen wie Hocker und Kissen. Diese Arbeit war schnell erledigt. Es gab nicht einmal Diskussionen, was sie überhaupt gebrauchen konnten, da sie einfach alles mitnahmen, was leicht zu tragen war. Die Schwierigkeiten fingen jedoch an, als sie das Bett in den Transporter schaffen wollten.

Es kostete Isabell enorme Mühe, es anzuheben. Nur mit Ach und Krach gelang es ihnen, das Möbelstück aus dem Haus zu schleppen. Für den Kleiderschrank reichte Isabells Kraft aber beim besten Willen nicht aus.

„Ach, weißt du, eigentlich brauchen wir gar keinen Schrank. Wir können unsere Sachen auch ordentlich auf den Boden legen", stöhnte Marino nach dem x-ten vergeblichen Versuch, das schwere Teil vom Fleck zu rücken.

„Nein, warum sollen wir darauf verzichten? Ich will nicht leben wie in einem Armenhaus! Du bist doch nicht der einzige Mann hier." Kaum hatte sie es ausgesprochen, wurde Isabell bewusst, dass dies auch keine Option war. Gaetano würde ihnen bei ihrem Auszug mit Sicherheit nicht helfen.

„Bevor ich ihn frage, wende ich mich lieber an meinen Bruder." Blitzschnell griff Marino zum Telefon.

„Nachdem, was du dir geleistet hast?" Isabell war entsetzt. Sie hätte ihrem Freund nicht zugetraut, dass er wagte, Luca um Hilfe zu bitten, nachdem er ihn fast verprügelt hätte. Da gehörte schon was dazu.

„Keine Angst." Marino zwinkerte ihr zu. „Der schuldet mir noch was."

„Und das wäre?" Sie wunderte sich wirklich, was genau zwischen den beiden Brüdern vorgefallen war. Irgendetwas verschwieg Marino ihr. Aber sie würde schon dahinterkommen, auch wenn er ihr momentan nicht antworten konnte, da Luca ans Telefon gegangen war. Offensichtlich war er nicht sonderlich begeistert von der Idee, Möbel zu schleppen.

„Na und? Du bist sowieso nie pünktlich in der Pizzeria. Dann machst du halt einen kleinen Abstecher zu uns auf den Weg dahin. Also, kommst du? Fein!" Marinos Grinsen verriet, dass er Luca hatte überreden können, ihnen zu helfen. Aber wie hatte er das nur geschafft?

Isabell wollte ihn gerade noch einmal danach fragen, als es an der Wohnungstür klingelte. Sie hörten Schritte und wussten, dass sich Gaetano um den Besucher kümmern würde.

„Verdammt! Ich habe doch tatsächlich meinen Schlüssel vergessen. Ich werde wohl langsam alt."

Isabell erschrak, als sie die fröhliche Stimme im Hausflur erkannte. Das Erste, was ihr in den Sinn kam, war, sich zu verstecken. Jedoch gelang es ihr nicht mehr, ihre spontane Idee in die Tat umzusetzen, da die Tür zu Marinos Zimmer bereits aufgestoßen wurde.

„Hey Bruderherzchen, du bist ja da! Na, ich habe auch deine Jacke im Korridor hängen sehen." Angelas glückliches Lächeln erstarb in dem Augenblick, als sie Isabell entdeckte.

„Ich habe dir doch verboten, dich hier blickenzulassen! Also, mach das du verschwindest!"

Marino schnappte bei Angelas aggressiven Worten hörbar nach Luft. „Sag mal, wie redest du eigentlich mit meiner zukünftigen Braut? Aber um dich zu beruhigen: Sie wird nicht mehr hierherkommen, weil ich mit ihr zusammenziehen werde."

Etwas Schlimmeres hätte er seiner Schwester momentan wohl nicht sagen können. Isabell hatte das Gefühl, dass Angela gleich wie Rumpelstilzchen herumspringen und mit den Füßen aufstampfen würde. Dazu ließ sich die kleine dunkelhaarige Frau jedoch nicht hinreißen. Ihr innerer Sturm war lediglich in ihren Augen zu erkennen.

„Ich verstehe dich nicht. Wie kannst du das nur machen? Bist du darauf aus, dir wieder wehtun zu lassen?" Angela schaute ihren Bruder prüfend an und schüttelte den Kopf. Anschließend richtete sie sich an Isabell.

„Freu dich bloß nicht zu früh. Diesen Schritt wirst du noch bereuen. Darauf kannst du wetten."

„Genug mit deinen Drohungen. Wenn du nichts Nettes zu sagen hast, sag gar nichts." Marino schaffte es, seine Schwester aus dem Zimmer zu scheuchen, ohne dass diese sich allzu sehr dagegen wehrte. Dennoch konnte Isabell die plötzliche Vorahnung nicht abschütteln, dass etwas Schreckliches passieren würde. Doch sie versuchte, diesen Gedanken zu verdrängen und sich nur auf ihren Umzug zu konzentrieren.

Wenig später kam auch Luca angehastet. „Was ich nicht alles für dich tue, Bruderherzchen", pustete er ganz außer Atem. In der Tat war er so abgehetzt, dass er eine genauso große Hilfe wie Isabell zu sein schien, was das Möbeltragen anbetraf.

„Das habe ich aber auch verdient", knurrte Marino anstatt Danke zu sagen.

„Ja, es tut mir leid. Ich konnte nicht ahnen, dass To...", setzte Luca an, doch Marino hielt ihm im gleichen Atemzug die Hand auf den Mund.

„Das ist ja wohl egal. Wir haben Wichtigeres zu tun, als belangloses Zeug zu quaken."

„Wie?" Luca schien für einen Augenblick verunsichert. Aber als sein Blick auf Isabell fiel, erhellte sich sein Gesicht. „Ach so, verstehe."

„Schön, ich aber nicht!" Isabell schnaubte wütend durch die Nase. „Was verschweigt ihr mir da eigentlich?"

„Nichts", kam Marinos Antwort wie aus der Pistole geschossen. Das war zu schnell und verstärkte Isabells Misstrauen nur noch.

„Lüg mich nicht an. Ich spüre doch, dass etwas nicht in Ordnung ist. Also, raus mit der Sprache!
Was ist los?"

Anstatt ihr zu antworten, tauschte Marino nur hilflose Blicke mit seinem Bruder aus. Doch auch
Luca zuckte lediglich die Achseln.

„Nun reicht 's aber!" Isabell versteifte sich, sodass sie wie eine unverrückbare Statue dastand.
„Entweder du verrätst mir jetzt, was hier gespielt wird, oder du kannst heute allein einziehen."

Ihre ganze Körperhaltung zeigte ihm, dass sie es ernst meinte, und er biss sich verlegen auf die
Unterlippe.

„Keine Ausflüche", fügte sie mit Nachdruck hinzu, und er wusste, dass er aus dieser Nummer
nicht mehr herauskam. Er musste ihr irgendeine plausible Erklärung liefern.

„Ich habe Luca vor Kurzem aus der Patsche geholfen. Du erinnerst dich doch sicherlich noch an
Katrin, die junge Frau, die bei mir war, als wir uns den einen Abend im griechischen Restaurant
getroffen haben?"

Auf Isabells Nicken begann Marino, seine halbwahre Geschichte weiterzuerzählen.

„Das war Lucas Ex. Sie hatte sich lange nicht mehr gemeldet, und nun wollte sie meinen Bruder
plötzlich wieder zurückhaben. Damit sie ihm nicht in die Quere kommen konnte und seine
Beziehung mit Janine zerstört, habe ich sie überredet, mit mir auszugehen. Da habe ich ihr noch
einmal erklärt, dass Luca mit einer anderen Frau glücklich ist und sie keine Chance mehr hätte."

„Und warum hat das Luca nicht selbst gemacht?" Isabell kochte innerlich, wenn sie an die Szene
im Restaurant zurückdachte. Wer wusste, was bei diesem ‚Gespräch' herausgekommen war.
Katrin hatte nicht gerade so ausgesehen, als ob sie viel an ihren Ex gedacht hatte.

„Diese Klette hätte mir doch kein Wort geglaubt", warf Luca überraschenderweise ein. „Marino
konnte in solchen Fällen schon immer energischer auftreten."

„Nun gut, aber als ihr euch beinahe geprügelt hättet, war noch nichts davon zu spüren, dass Mari dir dankbar sein sollte. Warum jetzt auf einmal der Sinneswandel?" Irgendwie klang die Geschichte seltsam in ihren Ohren. Dabei war sie froh, dass sie nun endlich erfuhr, wer diese mysteriöse Katrin war.

„Sie hat es halt doch noch mal versucht gestern", beeilte sich Marino zu sagen. Er war zwar nicht besonders gut im Lügen, hatte aber mitunter eine recht rege Fantasie. „In seiner Verzweiflung hat mich Luca angerufen. Erinnerst du dich an heute Morgen, als ich solange im Bad war? Da habe ich noch einmal mit Katrin telefoniert und ihr ordentlich die Meinung gegeigt. Ich glaube, jetzt hat sie's verstanden und belästigt Luca nicht mehr. Daher seine Dankbarkeit."

„Du hast ihre Telefonnummer?", war das Erste, was Isabell dazu einfiel.

„Ja klar, von Luca", antwortete Marino ohne zu zögern. Trotzdem kam ihr die ganze Geschichte spanisch vor. Leider konnte sie nicht beweisen, dass er ihr etwas vorschwindelte. Deshalb beschloss sie, die Angelegenheit fürs Erste auf sich beruhen zu lassen. Aber wenn sie den Umzugsstress und die Sache mit dem Jugendamt hinter sich hatte, würde sie weitere Nachforschungen betreiben. Diese Katrin war ihr nach wie vor ein Dorn im Auge.

„Wir haben jetzt gar keine Zeit mehr zum Diskutieren. Mein Dienst in der Pizzeria fängt gleich an, und wenn ich erneut zu spät komme, kommt wieder Mamma, um mich abzuholen. Ich bin echt froh, dass sie sich das nun endlich abgewöhnt hat. Janine hatte sich darüber schon lustig gemacht, und ich will nicht wieder so lächerlich vor ihr dastehen."

„Du solltest deine Energie fürs Tragen aufheben und nicht für lange Reden", unterbrach Marino seinen Bruder und legte demonstrativ die Hände an den Kleiderschrank.

Obwohl sie sich wirklich beeilten und einen enormen Kraftaufwand investierten, dauerte der Transport der Möbel länger als geplant.

Nach dem Entladen fuhr Marino in einem rasanten Tempo und sauste sogar über eine rote Ampel, um Luca pünktlich zur Pizzeria zu bringen. Dennoch konnte er nicht verhindern, dass sie erst zehn Minuten nach Schichtbeginn dort eintrafen.

„Du bist die Zuverlässigkeit in Person!", schimpfte Maria. „Kein Wunder, dass uns die Gäste ausbleiben, wenn ich niemanden zum Servieren habe."

„Aber ich könnte doch ab und zu einspringen", erinnerte sich Isabell an ihr Vorhaben, das durch all die Turbulenzen in Vergessenheit geraten war.

„Ach Isa, das ist ja lieb gemeint, aber wir können dich leider nicht bezahlen. Die Pizzeria lief von Anfang an nicht besonders", seufzte Maria. „Erst haben wir uns damit getröstet, dass es die typischen Anfangsschwierigkeiten wären, aber mittlerweile kommen immer noch nicht mehr Gäste. Ich glaube, die Konkurrenz ist zu groß. Es gibt einfach zu viele Pizzerien in der Stadt."

„Du musst dir etwas Besonderes ausdenken. Etwas, das die Leute anlockt."

„Und was soll das sein? Das Essen zum halben Preis anbieten? Das können wir uns nicht leisten", brach es aus Maria heraus. „Tut mir leid, aber wir brauchen wirklich eine gute Idee", entschuldigte sie sich fast im selben Moment.

„Wenn du da so rumstehst", sie drehte sich zu Luca herum. „löst sich das Problem auch nicht. Mach lieber, dass du an die Arbeit kommst!" Sie zog ihre Kittelschürze aus und schlug ihrem Sohn damit derb auf den Rücken.

„Aua! Du bist ja ein richtiger Sklaventreiber", jammerte Luca. Mit dem Zeigefinger tippte er auf Marinos Brust. „Und das alles nur, weil ich dir geholfen habe!"

„Das warst du mir aber auch schuldig, nachdem du mich so reingeritten hast."

„Natürlich! Jetzt bin ich wieder an allem schuld! Wenn du nicht so besessen gewesen wärst von …" Der Rest von Lucas Satz ging unter, als Maria ihm ein weiteres Mal die Schürze überzog. „Hier wird nicht gestritten!"

Währenddessen grübelte Isabell, wovon oder von wem Marino besessen sein mochte. Es musste sich wohl um Katrin handeln. Die Story, die ihr die beiden Brüder aufgetischt hatten, war Isabell von Anfang an suspekt vorgekommen. Vielleicht war diese Katrin gar nicht scharf auf Luca, sondern auf Marino gewesen. Und Luca war einfach nur dankbar, dass sein Bruder sie ihm vom Leib gehalten hatte. Isabell war plötzlich überzeugt, dass die Blondine Marino regelrecht angehimmelt hatte und er auch nicht ganz immun gegen ihre Reize gewesen war.

Die Eifersucht nagte an Isabell, verwundete ihre Seele. Und wie ein verletztes Tier reagierte sie mit Aggression darauf. Nur äußerte sich ihre Wut nicht in Gebrüll. Das Gegenteil war der Fall.

Den Rest des Tages sprach sie kein Wort mehr mit ihrem Freund. Stattdessen machte sie sich Gedanken, wie sie das Jugendamt überzeugen konnte, ihr eine zweite Chance zu geben.

Am Abend, nachdem sie sich eine Rede hatte einfallen lassen hatte, hatte sie sich wieder etwas beruhigt. Trotzdem zeigte sie Marino die kalte Schulter. In ihrem engen gemeinsamen Bett drehte sie ihm demonstrativ den Rücken zu und rutschte an den äußersten Rand, sodass sie Marino kaum berührte.

„Was hast du denn?" Marino verstand nicht, was passiert war. Sie hatten sich gar nicht gestritten, oder etwa doch?

Isabell antwortete nicht, sondern schloss die Augen und tat so, als wäre sie bereits eingeschlafen. Eine Diskussion hätte sie nur aufgeregt, und sie brauchte ihre Energie und Nerven für den morgigen Tag.

Als sie am darauffolgenden Morgen beim Jugendamt ankam, stellte sie fest, dass sie mehr Glück als Verstand gehabt hatte. Zufällig fand gerade eine Sprechstunde statt, sonst wäre sie wahrscheinlich ganz umsonst hingefahren. Sie hatte es versäumt, telefonisch einen Termin zu vereinbaren. Gelegentlich schien das Pech sie doch zu verlassen.

Sie wurde in das Büro des zuständigen Sachbearbeiters geschickt und schilderte kurz ihre Situation.

„Hm", nickte Herr Sommer, ein väterlicher Typ, der nicht mehr viele Jahre bis zur Rente vor sich hatte. „Ich habe mit Frau Gladis bereits Rücksprache gehalten. Sie war ganz enttäuscht, dass Sie den Job nicht angetreten haben. Sie war wohl sehr begeistert von Ihnen."

„Und ich auch von ihr und den Kindern. Ich hätte die Stelle so gern angenommen, wenn ich rechtzeitig Bescheid gewusst hätte. Aber jetzt habe ich ja eine feste Adresse. Ich verspreche, dass so was nie wieder vorkommt. Hätten Sie nicht noch eine Stelle in einem anderen Kindergarten für mich?" Isabell schaute so verzweifelt, dass Herr Sommer sofort den entsprechenden Ordner aus dem Schrank nahm, obwohl er eigentlich schon wusste, dass sich da nicht mehr viel machen ließ.

„Tut mir leid", musste er dann auch gestehen, als er seine Unterlagen durchgeblättert hatte. „Aber es ist alles schon besetzt. Wir hatten dieses Jahr einfach zu viele Bewerber."

Natürlich. Isabell senkte den Kopf. Was hatte sie auch erwartet? Nun wurde sie nicht mehr gebraucht. Anscheinend hatte das Pech sie wieder eingeholt.

Sie war schon fast zur Tür hinaus, als ein aufgeregtes „Halt! Warten Sie!" sie zurückrief.

„Eine Möglichkeit hätte ich da noch für Sie." Herr Sommer strahlte über das ganze Gesicht.

Isabell lächelte ebenfalls, als sie voller Hoffnung zurückkam. Aber ihr Blick wurde skeptisch, als sie hörte, was ihr für ein Vorschlag unterbreitet wurde.

„Ein Behindertenwohnheim? Dafür bin ich gar nicht ausgebildet."

„Wir nehmen für diese Tätigkeiten auch gern staatlich anerkannte Erzieher. Leider stoßen sich die meisten an den Vorurteilen gegenüber Behinderten und dem Vier-Schichten-System. Daher suchen wir noch geeignete Bewerber. Und so wie Frau Gladis von Ihnen geschwärmt hat, glaube ich, Sie wären genau die Richtige für unser Heim in der Schillerstraße. Dort werden junge geistig behinderte Erwachsene betreut. Die meisten Heimbewohner haben den Entwicklungsstand eines Kindes oder Jugendlichen. Also, wenn sie nicht direkt mit den Kleinen arbeiten können, wäre das vielleicht eine Alternative für Sie. Wichtig ist uns eine liebevolle Betreuerin, die die Bewohner nicht wie Kleinkinder behandelt oder gar als zweitklassig ansieht. Ich denke, Sie passen perfekt ins Team. Es kann ja nicht schaden, sich dort einmal vorzustellen und sich die Einrichtung anzusehen."

Herr Sommer wartete gar nicht erst ab, bis Isabell protestieren konnte, sondern griff gleich nach dem Telefonhörer, um einen Gesprächstermin mit der Heimleiterin zu vereinbaren. Dieser wurde bereits für denselben Nachmittag angesetzt. Anscheinend suchten sie wirklich dringend jemanden.

Isabell war sich nicht sicher, ob es wirklich der richtige Job für sie war. Sie hatte schließlich keinerlei Erfahrungen mit behinderten Menschen. Doch sie war auch nicht in der Situation, dass sie ihn leichtherzig ablehnen konnte. Und so eine Vorstellung war unverbindlich. Sie brauchte ja nicht zusagen, wenn sie glaubte, die Arbeit nicht bewältigen zu können.

Nachdem sie sich mit diesen Überlegungen beruhigt hatte, konnte sie den Heimweg gleich viel fröhlicher antreten.

Als sie ins Haus kam, begegnete sie Marino im Treppenhaus. „Schön, dass ich dich noch sehe", japste er. „Mein Vater hat angerufen. Ich soll mich heute noch auf dem Arbeitsamt melden, wenn ich von ihnen Leistungen beziehen will."

„Ja, aber ... ich dachte, du bist Sänger und verdienst dein Geld mit dem Verkauf deiner CDs?", wunderte sich Isabell. „Kannst du dich denn da offiziell arbeitslos melden?"

Marino schaute erschrocken, als wäre er gerade bei etwas Verbotenem erwischt worden. Er öffnete den Mund, blieb jedoch stumm wie ein Fisch. Dann hatte er es plötzlich sehr eilig.

„Das ist eine lange Geschichte. Aber ich muss jetzt los. Ich erkläre es dir später", rief er ihr noch nach, als er bereits die Treppen nach unten hastete.

Isabell versuchte, ihre Enttäuschung zu unterdrücken. Marino kam ihr plötzlich so fremd vor, wie ein Mann mit zu vielen Geheimnissen, als würde sie ihn gar nicht mehr richtig kennen. Hoffentlich stellte es sich nicht als Fehler heraus, mit ihm zusammengezogen zu sein. Und dann wurde ihr plötzlich schlecht, als sie sich daran erinnerte, was sie noch überprüfen musste. Zum Glück hatte sie noch etwas Zeit, um zur Apotheke zu gehen.

„Wie konnten wir nur so dumm sein und die Verhütung vergessen?" Isabell dachte an ihre leidenschaftliche Nacht in der Pension zurück, während sie auf das Ergebnis des Schwangerschaftstestes wartete. Was, wenn sie nun wirklich ein Kind unter dem Herzen trug? Das würde ihre ganzen Pläne über den Haufen werfen.

Natürlich wollte sie irgendwann eine Familie gründen, doch jetzt war nicht der richtige Zeitpunkt dafür. Sie hatte ja noch nicht einmal einen Job. Und den würde sie auch nicht kriegen, wenn herauskam, dass sie schwanger war. Sie musste es zwar nicht unbedingt angeben, falls man sie beim Vorstellungsgespräch danach fragen sollte, aber sie konnte in solchen Situationen nicht lügen. Man würde es ihr an der Nasenspitze ansehen. Und wenn sie sich später für einen Job bewarb – die Stelle im Heim war schließlich noch nicht sicher – könnte sie ihre Schwangerschaft ohnehin nicht verbergen.

Dann war da noch Marinos Geheimniskrämerei. Was, wenn er wirklich etwas Verbotenes getan hatte oder einfach kein Kind wollte? Wenn er sie verließ, wäre sie auf sich allein gestellt. Wie sollte sie da leben ohne Arbeit, aber mit einem Baby? Klar, sie hatte Glück, dass sie in

Deutschland geboren worden war. Hier ließ man jemanden nicht einfach so verhungern. Aber sie wollte sich trotzdem nicht irgendwann mit Almosen vom Staat durchs Leben schlagen. Dafür war sie zu stolz. Außerdem wollte sie ihrem Kind eine gewisse Lebensqualität bieten. Das war sie ihm schuldig.

Eine Minute war schnell vorbei, und es war Zeit, das Ergebnis zu überprüfen. Zitternd schaute sie sich den Teststreifen an und seufzte laut, bevor sie den Test in Zeitungspapier einwickelte und im Müll verschwinden ließ. Marino brauchte davon nichts zu erfahren. Sollte sie doch ruhig auch ein Geheimnis haben. Weil noch nicht genug Tage nach der möglichen Empfängnis verstrichen waren, war das Ergebnis außerdem sehr unzuverlässig, auch wenn die Werbung für dieses Produkt etwas anderes versprach. Warum sollte sie da jetzt schon die Pferde scheu machen? Sie musste den Test später noch einmal wiederholen. Dann würde sie Gewissheit haben.

Nachdem sie einige Lebensmittel besorgt hatte, um den Kühlschrank zu füllen, und eine Kleinigkeit zu Mittag zubereitet hatte, schlüpfte sie in ihr rosa Kostüm. Sie fand, dass es sehr gut für ihr Vorstellungsgespräch geeignet war, aber nicht aufdringlich wirkte.

Isabell war etwas enttäuscht. Sie hatte gehofft, Marino noch zu sehen und mit ihm gemeinsam essen zu können. Aber anscheinend war auf dem Arbeitsamt heute viel los. So musste sie die Nudelsuppe im Kühlschrank für ihn aufbewahren.

Die Wegbeschreibung, die ihr Herr Sommer mitgegeben hatte, war sehr übersichtlich. Daher war es recht einfach, zum Wohnheim zu gelangen. Isabell war sogar eine halbe Stunde zu früh dran. In einem Zeitungsartikel hatte sie gelesen, dass zehn Minuten vor dem vereinbarten Termin zu erscheinen als unpünktlich galt. Deshalb nahm sie sich Zeit, ihre Umgebung etwas genauer zu betrachten.

Von außen machte das Gebäude einen liebevollen Eindruck. Es war golden und schwarz gestrichen, den Landesfarben Baden Württembergs. Viele Bewohner hatten ihre Fenster mit lustigen Bildern oder Blumentöpfen geschmückt. Am Eingang standen zwei Bottiche mit Zimmerpalmen, und eine bunte Girlande zierte die Glastür. Hinter dem Haus befanden sich ein gepflegter Rasen und eine winzige Kapelle, in die die Heimbewohner wohl jeden Sonntag zum Gottesdienst gehen konnten.

„Hey, bist du neu hier?" schreckte sie plötzlich eine Stimme aus den Gedanken. Als sie sich umdrehte, strahlte sie ein kindliches Gesicht an.

„Das ist schön", freute sich die unbekannte junge Frau, deren Alter man schlecht schätzen konnte. „Neben mir ist nämlich noch ein Zimmer frei."

Isabell wusste nicht, ob sie über diese Bemerkung lachen oder beleidigt sein sollte. Offensichtlich sah sie für die Fremde so aus, als ob sie hierher gehörte.

„Nein, ich bin keine neue Bewohnerin." Isabell entschloss sich dann doch zu lächeln. Sicher konnte die junge Dame ihre Mitmenschen nicht so gut beurteilen. „Aber vielleicht arbeite ich bald als Betreuerin hier."

Das Mädchen schaute sie etwas enttäuscht an und zuckte mit den Schultern. „Auch gut. Ich bin übrigens die Steffi."

„Freut mich, Steffi. Ich heiße Isabell." Isabell reichte ihr die Hand, die Steffi jedoch ignorierte.

„Magst du wenigstens Musik? Ich bin nämlich in Musik sehr begabt", sagte sie stattdessen und holte eine zerbeulte Mundharmonika aus der Hosentasche. „Der Thomas mochte keine Musik. Der hat immer gesagt, ich jaule wie 'ne Katze mit Zahnschmerzen. Aber der arbeitet hier zum Glück nicht mehr. Und ich singe und spiele total gut. Soll ich dir's mal zeigen?" Sie wartete eine Antwort gar nicht erst ab, sondern begann sofort, ihrer Mundharmonika schiefe Töne zu entlocken.

„Prima", lobte Isabell, um Steffis Gefühle nicht zu verletzen. Dabei hätte sie sich am liebsten die Ohren zugehalten.

„Das war ‚Hänschen klein'. Haste erkannt, ne?", verkündete das Mädchen stolz.

Isabell nickte nur. Während ihrer umfassenden Fachschulausbildung hatte sie unter anderem Gitarre, Flöte und Mundharmonika spielen gelernt. Ein Blick auf die Uhr sagte ihr, dass sie immer noch knapp zwanzig Minuten Zeit hatte. Daher nahm sie Steffi das Instrument aus der Hand und versprach, ihr zu zeigen, wie sehr sie Musik liebte.

Bald schon begann Steffi, die Melodie von ‚Alle meine Entchen' mitzusummen. Doch das genügte ihr offensichtlich nicht lange. Den Refrain sang sie lauthals mit, wobei ‚grölen' wohl der treffendere Ausdruck war. Ihre nicht gerade wohltönende Stimme war in der halben

Nachbarschaft zu hören und lockte etliche Zuschauer heran. Eine kleine Menschentraube bildete sich um die beiden Frauen. Einige Leute grinsten, andere wiederum schüttelten nur den Kopf, und manche klatschten sogar Beifall.

Isabell war der ganze Trubel ziemlich unangenehm. Sie hatte auf gar keinen Fall so ein Aufsehen erregen wollen. Sie hasste es ohnehin, im Mittelpunkt zu stehen, und dann auch noch an diesem Ort. Was, wenn die Leiterin aus dem Fenster schaute und sie beim Gespräch wiedererkannte? Das wäre schon etwas peinlich.

„Was ist denn hier los?" Eine zierliche Dame in Grau kam energischen Schrittes aus dem Gebäude und kämpfte sich durch die Menschenansammlung nach vorn.

„Steffi! Singst du etwa wieder?" Sie atmete sichtlich erleichtert auf. „Ich dachte schon, dir wäre etwas zugestoßen."

Isabell musste sich ein Kichern verkneifen. In der Tat klangen Steffis Sangeskünste eher, als wäre sie einem Verbrechen zum Opfer gefallen.

„Ja, und den Leuten gefällt das!" Steffi verbeugte sich tief vor ihrem Publikum. Isabell musste vor Vergnügen glucksen.

„Darf ich fragen, wer Sie sind?" Die zierliche Unbekannte hatte die Mundharmonika in Isabells Hand entdeckt und erkannt.

„Das ist doch die neue Betreuerin, Frau Küster. Musst du eigentlich kennen", platzte Steffi heraus, bevor Isabell eine Chance zu antworten hatte.

„So? Davon weiß ich noch gar nichts. Oder haben Sie das behauptet?" Frau Küsters Haltung gegenüber Isabell war etwas herrisch und wollte gar nicht zu ihrer zerbrechlichen Figur passen.

Isabell geriet in Versuchung, sich umzudrehen und ohne ein weiteres Wort zu gehen. Sie schien das Vorstellungsgespräch schon vermasselt zu haben, bevor es überhaupt stattgefunden hatte. Als sie jedoch in die Runde blickte, stellte sie fest, dass alle Augenpaare auf sie gerichtet waren.

Auch Frau Küster bemerkte dies und klatschte laut in die Hände. „So, genug amüsiert! Die Vorstellung ist jetzt zu Ende. Außerdem ist Vesperzeit. Geht ins Haus, bevor der Kaffee kalt wird."

Wie sich herausstellte, waren die Zuschauer größtenteils Bewohner des Heimes. Die meisten gingen nun ins Gebäude, der Rest marschierte in Richtung des Wohngebietes auf der gegenüberliegenden Straßenseite.

„Sind Sie etwa die junge Dame, die mir Herr Sommer angekündigt hat?", fragte Frau Küster, als sie mit Isabell endlich allein war. „Ich hatte Sie mir ganz anders vorgestellt. Es zeugt schon von großem Selbstbewusstsein, bereits davon auszugehen, den Job zu haben, bevor man sich vorgestellt hat. Grundsätzlich ist das nicht schlimm. Aber warum sagen Sie das unseren Bewohnern? Müssen Sie die armen Menschen noch mehr verwirren?"

„Ich habe doch gar nicht ...", protestierte Isabell. Aber die Leiterin hörte ihr gar nicht zu, sondern schritt diese auf den Haupteingang zu und winkte Isabell wie ein Hündchen hinter sich her.

Isabell entschied, dass sie den Job nicht annehmen würde, selbst wenn er ihre Erwartungen übertraf. Frau Küster war ihr unsympathisch. Mit so einer Chefin würde sie wohl kaum klarkommen. Und die Vorstellung, sich den ganzen Tag herumkommandieren lassen zu müssen, verursachte ein unangenehmes Frösteln auf ihrer Haut. Aber vielleicht brauchte sie sich auch keine allzu großen Gedanken darüber zu machen. Es hatte nämlich ganz den Anschein, als ob die Abneigung beiderseitig wäre. Wahrscheinlich wurde Isabell für die Stelle ohnehin nicht in Betracht gezogen.

Frau Küsters Büro befand sich in der oberen Etage des zweistöckigen Hauses. Das Zimmer war schlicht und einfarbig gehalten und bildete einen Kontrast zum bunt geschmückten Flur, den sie vorher durchquert hatten. Selbst die Wände waren kahl und in einem tristen Aschgrau gestrichen. Wohlfühlen sollte man sich in diesem Raum anscheinend nicht.

„Am besten, ich erzähle Ihnen erst mal etwas über unsere Einrichtung", begann Frau Küster, kaum dass sie sich an den Schreibtisch gesetzt hatte.

„Wir haben das Ziel, unseren Bewohnern eine geeignete Lebenswelt zu schaffen und durch bestimmte Formen der Lebensgestaltung und Förderung eine entsprechende Entfaltung zu ermöglichen. Alle Mitarbeiter arbeiten zum Wohle der Heimbewohner. Das ist der erste Punkt in unserer Konzeption. Sie wären also verantwortlich für die liebevolle Betreuung, Begleitung und Förderung jedes einzelnen Bewohners. Dazu gehören die Ausgestaltung der Wohnräume und die

Organisation und Durchführung von Freizeitaktivitäten. Da wir mit den Bewohnern bisweilen gemeinsame Ausflüge unternehmen und teilweise sogar in den Urlaub fahren, müssten Sie in Kauf nehmen, dass Sie ab und zu für ein paar Tage nicht zu Hause wären.

Unsere Bewohner sollen lernen, in gewissem Maße für sich selbst zu sorgen. Jeder hat sein eigenes Zimmer, in das er sich zurückziehen kann. Die Mitarbeiter kontrollieren jedoch, ob Ordnung und Sauberkeit eingehalten werden.

Die Kontaktpflege zu Angehörigen und Sorgeberechtigten wird bei uns ebenfalls groß geschrieben. Daher veranstalten wir auch gemeinsame Treffen und Feste." Sie berichtete ausführlich von dem komplexen Aufgabenfeld, das Isabell erwarten würde.

„Nun, was sagen Sie? Könnten Sie sich vorstellen, bei uns zu arbeiten?" Frau Küster legte die Fingerspitzen aufeinander und lächelte freundlich. Ihre Augen glänzten geradezu. Es war fast so, als ob sie ein anderer Mensch geworden war, während sie von ihrer Einrichtung sprach.

Vielleicht hatte Isabell sie falsch eingeschätzt. Ihren Beruf schien sie zumindest zu lieben.

Die Jobbeschreibung klang schön, abwechslungsreich, verantwortungsvoll und unterschied sich offenbar gar nicht so sehr von der Arbeit im Kindergarten. Isabell hatte sich dennoch vorgenommen abzulehnen, schon aus Prinzip. Doch das war leichter gedacht als getan. Ihr kamen plötzlich Zweifel, ob es klug war, ein Jobangebot hinzuwerfen, nur weil sie die Chefin nicht mochte.

„Ich würde gern eine Nacht darüber schlafen", entschied Isabell schließlich, sich eine Wahlmöglichkeit offenzulassen.

„Gut, ich halte Ihnen die Stelle bis morgen 15 Uhr frei. Bis dahin sollten Sie sich entschieden haben, sonst muss ich mich nach einem anderen Bewerber umsehen. Also, ich höre von Ihnen." Frau Küster reichte ihr zum Abschied die Hand.

Als Isabell aus dem Gebäude trat, wartete schon Steffi auf sie.

„Kommst du wieder?", wollte das Mädchen wissen. Doch Isabell konnte nur mit dem Kopf schütteln. Sie hatte zwar noch nicht abgesagt, aber sie glaubte nicht daran, dass sie hier anfangen würde.

„Schade. Du machst so schöne Musik. Hier!" Steffi hielt ihr auf einmal ihre Mundharmonika entgegen. „Die schenk ich dir, damit du immer an mich denkst. Und vielleicht kommst du ja doch wieder."

„Aber die kann ich nicht annehmen!" Isabell war etwas aus dem Gleichgewicht gebracht. Sie konnte ermessen, wie viel dem Mädchen die Mundharmonika bedeuten musste.

„Doch, doch." Steffi drückte ihr das Instrument fest in die Hand, bevor sie sich umdrehte und davonrannte. Isabell hätte schwören können, dass sie Tränen in ihrem Gesicht gesehen hatte.

Als Isabell nach Hause kam, war Marino seltsamerweise immer noch nicht da. Stattdessen fand sie einen Briefumschlag ohne Absender vor der Haustür.

Isabell klopfte das Herz bis zum Hals. Hoffentlich war nichts passiert. Man musste gewöhnlich geraume Zeit warten, wenn man auf einem Amt war, aber das war selbst für die Arbeitsagentur entschieden zu lange.

Ihre Hände zitterten, und sie zerriss den Brief fast bei dem Versuch, ihn zu öffnen. Ob Marino etwas zugestoßen war? Vielleicht hatte ihn ein verrückter Fan entführt und verlangte jetzt Lösegeld? In ihrer Fantasie spielten sich Horrorszenarien ab. Sie hatte mit allem gerechnet, doch nicht mit der Mitteilung, die sie in dem Umschlag fand.

„Wenn du wissen willst, was dein Freund so treibt, dann komm heute Nachmittag gegen 16 Uhr ins Café Rosenblatt"; stand auf einem Zettel in kaum leserlicher Handschrift. Darunter war ein Weg aufgezeichnet, wie sie zu dem besagten Café finden konnte. Offensichtlich legte jemand großen Wert darauf, dass sie auch erschien.

Isabell schaute auf die Uhr. Da es kurz vor 16 Uhr war, entschloss sie sich, der Sache auf den Grund zu gehen.

Den ganzen Weg über grübelte sie, was diese geheimnisvolle Botschaft bedeuten mochte und wer sie geschrieben haben könnte. Doch sie konnte sich keinen Reim darauf machen. Die Schrift war so krakelig, als hätte sie jemand absichtlich verstellt. Das machte die Sache nur noch seltsamer.

Bevor sie in das Café hineinging, schaute sie durchs Fenster, ob sie jemanden erkannte. Doch

Marino war anscheinend nicht unter den Gästen. Sie lächelte erleichtert, auch wenn sie etwas verärgert war, dass man ihr so einen dummen Streich gespielt hatte.

Gerade wollte sie sich umwenden, als sie aus den Augenwinkeln eine Gestalt wahrnahm. Es war
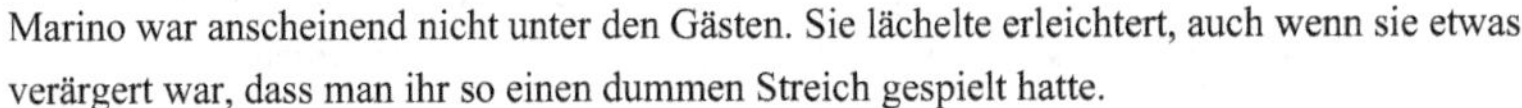
also doch kein Scherz gewesen. Dort saß tatsächlich Marino, halb versteckt hinter einer großen Pflanze. Und offensichtlich war er nicht allein. Isabell traute ihren Augen kaum. Leider konnte sie nicht erkennen, wer an seinem Tisch saß, da die Person von den Blättern verdeckt wurde.

Die Neugier war stärker als ihre Irritation, und Isabell betrat zögernden Schrittes das Café. Eine Ahnung beschlich sie, dass sie lieber nicht erfahren sollte, wer seine Begleitung war. Ihre Nervosität stieg mit jedem Schritt. Trotzdem stoppte sie nicht eher, bis sie erkennen konnte, wer sich hinter der Pflanze befand.

Der Schmerz, der ihr Herz durchbohrte, als sie direkt in Katrins Gesicht blickte, war unbeschreiblich. Von wegen Arbeitsamt! Marino hatte eine Affäre hinter ihrem Rücken! Nun hatte sie Gewissheit, dass es ein Fehler gewesen war, mit ihm zusammenzuziehen.

9. Kapitel

Leider gab es jetzt kein Zurück mehr für sie. Sie hatte weder die Kraft noch das Geld, sich nach einer anderen Bleibe umzusehen. Nein, sie hatte wirklich keine Nerven, noch einmal ganz von vorn anzufangen und sich diesen Stress zuzumuten. Außerdem hätte sie dann erneut keine feste Adresse und würde nie aufhören, sich im Kreis zu drehen.

Aber was sollte sie tun? Sie konnte unmöglich mit Marino weiterleben, als wäre nichts geschehen. Vielleicht war es an der Zeit, sich endlich einmal an ihn zu rächen. Was er konnte, konnte sie schon lange! Sie würde sich auch einen Liebhaber suchen und ihn Marino unter die Nase reiben. Sollte er ruhig merken, wie das war, wenn man vor Eifersucht zerplatzte.

Da fiel ihr Sören wieder ein. Der Mann empfand etwas für sie. Also würde es ein Leichtes sein, ihn zu verführen.

Diese Überlegungen währten jedoch nicht lange. Isabell war über sich selbst erschrocken. Was war nur aus ihr geworden? Es war hinterlistig und grausam, so mit den Gefühlen eines anderen Menschen zu spielen. Aber vielleicht musste sie Sören gar nicht belügen. Es genügte ja, ihn in ihren Plan einzuweihen. Es konnte zwar passieren, dass er nicht darauf einging und sie belehrte, dass es nicht richtig war, auf diese Weise Rache zu nehmen. Aber das Risiko musste sie eingehen. So würde sie ihn wenigstens nicht belügen. Und das konnte sie mit ihrem Gewissen vereinbaren.

Sie entschied, sich gleich auf den Weg zu ihm zu begeben, bevor sie der Mut wieder verließ. Ganz geheuer war es ihr nicht, ausgerechnet ihn um so etwas zu bitten. Doch noch war sie verzweifelt und wütend genug dazu.

Als sie bei Sören ankam, erhielt ihr Vorhaben erst mal einen Dämpfer. Niemand öffnete auf ihr Klingeln, was wohl bedeutete, dass er bei der Arbeit war.

Seufzend ließ sie sich auf der kleinen Treppe vor der Haustür nieder und stützte den Kopf in ihre Hände.

Nun, wo sie Zeit zum Nachdenken hatte, kam sie sich sehr töricht vor. Sie konnte doch nicht wirklich von Sören erwarten, dass er ihr half, seinen Rivalen eifersüchtig zu machen. Vor allem konnte sie nicht jetzt damit ankommen, wo sie ihn erst geküsst hatte, dann davon gerannt war und sich seitdem nicht wieder gemeldet hatte. Was hatte sie sich dabei eigentlich gedacht? Offensichtlich nicht viel.

Es war ganz gut, dass Sören nicht zu Hause war. So konnte sie die Ausführung ihrer Schnapsidee abbrechen und sich etwas Besseres einfallen lassen. Sie musste wirklich lernen, ihre spontanen Einfälle nicht immer gleich in die Tat umzusetzen.

Sie war gerade aufgesprungen, als ein grüner Opel angefahren kam und in die Einfahrt von Sörens Haus bog.

Oh nein, was für ein Pech! Hätte Sören nicht ein paar Minuten später zurückkommen können? Sie drehte ihm den Rücken zu und hoffte, dass er sie nicht erkannte. Aber natürlich war das reines Wunschdenken.

„Isabell? Was für eine Überraschung! Wolltest du zu mir? Na klar, was frage ich überhaupt so dumm."

Sie setzte ein gezwungenes Lächeln auf, als sie sich ihm zuwandte. Doch er schien es nicht zu bemerken, sondern strahlte aufrichtig zurück.

Sie war überrascht, wie gut er ausschaute. Sein Gesicht war fast vollständig verheilt. Lediglich einige blasse gelbliche Verfärbungen waren als letzte Spuren der Prügelei übrig geblieben.

„Komm erst mal rein." Er sperrte die Tür auf und hielt sie weit offen, sodass Isabell keine andere Wahl hatte als einzutreten.

„Möchtest du einen Kaffee oder etwas anderes zu trinken?", bot er an. Offensichtlich hatte er nicht vor, sie sobald wieder gehen zu lassen.

Sie bestellte einen starken Kaffee. Eigentlich war ihr zwar nicht danach, aber solange er in der Küche hantierte, konnte sie sich wenigstens überlegen, was sie ihm erzählen sollte.

Viel Zeit blieb ihr jedoch nicht. Wenige Minuten später kam er bereits mit einem Tablett, einer Kanne und zwei Tassen zurück in die Stube.

„Übrigens habe ich diesem Choleriker zu danken, dass er meine Kaffeemaschine kaputtgemacht hat. So bin ich wenigstens in den Genuss einer neuen Turbo-Maschine gekommen. Hast du gemerkt, wie schnell das Wasser durchgelaufen ist? Was macht der Chaot jetzt eigentlich? Weißt du das?", fragte er, während er servierte.

„Ich bin mit ihm zusammengezogen", murmelte sie kaum hörbar und starrte verlegen die Tischplatte an.

„Was? Das ist nicht wahr, oder?" Er plumpste aufs Sofa und schaute sie an, als erwartete er eine Erklärung, wie es dazu kommen konnte.

„Aber ich bereue es schon", beeilte sie sich zu versichern, um ihn nicht noch mehr zu erschüttern. Doch damit erreichte sie das Gegenteil.

„Um Gottes Willen! Hat er dich etwa geschlagen? Das wäre diesem Wüterich ja zuzutrauen."

Ehe sie es sich versah, war er schon an ihrer Seite und krempelte ihren Ärmel hoch, um nach Spuren von Gewaltanwendung zu suchen.

„Aber nein. Marino ist doch kein Verbrecher!" Etwas verärgert stieß sie ihn von sich. „Er betrügt mich."

„Was?" Diese Tatsache schien für Sören die gleiche Bedeutung zu haben, als wenn sie verprügelt worden wäre. „Der hat dich gar nicht verdient. Wenn du zu mir gehörtest, würde ich keine andere Frau mehr ansehen." Er hielt abrupt inne, als ihm etwas einfiel. „Warum bist du eigentlich nach unserem Kuss davongerannt?"

Isabell hatte gehofft, um diese Frage herumzukommen, aber sie sah ein, dass sie Sören eine Antwort schuldete.

„Das war dumm", murmelte sie, den Blick immer noch auf den Tisch fixiert. Sie schaffte es einfach nicht, Sören in die Augen zu sehen, da sie sich plötzlich schämte. Sie erinnerte sich sehr gut daran, wer den Kuss begonnen hatte. „Ich hatte es auf einmal mit der Angst zu tun bekommen, dass du zu viel von mir erwartest, dass ich mich zu schnell mit dir einlasse. Verzeih mir. Aber ich war schon immer so. Wenn ich mich fürchte oder verunsichert bin, reiße ich aus. Ich hoffe, du bist nicht allzu böse auf mich."

„Ich kann's ja sogar ein bisschen verstehen." Mit dem Zeigefinger hob er ihr Kinn an, sodass sie ihm endlich ins Gesicht blicken musste. „Aber ich mag es nicht, wenn man mit meinen Gefühlen spielt. Entweder du willst mich, oder du willst mich nicht. Offensichtlich wolltest du ihn und nicht mich. Obwohl ich von Anfang an wusste, dass er nichts für dich ist. Inzwischen hast du das wohl selbst gemerkt. Warum bist du eigentlich hergekommen? Wolltest du dich mit mir trösten?" Seine Stimme war eine Spur schärfer geworden.

„Nicht direkt. Aber ich wollte ihn mit dir eifersüchtig machen, um es ihm heimzuzahlen. Natürlich hätte ich dich vorher gefragt, ob du mitspielst." Warum erzählte sie ihm das alles? Vor Scham sank Isabell regelrecht in sich zusammen.

„Schon gut, war ohnehin eine blöde Idee. Ich geh jetzt lieber. Danke für den Kaffee." Sie sprang aus ihrem Sessel.

„Aber du hast ihn ja noch nicht einmal gekostet." Sören ergriff ihren Arm, bevor sie entwischen konnte. „Außerdem habe ich dir noch nicht geantwortet. Ich mache es."

„Wie? Du machst es?" Verblüfft schaute sie ihn an. Damit hatte sie nicht gerechnet.

„Ich spiele deinen Liebhaber oder was auch immer."

„Aber warum tust du das?" Anstatt sich zu freuen, wurde sie immer verwirrter.

„Mein Gott, nun stell doch nicht so viele Fragen." Er wurde ungehalten, weil sie so misstrauisch schien.

„Tut mir leid. Ich hatte diese Reaktion nur nicht erwartet. Ich dachte, ich müsste erst betteln und vor dir auf den Knien herumrutschen." Isabell zog die Mundwinkel hoch und hoffte, dass er ihren Scherz auch als solchen auffasste.

„Ich muss mich ebenfalls entschuldigen. Ich hätte nicht gleich so losschnauzen dürfen. Aber jetzt trink meinen Turbo-Kaffee, bevor er kalt wird." Er schob ihr die Tasse zu und grinste breit. „Und lass uns einen Schlachtplan entwerfen, wie wir diesem Chaoten einheizen können."

„Was hast du vor?" Erschrocken stellte Isabell ihre Tasse ab.

„Na, nichts weiter. Nur ihn ein bisschen eifersüchtig machen. Wenn er dich liebt – woran ich nicht glaube – wird es ihm wie die Hölle auf Erden vorkommen, dich mit einem anderen zu sehen." Sören seufzte. Er musste sich mit seinen Äußerungen zurückhalten, wenn er die Idee, die sich in seinem Kopf festgesetzt hatte, nicht scheitern lassen wollte. Isabell empfand noch zu viel für seinen Rivalen. Aber das würde sich hoffentlich bald ändern.

„Wir könnten uns beispielsweise vor eure Haustür stellen und auf ihn warten. Sobald er im Anmarsch ist, knutschen wir wild drauflos", schlug er mit ernster Miene vor. Daher befürchtete sie, dass es kein Scherz war.

„Aber so was machen vielleicht Teenager", protestierte sie. „Außerdem ist Marino nicht blöd. Er würde sofort merken, dass wir ihm nur was vorspielen. Wir müssen es etwas unauffälliger angehen. Zum Beispiel, dass ich abends öfter was vorhabe und es irgendwie nach Ausrede klingt, weshalb ich ihn nicht mitnehmen kann."

„Ja, und dann klingelt der Bote und bringt einen riesigen Strauß Blumen. Und du hast natürlich keine Ahnung, von wem sie sind." Er lachte plötzlich laut los. „Wunderbar! Du bist so einfach zu necken. Das war doch bloß ein Witz."

Isabell schaute erst etwas verärgert, stimmte dann aber in sein Lachen ein. Sie hätte es ja wissen müssen. Ein Mann mit Sörens Intelligenz würde so einen Vorschlag nie ernst meinen.

Es blieb nicht der einzige Scherz an diesem späten Nachmittag. Bald schon füllte fröhliches Gelächter den Raum. Isabell stiegen sogar die Tränen in die Augen. Sie griff nach ihrer Handtasche, um ein Taschentuch herauszuholen. Dabei stieß sie auf Steffis Mundharmonika. Sie nahm das Instrument heraus und drehte es nachdenklich in den Händen. Ja, warum eigentlich nicht? Schließlich durfte sie auch nicht finanziell von Marino abhängig werden.

„Kann ich mal telefonieren?"

„Sicher." Sören reichte ihr das Telefon herüber.

„Da haben Sie aber Glück. Frau Küster ist heute etwas länger als sonst geblieben. Sie wollte aber gerade gehen", sagte eine junge Erzieherin, die für den Spätdienst eingeteilt worden war. „Ich renne ihr mal schnell hinterher, bevor sie weg ist."

„Ich habe einen Job! Und ich kann sofort anfangen!", jubelte Isabell, als sie ihr Telefonat mit der Leiterin des Behindertenwohnheims beendet hatte. Vor Freude, dass wenigstens mal eine Sache zu klappen schien, fiel sie Sören um den Hals.

„Das müssen wir aber gebührend feiern", flüsterte er ihr heiser ins Ohr.

Sie löste sich aus seinen Armen. „Wenn wir Marino eifersüchtig machen wollen, müssen wir das aber in seiner Anwesenheit tun."

Sie bemerkte, dass sein Blick stur auf ihre Lippen gerichtet war, und ein Schauer rann durch ihren ganzen Körper. Ob es ihr angenehm war oder nicht, konnte sie nicht einmal sagen. Auf jeden Fall schien die Luft zwischen ihnen auf einmal zu brennen, und Isabell beschloss, dass es sicherer war, jetzt nach Hause zu gehen. Natürlich bestand Sören darauf, sie zu fahren, weil es bereits dunkel geworden war.

Marinos Eifersucht zu wecken, gelang ihnen gleich, als Sören Isabell zu Hause ablieferte. Der junge Italiener war nun endlich zurück und wartete bereits an der Haustür auf sie.

„Na, das wird ja Zeit", sagte er ungnädig und heftete seinen Blick fest auf Isabell. „Wo hast du dich rumgetrieben? Weißt du, was ich mir für Sorgen gemacht habe?"

„Das musst du gerade sagen", schnaubte sie. „Du warst länger beim Arbeitsamt, als es eigentlich geöffnet hat."

„Ach komm, du hast meine Abwesenheit doch gleich ausgenutzt." Er machte sich nicht einmal die Mühe, ihre Behauptung zu widerlegen. Wahrscheinlich glaubte er, Angriff sei die beste Verteidigung.

„Bist gleich zu deinem Liebhaber gerannt. Wie ich merke, konntest du wieder nicht die Finger von ihm lassen. Aber du hättest wenigstens den Anstand haben können, ihn nicht hierher zu schleppen, damit ich ihn sehen muss. Was meinst du, wie ich mich dabei fühle?"

„Wie *du* dich dabei fühlst?!" Isabells Stimme wurde schrill. „Na, das ist leicht zu erraten, nämlich so, wie ich mich heute Nachmittag gefühlt habe!"

„Wieso? Was war denn heute Nachmittag?" Marino spielte den Ahnungslosen, was sie nur noch mehr auf die Palme brachte.

Doch plötzlich wurde Isabell eines klar: Entweder hatte ihm die Pflanze die Sicht versperrt, oder er war zu sehr darin vertieft gewesen, seine Begleitung anzuhimmeln. Jedenfalls hatte er offenbar tatsächlich nicht bemerkt, dass sie ihn im Restaurant überrascht hatte. Nun war sie erst recht gespannt, wie weit er seine Lügerei noch treiben wollte.

„Ach, tu doch nicht so! Du weißt genau, was du gemacht hast", ließ sie deshalb nicht locker.

„Komm mir doch nicht so. Du willst doch nur deinen eigenen Fehltritt verharmlosen, indem du mir was unterstellst. Wobei ich nicht mal weiß, worauf du überhaupt hinauswillst."

„Bist du sicher, Isabell, dass ich dich mit ihm allein lassen kann?", unterbrach Sören den lautstarken Streit des Paares. „Oder willst du lieber bei mir übernachten?" Damit hatte er natürlich genau das Falsche gesagt.

„Das könnte dir so passen, Freundchen!" Marino ballte die Faust und war drauf und dran, sich auf seinen Nebenbuhler zu stürzen.

Es war immer dasselbe, wenn die beiden Männer sich begegneten, und Isabell fragte sich, ob die Eifersuchtsgeschichte wirklich eine gute Idee gewesen war. Sie hatte nicht recht bedacht, dass die Sache ganz schön nach hinten losgehen könnte.

„Na klar, Sie können nur drauflos prügeln! Am besten, ich nehme Isabell mit, bevor Sie sich auch noch an ihr vergreifen."

„Sören, bitte." Isabell schloss die Augen und atmete tief durch. Musste er den anderen denn noch so unnötig reizen? Sie spürte, wie ihr die Situation über den Kopf wuchs. Wie sollte sie jetzt nur reagieren? Warum hatte sie nicht so weit vorausschauen können? Das hatte sie nun von ihrer blöden Idee. Wenn sie gekonnt hätte, hätte sie alles abgeblasen. Rache war eben doch nicht immer süß.

„Ich werde mich eher an dir vergreifen, wenn du meine Frau nicht in Ruhe lässt!" Marino stieß seinen Rivalen heftig gegen die Brust, so dass dieser beinahe die Treppe hinuntergestürzt wäre.

„Jetzt reicht's! Ich rufe die Polizei!" Sören zog sein Mobiltelefon aus der Jackentasche und tippte die Nummer des örtlichen Polizeireviers ein, die er aus seiner beruflichen Tätigkeit auswendig kannte.

Isabell versuchte, ihm das Telefon aus der Hand zu nehmen, doch es war zu spät. Am anderen Ende hatte der Beamte bereits abgenommen.

Sörens Schilderung von Marinos Gewaltausbruch klang recht dramatisch, und man versprach, sofort eine Streife vorbeizuschicken.

„Gott, warum hast du das getan?" Isabell stand kurz davor durchzudrehen. Morgen Früh hatte sie ihren ersten Arbeitstag, und wenn das so weiterging, würde sie dort als Nervenbündel auftauchen. Zwar sollte sie nur mit einer Kollegin mitgehen und sich alles anschauen, aber man würde trotzdem merken, dass sie nicht ganz bei der Sache war. Vielleicht würde man es sogar als Desinteresse auslegen, und sie wäre ihren Job auf der Stelle wieder los. Und da hatte sie gedacht, dass einmal etwas ohne Schwierigkeiten bei ihr ablief!

„Na toll! Vielleicht sollte ich dich wirklich die Treppe runterstoßen. Dann hat die Polizei wenigstens was zu tun, wenn sie kommt!", drohte Marino. Normalerweise hätte er so etwas nie ernst gemeint, aber er war so wütend, dass es ihm schwerfiel, sich im Zaum zu halten.

Dummerweise war die Polizei ausnahmsweise schneller vor Ort als erwartet. Wachtmeister Rödel hatte Marinos letzten Satz mitbekommen.

„Rödel, mein Name. Na, da sind wir wohl tatsächlich noch im rechten Augenblick gekommen. Sie begleiten uns besser." Er fackelte nicht lange, packte den verdutzten Italiener an den Schultern und schob ihn ungewöhnlich sanft vorwärts.

Als er den kurzen Moment des Schocks überwunden hatte, schüttelte Marino die unwillkommenen Hände ab und schlug um sich.

„Hören Sie, ich kann auch die Handschellen herausholen und Sie wie einen Schwerverbrecher abführen", brummte der Wachtmeister und griff demonstrativ in seine Hosentasche.

„Wir könnten es natürlich auch bei einer Verwarnung belassen", meldete sich nun sein Kollege zu Wort, der einen recht müden Eindruck machte und die ganze Angelegenheit so schnell wie möglich und ohne Aufhebens beenden wollte.

„Aber er hat mir gedroht, das haben Sie doch selbst gehört“, warf Sören ein. „Sie müssen ihn zumindest solange wegsperren, bis er wieder zur Vernunft kommt.“

„Noch ist ja gar nichts passiert“, meinte der schläfrige Polizist, der sich nebenbei als Wachtmeister Wagner vorgestellt hatte. „Außerdem brauchen Sie uns nicht zu sagen, wie wir unsere Arbeit zu erledigen haben.“

„Muss denn immer erst was passieren, bevor die Polizei etwas unternimmt?“ Sören schüttelte den Kopf. „Wenn ich da unten liege, tot oder verletzt bin, dann kümmern Sie sich? Ich verstehe.“ Seine Stimme tropfte vor Sarkasmus.

„Sör... Ich denke nicht, dass Sie uns kritisieren sollten. Wir sorgen schon dafür, dass Ihnen nichts geschieht.“

Isabell hatte den kleinen Versprecher des Beamten sehr wohl bemerkt. Konnte es sein, dass Herr Rödel und Sören sich kannten?

„Was genau ist denn passiert? Vielleicht könnten Sie uns das erst einmal schildern“, schlug Wachtmeister Wagner vor und gähnte herzhaft. Das wiederum erzürnte Sören. Offensichtlich nahm der Beamte die Sache nicht besonders ernst.

„Einer nach dem anderen“, unterbrach Wachtmeister Rödel ungehalten, als drei Personen zur selben Zeit das Wort ergriffen. „Beginnen wir mit der Dame.“

„Also, ein klassisches Eifersuchtsdrama“, murmelte Wagner gelangweilt, als Isabell ihren Bericht beendet hatte. „Sie sind mit diesem Herrn zusammen?“ Er deutete auf Marino und sie nickte.

„Sie kommen zu spät, junger Mann“, stellte Wagner zu Sören gewandt fest. „Gehen Sie nach Hause, lassen Sie die beiden in Ruhe und suchen Sie sich ein anderes nettes Mädel.“

„Amen“, knurrte Sören gereizt. „Das kann doch nicht Ihr Ernst sein. Was für Ratschläge verteilen Sie denn? Sie wissen doch gar nichts über diese Beziehung. Der Kerl ist nicht gut genug für sie. Im Gegenteil, es ist nicht einmal ausgeschlossen, dass er ihr etwas antut. Also, mischen Sie sich gefälligst ...“

„Passen Sie auf, was Sie sagen!" Wagner hob drohend den Zeigefinger. „Wenn Sie ausfallend werden, kann ich Sie auch wegen Beleidigung mitnehmen."

„Ehrbare Bürger verhaften und Verbrecher laufen lassen? Das geht doch nicht! Tun Sie etwas!" Sören warf Wachtmeister Rödel einen empörten Blick zu.

„Verbrecher? Hör mal, du Vogel! Wenn du nicht aufhörst, meinen Ruf zu schädigen, verpass ich dir wirklich einen Denkzettel! Und ich bin gut genug für Isabell! Das weiß sie auch. Deswegen hat sie mich gewählt, und nicht dich." Leider konnte sich Marino wie so oft nicht beherrschen und flippte im denkbar ungünstigsten Moment aus. Dabei schien es so, als hätten die Polizisten ihn mit einer Verwarnung davonkommen lassen. Nun aber hatte Wachtmeister Rödel seine Meinung offensichtlich geändert.

„Ich glaube, eine Nacht auf der Wache würde Ihnen nicht schaden." Seine Stimme wurde laut, und er holte tatsächlich die Handschellen hervor.

Bei deren Anblick wurde Marino ganz blass. Er wurde plötzlich vollkommen still, so als hätten ihn jegliche Kraft und das Temperament schlagartig verlassen. Dafür begann jedoch seine Unterlippe zu zittern. Auf einmal sah er aus wie ein kleiner Junge, der Angst vor einer Strafe hatte.

Seine Erscheinung weckte Isabells Mitleid. Wie sehr er sich auch daneben benommen hatte, er hatte es nicht verdient, wie ein Verbrecher behandelt zu werden. Was wäre, wenn die Nachbarn es mitbekamen? Dann hätte er einen denkbar schlechten Ruf weg, den er so schnell nicht wieder loswerden würde.

„Muss das sein? Könnten Sie nicht ein Auge zudrücken?", flüsterte sie und schaute den Wachtmeister flehentlich an. Dagegen kam selbst der harte Polizist nicht an. Dennoch konnte er sich nicht die Blöße geben und gänzlich nachgeben.

„Die Handschellen kann ich weglassen. Aber mitnehmen muss ich den Herrn trotzdem. Ich traue dem Frieden nicht. Seine Drohungen sind ernst zu nehmen, und ich möchte nicht, dass heute Nacht noch ein Unglück geschieht."

Isabell bemerkte, wie Marino in einen erneuten Wutanfall auszubrechen drohte, und streichelte beruhigend seine Hand. Es schien zu helfen, ihn auf dem Boden zu halten. Erst auf der Wache ging er in die Luft.

„Ich habe ein ganz schlechtes Gewissen. Vielleicht hätten wir nicht so schnell aufgeben sollen. Man kann doch Marino nicht einfach so wegsperren. Ist das überhaupt zulässig?" Resigniert ließ Isabell den Kopf hängen.

Nach einer turbulenten Stunde auf dem Polizeirevier, die beinahe mit einem blauen Auge für Wachtmeister Rödel geendet hätte, saß sie mit Sören in der trostlosen Stube der neuen Wohnung. Eine Flasche Wein stand auf dem wackligen Couchtisch. Mit dem ‚himmlischen Getränk‘, wie es das Etikett versprach, wollte Isabell ihre angespannten Nerven beruhigen. Aber es half nicht recht.

„Wenn Gefahr im Verzug ist, können sie ihn schon festhalten", meinte Sören nüchtern. „Und du hast selbst miterlebt, wie er wieder ausgerastet ist und den Wachtmeister angreifen wollte. Zum Glück hat er noch die Kurve gekriegt und sich rechtzeitig besonnen, sonst würde er bald mehr als nur eine Nacht im Knast verbringen."

„Der Rödel hat ihn ja provoziert mit seinen spitzen Bemerkungen! Man könnte denken, er hat das mit Absicht gemacht. Wie kann er sagen, ich solle mir einen friedfertigeren Mann suchen? Es war doch klar, dass Marino das nicht einfach so im Raum stehen lassen würde. Und ich hatte immer geglaubt, dass Polizisten auch in Psychologie geschult werden. Davon abgesehen kann ich mir nicht vorstellen, dass man einen Menschen deswegen einfach so in eine Zelle stecken kann. Immerhin hat Marino niemanden wirklich etwas getan. Wir müssen uns besser informieren. Sag mal, hast du nicht einen Computer? Im Internet steht doch alles Mögliche."

Sören schien von ihrer Idee nicht sehr angetan zu sein. Er murmelte, sein Computer funktioniere zurzeit nicht richtig. Für Isabell klang es nach einer fadenscheinigen Ausrede. Vielleicht las sie auch nur etwas zwischen den Zeilen, das da gar nicht stand. Immerhin war sie ziemlich angespannt und reichlich durcheinander. Da konnte man sich schon mal seltsame Dinge einbilden.

„Am besten, du legst dich erst mal hin und schläfst etwas. Der Tag heute war anstrengend für dich. Und morgen wird es auch nicht leichter. Wenn du möchtest, bleibe ich heute Nacht gern bei dir und pass auf dich auf." Er hatte die Hand auf ihre Schulter gelegt und schaute ihr tief in die Augen. Sein Blick bettelte förmlich um ihre Zustimmung.

„Warum willst du auf mich aufpassen? Der Verbrecher sitzt doch längst hinter Schloss und Riegel. Also habe ich gar nichts zu befürchten." Isabell nahm einen großen Schluck aus ihrem Weinglas. Sie glaubte nicht, dass sie Sören heute Nacht bei sich haben wollte. Er schien viel zu glücklich über Marinos Schicksal zu sein, und sie wusste nicht, ob sie damit umgehen konnte.

„Ich meinte es ja auch nicht so", lenkte Sören ein, der sofort spürte, dass er etwas Falsches gesagt hatte. Sie konnte die Situation offensichtlich nur schwer verkraften. „Aber vielleicht brauchst du jemanden, der dich ein bisschen von deinem Kummer ablenkt und dich warm hält diese Nacht."

„Und du meinst, du bist die richtige Person dafür?" Sie schaute ihn zweifelnd an. Sicher war es schön, in den nächsten Stunden mit ihren quälenden Gedanken nicht allein bleiben zu müssen. Aber wirklich aussprechen konnte sie sich mit Sören nicht. Wie auch, wenn sich alles nur um seinen Rivalen drehte?

„Hey, ich weiß, was du denkst!" Er kniff sie freundschaftlich in die Wange. „Aber du liegst falsch. Du kannst ruhig von ihm reden. Ich werde auch keine dummen Bemerkungen fallen lassen, wie er hätte es verdient, im Gefängnis zu sitzen. Wenn es dir hilft, schwärme mir von ihm vor. Ich werde geduldig zuhören." Auch wenn es mir das Herz bricht, fügte er in Gedanken hinzu.

„Ehrlich?" Isabell war immer noch skeptisch. Sie verstand nicht ganz, woher sein plötzlicher Sinneswandel kam. Noch vor kurzem schien Sören in die Luft zu gehen, wenn er Marino nur sah oder seinen Namen hörte. Und jetzt tat er fast so, als spielte es keine Rolle mehr, dass sie den anderen liebte? Wenn das mal nicht verdächtig war.

„Wieso bist du auf einmal so verständnisvoll, wenn es um ihn geht?", wollte sie wissen.

„Hm, ich habe eingesehen, dass du einen Freund brauchst, und dass ich momentan nicht mehr für dich sein kann."

Das Wort „momentan" machte sie stutzig. Rechnete er sich womöglich doch noch Chancen aus?

„So plötzlich ist dir das klar geworden?", fragte sie.

Anstatt zu antworten, nickte er nur und versuchte, dem Thema gänzlich auszuweichen.

„Ich glaube, du bist gar nicht wirklich in der Stimmung, groß zu reden. Vielleicht solltest du auch nicht so viel grübeln. Das hält dich bloß unnötig wach, und du bist morgen an deinem ersten Arbeitstag nicht ausgeschlafen. Am besten gehst schon mal ins Bett. Ich räume ein wenig auf.“ Er nahm die leeren Weingläser in die Hand. „Danach komme ich und decke dich zu, bevor ich es mir auf der Couch gemütlich mache.“

„Ich bin aber kein kleines Kind mehr!“ Ihr Protest war die Reaktion darauf, dass sie sein Ablenkungsmanöver durchschaut hatte.

„Nein, ich wollte dich doch bloß etwas verwöhnen“, seufzte er frustriert. Sie reagierte kein Stück so, wie er sich das erhofft hatte.

„Schon gut“, winkte sie ab. Sie merkte selbst, dass sie etwas Schlaf bitter nötig hatte. Plötzlich war sie viel zu müde, um sich mit Sören zu zanken. Sollte er doch hierbleiben, wenn er unbedingt wollte. Das war ihr mittlerweile auch egal.

„Im Couchkasten befindet sich eine Decke. Und das kannst du ebenfalls haben.“ Sie nahm ein Kissen von der Sofalehne und schleuderte es ihm regelrecht in den Schoß.

„Mensch, Isabell! Ich hätte beinahe die Gläser fallen gelassen“, rief er erschrocken. „Wenn du nicht ...“, begann er, überlegte es sich jedoch mitten im Satz anders. Wenn er ihr jetzt vorschlug zu gehen, falls sie das wünschte, würde sie ihn womöglich tatsächlich nach Hause schicken. Und das wollte er ganz und gar nicht.

Nachdem sie sich gewaschen hatte und in ihren Schlafanzug geschlüpft war, verkroch Isabell sich in ihrem Bett und zog die Decke über den Kopf. So kam sie Sören zuvor. Denn sie hatte wirklich keine Lust, sich wie ein Kleinkind behandeln zu lassen, selbst wenn es noch so lieb von ihm gemeint war.

Sie schloss die Augen. Obwohl die Gedanken zunächst wild in ihrem Kopf herumfegten, schaffte sie es irgendwann doch, ins Schlummerland zu wandern. Sie wusste nicht, wie viel Zeit sie dort verbracht hatte, doch plötzlich wurde sie durch das leichte Beben des Bettes wach. In ihrem schlaftrunkenen Zustand nahm sie nur vage war, wie sich ein warmer Körper fest an sie drückte.

„Hm, was ist denn los?“, murmelte sie, ohne die Augen zu öffnen.

„Pssst. Alles in Ordnung", flüsterte eine sanfte Stimme in ihr Ohr. „Aber auf dem Sofa ist es für mich zu kalt. So ist es viel gemütlicher für uns beide."

„Sören?" Isabell erkannte, wer sich zu ihr ins Bett geschmuggelt hatte, war aber viel zu müde, um ihn wieder hinauszuwerfen. Außerdem hatte er Recht: Es *war* gemütlicher, von ihm anstatt von der Decke umhüllt zu werden.

Um fünf schrillte der Wecker und weckte sie auf die unsanfte Art. Doch nicht nur der laute Ton erschreckte Isabell, sondern auch, dass sich Sören wie ein Liebhaber von hinten um sie geschlungen hatte. Und das ausgerechnet in Marinos Bett! Eigentlich hätte sie Sörens Verhalten wütend machen sollen, aber der größte Schock für sie war, wie sie sich dabei ertappte, dass es ihr alles andere als unangenehm war.

Es war nun schon das zweite Mal, dass sie in seinen Armen erwachte, und wieder spürte sie diese Geborgenheit und Zufriedenheit. Sie hätte fast behauptet, es fühle sich irgendwie ‚richtig' an. Verdammt! Was war nur mit ihr los? Sie gehörte doch zu Marino, oder etwa nicht? Warum nur löste dann Sören solche seltsamen Empfindungen in ihr aus? Was war er für sie? Mochte sie ihn wirklich als Partner, oder suchte sie nur Trost, weil sie so enttäuscht von Marino war? Sie hoffte, dass Letzteres der Fall war, denn sie wollte nicht in die Zwickmühle zwischen zwei Männern geraten. Angesichts ihrer Schwierigkeit, Entscheidungen zu treffen, käme sonst ein großes Problem auf sie zu.

„Einen wunderschönen guten Morgen, Süße. Ich hoffe, du hast gut geschlafen." Sören grinste bis über beide Ohren und vergrub seine Nase in ihrem Hals. Er schien auch kein schlechtes Gewissen zu haben, dass seine Hand verdächtig nah an ihrer Brust lag. Doch Isabell tat auch nichts, um das zu ändern.

„Was machst du hier? Wolltest du nicht auf dem Sofa übernachten?", fragte sie nur.

„Es war dort zu kalt und zu weit weg von dir. Ich hätte da gar nichts für dich tun können. Dann habe ich dich im Schlaf laut reden hören, und ich hatte auf einmal Angst, dass du einen Alptraum haben könntest und ich wäre nicht da, um dich aus ihm zu wecken."

„So? Was habe ich denn erzählt?" Isabell bekam einen roten Kopf und drehte sich um. Hoffentlich war es nichts Peinliches gewesen.

„Ach, das habe ich leider nicht verstanden." Sein verschmitztes Lächeln verriet jedoch, dass das nicht ganz stimmen konnte.

„Ich sollte mich fertig machen, sonst komme ich zu spät." Isabell wand sich aus seinen Armen und stand auf. Sie spürte, dass ihr Gesicht bereits die Farbe einer überreifen Tomate angenommen hatte. Bevor es noch schlimmer werden konnte, musste sie von diesem Thema ablenken.

Sören ließ sie auch sofort in Frieden, um sie nicht zu verlegen oder gar nervös zu machen. Schließlich hatte sie einen aufregenden Tag vor sich.

Nach einem kargen Frühstück mit Kaffee und Käseknäckebrot fuhr Sören sie zum Behindertenwohnheim.

„Ich weiß, es ist albern, aber ich bin total nervös." Sie traute sich plötzlich kaum, aus dem Auto auszusteigen, als sie an ihrem Ziel angelangt waren.

„Ach, du brauchst dir doch keine Sorgen zu machen." Sören klopfte ihr aufmunternd auf die Schulter. „Es kann ja nicht viel schiefgehen beim Zugucken." Obwohl er wusste, dass das nicht unbedingt stimmte, wählte er diese Worte, um sie zu beruhigen. Aber es funktionierte nicht, da sie seine Gedanken teilte.

„Sag das nicht. Sie werden schon irgendwelche Fragen stellen. Außerdem macht es keinen guten Eindruck, nur stumm hinter den Kollegen herzudackeln. Man muss sich schon selbst ein bisschen einbringen, damit sie wissen, dass sie mit mir die richtige Entscheidung getroffen haben. Ich habe zwar schon eine Zusage erhalten, aber noch keinen Arbeitsvertrag unterschrieben. Sie könnten es sich rein theoretisch noch mal überlegen."

„Ach wo, doch nicht bei deinen Fähigkeiten."

Isabell wollte im ersten Moment protestieren, dass er gar nicht wisse, ob sie ihren Beruf beherrsche, entschied sich dann aber dagegen. Sie würde sich damit nur selbst aufregen und ihn vielleicht auch noch. Das konnte sie nun wirklich nicht gebrauchen.

„Du schaffst das schon. Ruhig Blut." Er küsste sie auf die Wange, bevor er ausstieg, um das Auto lief und ihr die Tür aufhielt. Er war eben der perfekte Gentleman und in manchen Dingen so anders als Marino. Aber daran wollte sie jetzt gar nicht denken.

Wie sich herausstellte, war ihre Angst völlig unbegründet. Frau Küster begrüßte sie sehr herzlich und benahm sich ganz anders als bei ihrem ersten Zusammentreffen. Offensichtlich freute sie sich wirklich, Isabell als neue Mitarbeiterin zu bekommen.

Nachdem sich auch die Erzieherinnen vorgestellt hatten, die sehr nett zu sein schienen, ging Isabell mit einer Kollegin von Zimmer zu Zimmer, um die Bewohner zu wecken.

Eine halbe Stunde später trafen sich alle bis auf die Heimleiterin in der großen Gemeinschaftsküche, wo bereits der frisch gebrühte Kaffee wartete. Hier hatte Isabell Gelegenheit, die Heimbewohner kurz kennen zu lernen. Es war eine lustige Truppe, die trotz der frühen Stunde schon gut drauf war.

Bis auf einen skeptisch aussehenden jungen Mann waren sie hellauf begeistert, eine neue Betreuerin zu bekommen. Jeder wollte Isabell gleich etwas von sich erzählen, bis sie den schnatternden Haufen lachend unterbrach.

„Wenn ihr alle durcheinander redet, verstehe ich nur Bahnhof." Ihr Ausruf war für ein kleines Grüppchen das Stichwort, um ‚Tut, tut, tut, die Eisenbahn' zu singen.

„Na, hier ist was los", lächelte Isabell. Sie war glücklich, weil sie sich schon richtig dazugehörig fühlte.

„Ja, so geht es bei uns fast jeden Morgen zu", bestätigte die Kollegin. „Nach dem Aufstehen treffen wir uns hier zum Kaffeetrinken. Um sieben Uhr kommt der Bus und bringt die Bewohner in die Behindertenwerkstatt, wo sie ihren Arbeitsplatz haben. Kurz nach 14 Uhr kehren sie dann zurück. Daher haben wir meistens Spätschicht. Aber diese Woche ist Frau Küster mit der Frühschicht dran. Außerdem haben wir momentan viele Urlauber, die den Tag im Heim verbringen. Deshalb sollten Sie wohl ebenfalls früh anfangen. Doch ich denke, das wird Ihnen nachher Frau Küster noch ausführlich erzählen."

„Okay. Aber wieso schicken Sie die Leute denn nur mit Kaffee zur Arbeit? Ist das nicht ein bisschen hart? Sie sollten wenigstens eine Kleinigkeit essen." Isabell fand das in der Tat sonderbar. Die Heimbetreuung schien doch ansonsten sehr fürsorglich zu sein.

„Aber wir nehmen ja unsere Brote mit in die Werkstatt. Und da essen wir!“, rief Steffi aufgeregt, die gerade in die Küche gekommen war und den letzten Satz mit angehört hatte.

„Na, hat es unser Reinlichkeitslieschen auch endlich aus dem Badezimmer geschafft?“, brummte der mürrisch dreinblickende Junge, der als Einziger noch nicht seinen Namen genannt hatte. „Du bist immer zu spät.“

„Dafür rieche ich besser als du“, konterte die Gescholtene. Aber auch darauf hatte er die passende Antwort.

„Und weil du immer so lange unter der Dusche stehst, ist deine Haut ganz schrumpelig. Du siehst aus wie 'ne Oma!“

Ein Teil der Gruppe kicherte laut über diese Bemerkung, sodass eine weitere Erzieherin entschied einzugreifen.

„Nun lasst doch die arme Steffi in Ruhe! Holger, das war auch nicht sehr nett. Ich verstehe nicht, warum du sie ständig ärgern musst. Dein Benehmen hinterlässt keinen guten Eindruck auf unsere neue Betreuerin.“

„Pff“, machte Holger und brachte so zum Ausdruck, dass es ihn nicht die Bohne scherte, was Isabell von ihm hielt.

„Hey Isabell! Ich bin so froh, dass du doch zu uns gekommen bist!“ Steffi, deren Augen gerade noch verdächtig feucht geglänzt hatten, strahlte plötzlich über das ganze Gesicht. Dann fiel sie Isabell um den Hals und drückte sie fest.

„Toll, jetzt will sie sich wieder beliebt machen“, knurrte Holger und rührte missmutig in seiner Kaffeetasse. Als ihn Steffi jedoch komplett ignorierte und auf seine Stänkereien nicht einging, glaubte Isabell etwas anderes in seinen Augen zu erkennen. Sie würde ihn weiter beobachten müssen, um herauszufinden, ob sie Recht hatte.

Dazu bekam sie bereits kurz darauf Gelegenheit. Im Korridor, wo sich die Bewohner ankleideten, um danach vor dem Gebäudeeingang auf den Bus zu warten, ließ Isabell den jungen Mann nicht aus den Augen. Dieser wiederum hatte nur Steffi im Visier. Das Mädchen schäkerte mit zwei anderen Herren, die ihm lachend in die enge Jacke halfen.

Holger stand etwas abseits und schaute so aus, als würde er entweder gleich anfangen zu weinen oder in die Luft gehen. Isabells Verdacht bestätigte sich.

„Hey." Sie versuchte, ganz unauffällig mit ihm zu reden, sodass die anderen aus der Gruppe nichts von ihrem Gespräch mitbekamen.

Er rümpfte die Nase und tat so, als wäre er nicht angesprochen worden. Doch sie ließ sich nicht beirren.

„Wenn Sie sie mögen, sollten Sie ihr das auf eine andere Weise zeigen. Frauen können es nicht ertragen, beleidigt und verletzt zu werden. So können Sie ihr Herz nicht gewinnen."

„Wer sagt denn, dass ich sie mag?" Jetzt endlich hatte sie seine volle Aufmerksamkeit. Sie konnte regelrecht erkennen, wie er die Ohren spitzte.

„Weil dieses Spiel schon uralt ist. Man versucht, die Aufmerksamkeit von seinem Schwarm auf sich zu ziehen, indem man ihn ärgert. Nur erreicht man in den meisten Fällen damit, dass die Person, die man mag, einen dann gar nicht mehr leiden kann. Wollen Sie, dass Steffi Sie überhaupt nicht mag?"

„Ist mir doch egal", fauchte er, doch seine Augen sprachen eine andere Sprache. Diese killten die beiden Männer regelrecht, die mit Steffi flirteten.

„Machen Sie ihr doch mal ein Kompliment. Erzählen Sie ihr, wie hübsch sie aussieht", fuhr Isabell fort, als hätte er nichts gesagt. „Und schenken Sie ihr Blumen. Wer weiß, vielleicht können Sie beide dann irgendwann mal gemeinsam duschen."

Ihr letzter Satz entlockte ihm ein Kichern.

„Ich glaube es nicht. Ist das ein Lachen?" Frau Küster, die gerade aus ihrem Büro getreten war, schaute ihn beinahe fassungslos an.

Kaum hatte sie es ausgesprochen, zogen sich seine Mundwinkel sofort wieder nach unten. Ein finsterer Ausdruck trat auf sein Gesicht, bevor er mit den Schultern zuckte, als sei nichts gewesen, und aus dem Haus ging.

„Wie haben Sie das geschafft?", flüsterte die Heimleiterin, noch sichtlich erstaunt, an Isabells Seite.

„Was meinen Sie?" Isabell wusste wirklich nicht, auf was die ältere Frau hinaus wollte.

„Holger. Er lacht sehr selten. Eigentlich so gut wie gar nicht. Meine Kolleginnen und ich haben schon so oft versucht, ein Lächeln auf seine Lippen zu zaubern, aber das ist uns in den seltensten Fällen gelungen. Und selbst da mussten wir uns mächtig ins Zeug legen, glauben Sie mir. Und Sie sind kaum eine Stunde bei uns, und schon lacht er. Also, ich bin neugierig. Was haben Sie ihm erzählt?"

„Hm." Isabell grübelte. Sie hatte Angst, Holgers Vertrauen gleich wieder zu verlieren, wenn sie jedem auf die Nase band, dass er in Steffi verliebt war und es irgendwann einmal herausfinden sollte. „Sagen wir so: Ich habe etwas entdeckt. Wenn man neu ist, hat es vielleicht den Vorteil, dass man nicht betriebsblind ist und Dinge sieht, die bisher noch niemanden aufgefallen sind. Allerdings würde ich es vorziehen, erst einmal nichts zu sagen, weil ich nicht denke, es wäre ihm recht, wenn ich es überall herumposaune. Das verstehen Sie doch?"

„Aber natürlich." Frau Küster nickte ihr freundlich zu. „Im Übrigen können Sie unsere Bewohner mit Du ansprechen. Das soll nicht respektlos gegenüber ihnen sein, aber es klingt familiärer. Die meisten kennen es ohnehin nicht anders und fühlen sich komisch, wenn man sie siezt. Aber nun kommen Sie in mein Büro. Ich denke, Sie haben sich ihren Arbeitsvertrag verdient."

Isabell erhielt einen ordentlichen Vertrag. Zwar würde sie nur eine 30-Stunden-Woche haben, aber mit ihrem Gehalt würde sie trotzdem recht gut leben können. Wenn sie die Probezeit von sechs Monaten überstand, würde sie außerdem fast sicher einen Job bis ins Rentenalter haben. Das war eine Stabilität in ihrem Leben, nach der sie sich sehnte.

Nach einer ausführlichen Unterhaltung mit der Leiterin über die Arbeitsbedingungen und ihr zukünftiges Aufgabenfeld kümmerte sich Isabell mit um die jungen Erwachsenen, die heute nicht in der Werkstatt waren. Zum Mittag bereitete sie Spinat und Ei zu, und während es sich die Heimbewohner schmecken ließen, endete ihr erster Arbeitstag bereits.

Leider hatte Sören heute Spätschicht, sodass er sie nicht abholen konnte. Sie fand das erst ein bisschen schade. Sie hätte ihm gern erzählt, dass er Recht gehabt hatte und sie sich keine Sorgen hätte machen müssen. Sie hatte alles sehr gut überstanden. Aber dann dachte sie, es war wohl besser so, dass sie sich nicht mit ihm traf. Nun konnte sie gleich am Polizeirevier vorbeigehen. Immerhin sollte Marino in etwa einer halben Stunde entlassen werden. Dies hatte man ihr am Vortag jedenfalls zugesichert, falls er sich die Nacht über benommen hatte.

Auf ihrem Fußmarsch kam sie an einem Taxistand vorbei und entschied, sich zur Wache fahren zu lassen. Da sie jetzt einen Job hatte, konnte sie diesen kleinen Luxus einmal genießen. Außerdem konnte sie so sicher sein, dass sie rechtzeitig da war. Wer wusste, ob Marino auf sie wartete, wenn er dachte, sie käme nicht? Nun aber erreichte sie das Revier bereits nach wenigen Minuten.

Nachdem sie den Taxifahrer bezahlt hatte, trat sie auf das große grüne Gebäude zu. Ein Polizist, der sich vor dem Eingang eine Zigarettenpause gönnte, nickte ihr höflich zu.

Am Empfangsschalter saß ein korpulenter Beamter, der sich gerade mit einer aufgeregten Punkerin herumstritt.

„Mein Gott, wie oft soll ich Ihnen denn noch sagen, dass Sie Ihren Hund nicht ohne Beißkorb und Leine in der Fußgängerzone herumlaufen lassen dürfen, wenn sich Passanten durch ihn bedroht fühlen? Immerhin fällt diese Rasse in die Kategorie Kampfhunde!", dröhnte der dicke Polizist entnervt.

„Die Leute spinnen doch! Ronnie ist total lieb. Er rennt nur auf andere Menschen zu, weil er sie begrüßen will. Er hat noch nie zugebissen. Und jetzt will ich ihn abholen", antwortete die junge Frau mit den bunt gefärbten Haaren in denselben Ton wie ihr Gegenüber.

„Aber doch nicht hier! Denken Sie wirklich, er sitzt in einer unserer Zellen?"

„Nun werden Sie mal nicht komisch! Ich weiß, dass er im Tierheim ist. Aber sie rücken ihn ja nicht raus!"

„Da kann ich auch nichts tun. Dafür ist die Polizei nicht zuständig. Sie müssen sich an das Ordnungsamt wenden."

„Aber die Polizei hat ihn doch mitgenommen! Ihr müsst doch was zu sagen haben. Ich lass mich nicht von Amt zu Amt schicken. Ich bin doch nicht bescheuert. Ich will jetzt so einen Wisch haben, dass ich Ronnie aus dem Tierheim holen kann!" Das Mädchen in der abgewetzten Lederjacke schien nicht so schnell aufzugeben.

Isabell seufzte. Das konnte noch ein langes Gespräch werden. Wenn Marino einen anderen Ausgang nahm, würde sie ihn womöglich noch verpassen. Andererseits traute sie sich auch nicht, jetzt dort zu unterbrechen und nach ihm zu fragen. Wenn sie doch nicht immer so ein Feigling wäre. Was sollte sie jetzt nur tun?

Sie war schon fast am Verzweifeln, als ihr der nette Polizist vor der Tür einfiel. Bei ihm würde sie sich erkundigen, wo sie Marino abholen konnte.

In ihrer plötzlichen Hast stolperte sie draußen über ihre eigenen Füße. Um nicht der Länge nach hinzufallen, griff sie nach dem Erstbesten, was sie zu fassen bekam. Dummerweise war dies das Pistolenholster des netten Polizisten, der daraufhin selbstverständlich nicht mehr ganz so nett reagierte.

„Sie wollten meine Waffe stehlen. Sie wissen schon, dass ich Sie deswegen verhören muss?"

„Was? Das kann nicht Ihr Ernst sein? Das war ein Unfall. Ich wollte die Pistole gar nicht anfassen." Isabell traute ihren Ohren kaum. So viel Pech konnte ein einzelner Mensch gar nicht haben. Eine Panikattacke drohte sie zu übermannen. Das gab es doch gar nicht: Marino wurde entlassen, und sie wurde dafür eingesperrt!

„Sie können mir beim Verhör beweisen, dass es kein Vorsatz, sondern ein Unfall war." Der Beamte schien sich erst nicht von ihren Tränen beeindrucken zu lassen. „Keine Angst, Sie sind nicht gleich verhaftet, auch wenn es sich nicht herausstellt, dass es unabsichtlich war."

Gerade als sie dachte, dass es nicht mehr schlimmer kommen konnte, wurde ein regelrechter Alptraum war. Aus der Tür des Polizeireviers waren Regina und Peter Klosser getreten, und so wie sie schauten, hatten sie den letzten Satz mit angehört.

Oh Gott, ihr blieb auch nichts erspart. Jetzt würde Regina noch überzeugter davon sein, dass Isabell ihr Geld gestohlen hatte. Vielleicht würde Regina ihre Anschuldigungen auch wiederholen. Dann würde der Beamte erst recht glauben, dass Isabell eine Verbrecherin war, und es wäre fast aussichtslos, dass sie heute nach Hause kam.

Das war einfach zu viel für ihre sensible Seele. Mit einem Mal wurde es ihr schwindlig, und dann sackte sie in sich zusammen.

10. Kapitel

„Geht's wieder?" Sie glaubte zu träumen, als sie die Augen aufschlug und direkt in Marinos besorgtes Gesicht blickte. „Du hast mir vielleicht einen Schrecken eingejagt."

„Was machst du hier?"

„Ich bin gerade entlassen worden. Erinnerst du dich daran, dass man mich heute wieder freilassen wollte?"

Isabells Magen krampfte sich bei seinen Worten zusammen. Sie konnte nur erahnen, was Regina und Peter darüber dachten, dass auch noch ihr Freund aus dem Gefängnis kam. Und sie wünschte sich fast, dass sie sich nicht mehr erinnern konnte. Aber leider war für sie wieder alles glasklar. So wartete sie auf das Donnerwetter, das mit Sicherheit gleich kommen würde.

„Sollen wir Ihnen einen Arzt schicken?", fragte der Polizist. Auch er schien über ihren Zusammenbruch ziemlich erschrocken zu sein.

„Nein, ich glaube, das ist nicht nötig. Es geht wieder." Isabell begann, ihre Schläfen mit den Zeigefingern zu massieren, da sie trotz ihrer Behauptung Kopfschmerzen bekam.

„Bin ich nun verhaftet?", flüsterte sie zaghaft.

„Na." Der Beamte winkte ab. „Ich habe Ihnen ja schon gesagt, dass wir Sie nicht gleich ins Gefängnis stecken. Ich denke, wir können in dem Falle hier auch Gnade vor Recht ergehen lassen. Es ist ja nichts weiter passiert. Und mittlerweile glaube ich doch, dass es nur ein dummer Unfall war. Vergessen wir das Ganze, und Sie gehen jetzt mit Ihren Freunden mit und erholen sich ein bisschen."

Freunde? Isabell hätte beinahe bitter aufgelacht. Regina und Sohn dürften wohl kaum noch zu ihren Freunden zählen.

„Meine Pause ist vorbei. Ich muss dann mal wieder", verabschiedete sich der Polizist. Bevor er ging, bot er Isabell noch an, ihr ein Glas Wasser zu holen, was sie jedoch ablehnte.

„Isabell ...", fing Regina an, kaum dass der Uniformierte verschwunden war.

„Lass es. Ich bin nicht in der Stimmung.", blockte Isabell ab. Sie stand immer noch auf wackligen Beinen und hielt sich an Marino fest, so als suchte sie bei ihm Schutz vor der älteren Frau. Das war jedoch nicht nötig.

„Ich möchte mich bei dir entschuldigen", sagte Regina zu Isabells Verblüffung.

„Wie bitte?", platzte sie heraus.

„Es ist wegen des Geldes. Ich weiß jetzt, dass du es nicht genommen hast."

Bei Reginas Worten starrte Peter auffällig intensiv auf seine Fußspitzen.

„Ich habe meinen Herrn Sohn dabei erwischt, wie er sich an meinem Portemonnaie zu schaffen machte. In meinem anschließenden Kreuzverhör gestand er mir schließlich auch, dass er damals meine Haushaltskasse an sich genommen hatte, als ich dich verdächtigte." Regina hatte Peter am Ohr gepackt und zog es immer länger, während sie sprach, bis er beinahe Mr. Spock Konkurrenz gemacht hätte.

„Warum hast du das getan, Junge?" Isabell war fassungslos. Damit hatte sie nun wirklich nicht gerechnet. Auch wenn sie wegen seines missglückten Annäherungsversuches keine richtigen Freunde mehr waren, blieb die Tatsache, dass sie ihn einmal das Leben gerettet hatte. Wie konnte er ihr da die Schuld für ein Verbrechen in die Schuhe schieben, das er begangen hatte?

„Das kann ich dir genau sagen", fuhr Regina fort. „Erinnerst du dich an den Kerl, der meinen Jungen vors Auto gestoßen hatte? Der hat ihm jetzt gedroht, es noch einmal zu tun, wenn er ihm kein Geld gäbe. Daher hat Peter keinen anderen Ausweg mehr gesehen, als sich an meiner Kasse zu vergreifen. Dabei wäre es viel schlauer gewesen, mir gleich alles zu erzählen, damit wir was unternehmen können." Regina gab ihrem Sohn einen Klaps auf den Hinterkopf. „Wir waren jetzt gerade auf der Wache, um Anzeige gegen den Erpresser zu erstatten. Ich hoffe, du kannst Peter verzeihen. Es war nur seine Angst, die ihn so handeln ließ. Auch wenn ich noch lange böse auf ihn sein werde, dass er dich für seine Tat hat büßen lassen. Und ich hoffe, du kannst mir ebenfalls vergeben. Ich fühle mich wirklich mies, dass ich so von dir denken konnte und dich so miserabel behandelt habe." Regina schaute sie bittend an.

Isabell zuckte mit den Schultern, als Zeichen dafür, dass sie etwas ratlos war. Sie wollte sich ja wieder mit Regina versöhnen, aber so ganz konnte sie nicht über ihren Schatten springen. Regina hatte sie zu sehr enttäuscht. Sie hatte keinen richtigen Beweis gehabt, und doch war sie davon überzeugt gewesen, dass Isabell die Diebin war. Das zeugte nur davon, dass Regina nicht viel von ihr hielt.

„Ich weiß, dass ich das nicht einfach so wieder gutmachen kann. Aber willst du nicht wieder bei mir einziehen? Oder hast du schon eine Bleibe?" Reginas prüfender Blick fiel auf Marino.

„Das traust du dir jetzt allen Ernstes zu fragen? Vorher hat es dich doch auch nicht interessiert, ob ich unter der Brücke schlafe!" Isabell war kurz davor zu explodieren. Lediglich ihre Kopfschmerzen hinderten sie daran. Sie musste sich beruhigen, bevor sich diese noch verstärkten.

„Ich lebe jetzt in einer eigenen Wohnung. Mit meinem Freund zusammen." Der letzte Satz war speziell an Peter adressiert, der das auch sofort merkte.

„Tut mir ja leid, wie ich mich benommen habe", murmelte er, den Kopf immer noch gesenkt. „Das war nur, weil der doofe Maik behauptet hat, ich würde nie die Frau kriegen, die ich will. Dann hat er mir noch so komisches Zeug zu trinken gegeben. Ich weiß auch nicht. Irgendwie hatte ich danach total miese Laune. Ich konnte das gar nicht mehr kontrollieren. Und weil ich mich in dich verknallt habe, Isabell ..." – Isabell stöhnte – „...wollte ich bei dir beweisen, dass ich doch jede Frau haben könnte, die ich will. Doch dann hast du dich gewehrt, und das hat mich noch wütender gemacht, weil der blöde Maik Recht hatte. Und das wollte ich nicht. Ist ja klar. Sorry noch mal."

Während sich seine Mutter sorgte, was wohl in dem Getränk gewesen war, das Mark ihrem Sohn verabreicht hatte, hatte Marino etwas ganz anderes im Kopf.

„Du hast aber viele Verehrer, Isabell." Es klang wie ein Vorwurf.

„Aber im Gegensatz zu dir gehe ich nicht gleich mit jedem eine Beziehung ein!", schnappte sie zurück.

„Wie meinst du das? Was soll das schon wieder? Ich habe es satt, dass du immer so komische Andeutungen machst."

„Oha, trouble in paradise", grinste Peter. Von Scham und schlechtem Gewissen war von einer

Sekunde zur anderen nichts mehr zu spüren. Ja, die Gemütsschwankungen der Jugend!

„Von wegen. Wir streiten uns nur ab und zu ein bisschen, damit wir uns später wieder versöhnen können." Isabell schmiegte sich fester an ihren Freund. Hoffentlich kapierte Peter, dass er keine Chance bei ihr hatte. So recht traute sie dem Frieden nämlich noch nicht.

Marino verstand nur Bahnhof. Was wollte Isabell bloß von ihm? Allerdings hatte er keine Lust, seine Beziehung mitten auf der Straße vor diesen Fremden zu diskutieren. Also machte er gute Miene zum bösen Spiel. Doch zu Hause würde er sie ausquetschen, bis er endlich wusste, wessen er beschuldigt wurde.

„Um Gottes Willen, was hast du da nur für ein Zeug getrunken, Peter? Ich lass dich nicht wieder auf so eine furchtbare Party gehen!" Regina war ganz grün im Gesicht geworden, so als hätte man *ihr* etwas ins Glas getan.

„Ach, das war vielleicht nur Schnaps oder so. Du weißt doch, dass ich das nicht vertrage", versuchte Peter sich herauszureden. Seine Mutter nahm ihm das nicht ganz ab, aber sie war froh, dass er zumindest zugab, keinen Alkohol zu vertragen. Hoffentlich stimmte wenigstens das.

„Du solltest trotzdem vorsichtig sein." Isabell konnte den Mund nicht halten. „Du solltest weder Sachen trinken, die du nicht kennst, noch deine Getränke unbeaufsichtigt herumstehen lassen, wenn du auf solchen Feiern bist. Mir ist es in einer Disko mal passiert, dass ich mein Colaglas stehen ließ, während ich tanzen ging. Als ich später nach Hause fuhr, habe ich die komischsten Gestalten aus dem Wald springen gesehen. Es war wie im Gruselfilm. Einfach furchtbar. Ich weiß heute noch nicht, was für Drogen man mir da in die Cola geschüttet hat und wie ich es heil nach Hause geschafft habe." Isabells Predigt wirkte etwas belehrend. Aber was sollte sie machen? Sie war nun mal Erzieherin mit Leib und Seele.

Doch außer bei Regina, die es schaffte, noch grüner im Gesicht zu werden, hinterließ dieser Erlebnisbericht bei niemandem großen Eindruck. Peter rollte die Augen, und Marino ergriff Isabells Hand, um sie ein Stückchen mit sich zu ziehen.

„So, genug gelabert. Lass uns endlich nach Hause gehen. Ich kriege langsam den Eindruck, du freust dich überhaupt nicht, dass ich entlassen worden bin", beschwerte er sich.

„Ja, Isabell, geh ruhig", pflichtete Regina ihm bei. „Aber bitte melde ich wieder bei mir. Meine

Telefonnummer hast du ja. Ich würde dich gern zum Kaffee einladen. Wir müssen unbedingt miteinander reden. Bitte!" Ihr Blick war so verzweifelt, dass Isabell es nicht übers Herz brachte, ihr eine Abfuhr zu erteilen.

„Ja, und ich glaube, wir müssen auch mal miteinander quatschen", rief Peter zu Isabells großem Erstaunen. Das hatte sie nun nach allem, was passiert war, nicht mehr erwartet. Vielleicht sollte sie sich nicht mehr über so viele Dinge wundern. Das Leben hielt manchmal seltsame Überraschungen parat.

„Ich rufe an", murmelte sie, da ihr nichts weiter einfiel und sie plötzlich tatsächlich aus der Reichweite der Klossers gelangen wollte.

„Wie ist es dir im Gefängnis ergangen?", fragte sie Marino, als sie wieder mit ihm allein war.

„Was für eine blöde Frage ist das denn? Wie soll es dort schon gewesen sein? Wie im Urlaubsparadies selbstverständlich!", blaffte er.

Isabell drehte sich erschrocken zur Seite und versuchte das Gefühl zu unterdrücken, gleich weinen zu müssen. Manchmal war es kein Wunder, dass sie so häufig an Sören dachte. Der Mann behandelte sie ganz anders und verletzte sie nicht so oft. Bei Marino dagegen schien es mittlerweile ein Dauerzustand zu sein. Konnte sie wirklich mit so einem Choleriker glücklich werden?

„Tut mir leid, ich wollte nicht gleich explodieren. Es war halt eine schreckliche Nacht." Marino merkte sofort, was er angerichtet hatte und hätte sich dafür am liebsten selbst in den Hintern getreten. Es war nur ein Zeichen mehr, dass der Entschluss richtig war, den er in seiner Zelle gefasst hatte.

„Ich werde dir nicht mehr wehtun. Ich werde mich ändern", versprach er und hoffte, seine Freundin damit zu beruhigen. Doch sie wollte davon nichts hören. Es machte sie nicht glücklich. Im Gegenteil. Die plötzliche Wut in ihrem Bauch vertrieb die Traurigkeit, die sie noch kurz zuvor verspürt hatte.

„Ach komm, wie oft hast du das schon behauptet! Glaubst du wirklich, ich falle noch einmal darauf herein?", fuhr sie ihn an.

„Aber diesmal ist es anders."

„Hach! Ich fange gleich an zu lachen. Was soll da schon anders sein? Hast du dir einen Jahresvorrat an Beruhigungspillen aus der Gefängnisapotheke besorgt?"

„Na ja fast. Ich habe mich entschlossen, eine Therapie zu machen."

„Wie? Im Ernst?" Isabell guckte dumm aus der Wäsche, bevor sie sich daran erinnerte, dass sie sich nicht mehr so oft wundern wollte. Manchmal wurde es ihr das allerdings verdammt schwer gemacht.

„Ja, in dieser Nacht ist mir klar geworden, dass es so nicht weitergeht. Ich habe meine Anfälle einfach nicht mehr unter Kontrolle und bringe mich und andere nur in Schwierigkeiten. Ich habe einfach Angst, dass ich mal zu weit gehe und für Jahre hinter Gittern lande. Mir hat schon die eine Nacht gereicht. Ich könnte das nie so lange aushalten. Also muss ich etwas tun, bevor es zu spät ist. Außerdem ist es bestimmt auch für dich nicht leicht, mit meinen Ausbrüchen zurechtzukommen, oder? Jedenfalls hat mir der Psychologe im Gefängnis einen Prospekt mitgegeben, den ich schon gelesen habe. Scheint ziemlich hilfreich zu sein."

„Das ist äußerst vernünftig von dir." Isabell musste gegen ihren Willen schmunzeln. Dieser Mann schaffte es immer wieder, die verschiedensten Emotionen in ihr wachzurufen. Wenn er die Therapie erfolgreich hinter sich brachte, konnte das Leben mit ihm sehr schön, aber auch spannend werden. Nur leider war da noch seine Affäre mit Katrin. Diesen Betrug konnte Isabell nicht einfach so übersehen. Sie wollte den Mann an ihrer Seite wirklich nicht teilen müssen. Das war ein Grund mehr, weshalb sie sich Sören nicht völlig aus dem Kopf schlagen konnte. Er war wenigstens noch frei und würde ganz für sie da sein. Auch wenn sie ihn nicht liebte, konnte sie hoffen, dass dieses Gefühl mit der Zeit kommen würde. Attraktiv genug fand sie ihn zumindest schon.

„Was grübelst du denn wieder, Süße, hm?," murmelte Marino zärtlich und küsste ihr Haar.

Verdammt! Musste er immer gerade dann so liebevoll werden, wenn sie mit den Gedanken spielte, sich von ihm zu trennen? Konnte er womöglich doch in ihr Innerstes sehen? Ahnte er, dass sie Zweifel an ihm hatte? Zweifel, die er beseitigen musste, um sie nicht zu verlieren?

„Na, nun sag schon, was geht in deinem hübschen Köpfchen vor?" Sein heißer Atem streifte ihr

Ohr, und sie konnte ein Stöhnen nicht unterdrücken.

„Ich habe übrigens einen neuen Job", versuchte sie abzulenken, bevor sie schwach werden würde und sie hier vor ihrer Haustür zur Unterhaltung der Nachbarn beitrugen.

„Das ist ja wunderbar!" Er freute sich aufrichtig für sie und hob sie hoch, um sie im Kreis zu drehen. Nun bekamen die Nachbarn doch noch etwas zu sehen.

Der Nachmittag schien besonders ruhig zu werden. Dennoch empfand Isabell diese Stille als trügerisch. Etwas Unheimliches lag in der Luft, aber sie konnte es nicht greifen.

Sie schüttelte den Kopf. Sie würde doch nicht schon paranoid werden. Stattdessen versuchte sie sich zu sammeln und auf ihre Arbeit vorzubereiten, indem sie überlegte, wie sie die behinderten Urlauber morgen beschäftigen konnte.

Marino war losgegangen, um Sekt und Knabbereien zu besorgen. Er fand, dass der heutige Tag einfach zum Feiern war. Immerhin war es ihm gelungen, bereits für den nächsten Monat einen Termin für die erste Therapiesitzung zu ergattern. Und mit dem Gehalt, das Isabell jetzt verdiente, konnten sie bald neue Möbel kaufen.

Sie musste schmunzeln, als sie daran zurückdachte, welche Wohnideen er vorgeschlagen hatte. Wenn es nach ihm ginge, hätten sie bald eine Menge bunter Möbel und Staubfänger herumstehen. Und da sollte noch mal jemand behaupten, *sie* sei kitschig veranlagt.

Vielleicht könnte sie diese Überlegungen gleich nutzen, um mit ihren Schützlingen auf Arbeit eine Unterhaltung zu beginnen. Sie war jetzt schon gespannt, was diese sich für die Einrichtung ihrer Zimmer einfallen lassen würden. Und wenn sie dann noch einige Träume verwirklichen könnten, hätten die Heimbewohner eine Freude mehr.

Gerade als sie es sich bei leiser Musik aus dem Radio gemütlich gemacht hatte, klingelte es an der Tür.

Isabell öffnete. Im ersten Moment glaubte sie, an Wahnvorstellungen zu leiden. Entweder das oder ein Besuch beim Optiker war fällig.

„Ich muss mit Rino sprechen!" Katrin schubste sie zur Seite und rauschte in den Flur, als hätte sie
jedes Recht dazu.

„Er ist nicht da", flüsterte Isabell, die viel zu erschrocken war, um sich aufregen zu können.

Nachdem Katrin durch die ganze Wohnung gerannt war und in sämtliche Zimmer geschaut hatte,
glaubte sie, dass Isabell allein war.

„Was wollen Sie von ihm?", brachte Isabell schließlich heraus, als die Empörung über den
anfänglichen Schock gesiegt hatte.

Katrin hatte sich inzwischen wie selbstverständlich auf die Wohnzimmercouch gelümmelt und
machte nicht den Eindruck, als ob sie demnächst wieder gehen wollte.

„Was erlauben Sie sich eigentlich? Das ist meine Wohnung!" Erbost stemmte Isabell die Hände
in die Hüften.

„Ja, so sieht's auch aus." Die Blondine ließ ihren missbilligenden Blick über die nicht
vorhandene Wohnungseinrichtung schweifen.

Isabell hielt es für klüger, gar nicht darauf einzugehen. Schließlich wollte sie ihren ungebetenen
Gast so schnell wie möglich loswerden und keine Grundsatzdiskussion über ihren derzeitigen
Lebensstandard anfangen.

„Gehen Sie bitte. Wie sie gesehen haben, ist Marino wirklich nicht da", versuchte sie es zunächst
auf die nette Art, was ihr sichtlich schwerfiel.

„Dann warte ich halt auf Rino."

Nun musste Isabell sich zusammenreißen, um ihre Konkurrentin nicht am Schlafittchen zu
packen.

„Das werden Sie nicht tun, jedenfalls nicht hier! Und hören Sie auf, meinen Freund „Rino" zu
nennen! Das klingt wie der Kosename für ein Flußpferd!"

„Interessant, dass du ihn mit einem Flußpferd vergleichst." Katrin fing an zu lachen. Doch die

Kälte in ihren Augen zeigte, dass kein Humor darin lag.

„Hör mal zu, Schätzchen." Als das Lachen verstummte, wurde ihre Stimme noch eine Spur frostiger. „Ich weiß nicht, wie du es geschafft hast, Marino dazu zu bringen, mit dir zusammenzuziehen. Aber was auch immer du gemacht hast, seine wahre Liebe bist du nicht! Denn das, meine Gute, bin nämlich ich!"

„Eine billige Affäre sind Sie, weiter nichts!" Nun verlor Isabell doch die Beherrschung. Am liebsten hätte sie diese unverschämte Person mitsamt der Couch zur Tür hinausgeschoben.

„Oh, ich denke, ich bin mehr als das." Die Blondine fing erneut an zu lachen. „Er wird mich heiraten müssen. Ich bin schwanger von ihm."

„Das ist nicht wahr!" Isabell glaubte, den Boden unter den Füßen zu verlieren und krallte sich so fest an den Tisch, bis ihre Handknöchel weiß hervortraten. Wie konnte das Leben nur so ungerecht sein? Ausgerechnet jetzt, wo ihr Schwangerschaftstest negativ ausgefallen war, war der Test ihrer Rivalin positiv gewesen? Zugegeben, Isabell konnte sich nicht auf ihr Ergebnis verlassen, da sie den Test einige Tage zu früh gemacht hatte. Aber sie fühlte einfach, dass sie kein Kind erwartete. Sie verspürte kein Ziehen in den Brüsten und morgens war ihr nicht schlecht. Nicht die geringsten körperlichen und seelischen Veränderungen deuteten darauf hin, dass sie in anderen Umständen war.

„Ich muss jetzt gehen." Katrin verabschiedete sich nach einem Blick auf die Uhr so abrupt, dass Isabell das Gefühl beschlich, der ganze Auftritt war nur dazu gedacht, ihr eins auszuwischen. Vielleicht hatte die Blondine Marino gar nicht sehen wollen und darauf spekuliert, sie allein anzutreffen, um ihr das mit der Schwangerschaft unter die Nase reiben. Anders war Katrins überhasteter Aufbruch kaum zu erklären.

Falls sie wirklich vorgehabt hatte, Marino aus dem Weg zu gehen, war ihr das missglückt. Der Betreffende kam gerade zur Tür herein, als sie im Flur nach ihrer Jacke griff.

„Oh Katrin, du?" Er hielt unvermittelt inne und zerknitterte verwundert die Schachtel in seinen Händen, die Isabell irgendwie bekannt vorkam. „Was machst du hier? Wir haben uns doch erst vorhin im Supermarkt getroffen."

Also doch, dachte Isabell. Katrin hatte genau gewusst, dass sie allein zu Hause war.

„Wohnung. Ich meine, ich wollte die neue Wohnung anschauen, von der du mir vorgeschwärmt hast. Und ja, sie ist wirklich hübsch.“

So eine falsche Schlange. Isabell kochte innerlich.

„Tschüss, wir sehen uns später.“ Katrin spitzte die Lippen und war drauf und dran, Marino einen Kuss zu geben. Doch bevor es dazu kommen konnte, schob Isabell Katrin hinaus.

„Was war denn das für ein Auftritt?“ Marino schaute der Blondine hinterher, als sie die Treppen hinuntereilte. Dann schüttelte er den Kopf und schloss die Tür.

„Und nun zu dir.“ Er wandte sich Isabell zu. Seiner Verwunderung schien Ärger gewichen zu sein.

„Kannst du mir mal verraten, was das ist?“ Er schleuderte ihr die Schachtel entgegen.

Reflexartig fing sie sie auf. Der Schreck fuhr ihr durch die Glieder, als sie erkannte, dass es sich um die Verpackung ihres Schwangerschaftstestes handelte. Wie kam er nur in Marinos Hände? Lange musste sie auf eine Erklärung jedoch nicht warten.

„Mir ist unten die Tüte mit dem Sekt und den Naschereien aus der Hand gefallen. Die Flasche ist natürlich zerbrochen, und der Sekt hat die Pralinen aufgeweicht. Es war alles so matschig und klebrig, dass ich den ganzen Beutel gleich in den Müllcontainer werfen wollte. Da sah ich diese Schachtel aus einer rotgrün gestreiften Tüte herauslugen. Ich hatte gleich den Verdacht, dass es unser Müll sein könnte, denn solche Tüten hat nicht jeder. Darum habe ich mal nachgeguckt und die alten Socken von mir darin entdeckt, die du weggeworfen hattest. Also musst du auch diesen Schwangerschaftstest entsorgt haben. Da du mir nichts davon erzählt hast, nehme ich an, dass du mir das verheimlichen wolltest. Ich frage mich nur, warum? Bist du etwa schwanger?“

Er trat ganz dicht an sie heran. Dass er wirklich sauer war, konnte sie an der Verdunkelung seiner Augen erkennen. Doch den genauen Grund dafür konnte sie seinem Blick nicht entnehmen. War es, weil sie ein Geheimnis vor ihm gehabt hatte oder weil der Gedanke, Vater zu werden, ihn in Schrecken versetzte?

„Siehst du hier ein Pluszeichen?“ Mit zitternden Händen streckte sie ihm den benutzten

Teststreifen entgegen. Warum sie plötzlich Angst vor Marino hatte, konnte sie nicht mit Bestimmtheit sagen. Im Prinzip wusste sie, dass er ihr nie etwas antun würde.

„Nein, da ist nichts", brummte er, nachdem er den Streifen genauer betrachtet hatte. „Und was bedeutet das?"

„Der Test war negativ. Ich bin nicht schwanger. Na, bist du jetzt zufrieden?"

„Hm, nicht ganz. Ich hätte ja nichts gegen ein Kind. Ich frage mich nur, warum du mir das verschweigen wolltest. Ist es, weil auch dieser Sören als Vater hätte infrage kommen können?"

„Also, wenn du das von mir glaubst, hat unsere Beziehung vielleicht keinen Sinn mehr." Vor Enttäuschung traten ihr Tränen in die Augen. Wie konnte er nur so etwas von ihr denken? Gut, sie konnte nicht abstreiten, dass sie sich schon ein bisschen für den jungen Sozialpädagogen interessierte, aber sie hatte ihren Freund nie mit ihm betrogen. Höchstens in Gedanken vielleicht. Aber das zählte nun wirklich nicht.

„Ich weiß gar nicht, warum du dich so aufregst", sprach sie schließlich laut aus, was ihr gerade durch den Kopf schwirrte. „Für mich wäre Fremdgehen also nicht in Ordnung, doch für dich ist es das anscheinend schon? Ich habe nie mit Sören geschlafen. Aber du dagegen konntest ja deine Finger nicht von Katrin lassen!"

„Katrin? Was hat die damit zu tun?" Fragend zog er die Augenbrauen hoch.

„Ach, nun tu doch nicht so!", schnaubte Isabell entrüstet. „Ich weiß, dass sie von dir schwanger ist."

„Was? Hat sie dir das etwa erzählt? Dann müsste das ja per Windbestäubung passiert sein. Ich habe sie nie angerührt!" Er beteuerte, nichts von der Frau zu wollen, und seine Augen bettelten Isabell regelrecht an, ihm Glauben zu schenken. Aber konnte sie das wirklich? Sie wollte nichts lieber als das, aber die Fakten sprachen dagegen. Selbst wenn Katrin ihr mit der Schwangerschaft einen Bären aufgebunden hatte, blieb immer noch das, was Isabell mit eigenen Augen gesehen hatte. Die geheime Verabredung zwischen ihm und der Blondine im Café Rosenblatt ließ sich nicht verleugnen.

Und da war ja noch dieses seltsame Gespräch zwischen Marino und seinem Bruder. Isabell war sofort aufgefallen, dass da etwas nicht stimmte. Als ob es Luca nötig hätte, seine Ex-Freundin von Marino vergraulen zu lassen! Dennoch hatte Isabell den Eindruck gehabt, dass Luca irgendwie in seiner Schuld stand. Aber warum nur? Und wie lange ging die Affäre mit Katrin schon? Und weshalb hatte Marino dann auch noch behauptet, er müsse zum Arbeitsamt, als er sich mit ihr traf? Das war die dümmste Ausrede, die er finden konnte. Selbst ihm musste klar gewesen sein, dass Isabell ihm das nicht abkaufen würde, wo er doch einen Job hatte und gar kein Grund bestand, Arbeitslosengeld zu beantragen. Irgendwie passte das alles ganz und gar nicht zusammen!

„Glaubst du mir nun, dass zwischen Katrin und mir nichts ist?", hakte er nach, als ihm ihr Schweigen zu lange dauerte.

„Kein Wort! Du belügst mich doch ständig! Wie soll ich dir da noch was glauben? Ich bin sicher, dass du mich schon lange mit dieser Katrin hintergehst." Sie drehte ihm den Rücken zu.

„Wenn du jetzt abhaust, brauchst du nicht wieder zu kommen! Dann ist es endgültig aus zwischen uns."

Erschrocken blieb sie stehen. Sie hatte gar nicht vorgehabt zu gehen, zumindest nicht aus dem Haus. Sie hatte einfach nur das Zimmer wechseln wollen, um einen Streit mit ihm zu vermeiden. Aber vielleicht wäre gerade das verkehrt gewesen. Es war wohl Zeit für eine Aussprache, auch wenn diese wahrscheinlich sehr heftig werden würde.

„Jetzt rennst du wieder weg ohne eine Erklärung, genau wie damals! Das scheinst du immer so zu machen, wenn dir irgendetwas nicht in den Kram passt", beschuldigte er sie.

„Ja, ja, ich weiß. Das vor sechs Jahren war ein Fehler gewesen. Damals hatte ich keinen Grund gehabt, aber heute habe ich einen!", herrschte sie ihn an, und hätte sich am liebsten gleich auf die Zunge gebissen. Gott, vielleicht sollte sie mit ihm gemeinsam eine Therapie machen. Sie hatte sich ja selbst kaum unter Kontrolle.

„Toll! Fängst du schon wieder an, in Rätseln zu sprechen? Erfahre ich jetzt mal, wieso du damals so sang- und klanglos verschwunden bist und dich nicht wieder gemeldet hattest? Das hat mir nämlich das Herz gebrochen. Und ich habe keine Lust, das nochmal mitzumachen."

„Das tut mir ja auch leid. Es war alles wegen Adriana." Isabell wurde plötzlich ganz ruhig und schaute betreten zu Boden.

„Meine Schwester? Was hat die denn mit der ganzen Sache zu schaffen?“ Marino starrte sie an, als wäre ihr eine zweite Nase gewachsen.

Es war wie ein Befreiungsschlag für Isabell, und endlich erzählte sie ihm, was genau vor sechs Jahren geschehen war. Das hätte sie schon vor langer Zeit tun sollen, wurde ihr plötzlich klar.

„Ach so ist das. Da hast du mich schon mal falsch verdächtigt“, knurrte er, als sie ihren Bericht beendet hatte. „Was ich nur nicht ganz verstehe: Warum glaubst du mir jetzt nicht, wenn ich dir sage, dass ich dich nicht betrüge? Kannst du dir nicht vorstellen, dass du dich schon wieder irrst? An deiner Stelle wäre ich vorsichtig mit solchen Beschuldigungen.“

„Wie bitte?“ Isabell blieb für einen Moment die Luft weg. Sie hatte damit gerechnet, dass er erleichtert wäre, nun endlich erfahren zu haben, woran ihr Glück früher zerbrochen war, dass er vielleicht sogar Verständnis für ihr Verhalten hätte. Doch sie hatte nicht erwartet, dass er ihr Geständnis gegen sie verwenden würde, um sich selbst reinzuwaschen. Dabei war es ganz offensichtlich, dass er gelogen hatte. Warum tat er ihr das immer an? Und warum ließ sie sich das stets gefallen? Nein, jetzt war Schluss damit!

Trotz allem war sie froh, dass er ihr zumindest die Entscheidung leicht gemacht hatte. Sie würde Sören nun doch eine Chance geben. Der Mann war wenigsten verlässlich. Er würde sie nicht belügen und betrügen.

„Weißt du, du kannst mir an den Kopf werfen, was du willst“, sagte sie ganz ruhig, als sie ihre Sprache wiedergefunden hatte. „Aber ich habe dich und Katrin im ‚Rosenblatt‘ gesehen, als du angeblich beim Arbeitsamt warst.“

„Wie kommst du denn in *die* Gegend?“, war alles, was er dazu wissen wollte.

„Durch einen anonymen Brief. Irgendjemand wollte wohl, dass ich euch sehe.“ Isabell griff nach ihrer Handtasche, die an einem starken, langen Nagel im Flur hing. Da sie noch keine Kleiderhaken hatten, mussten sie improvisieren.

„Hier, lies selbst.“ Sie drückte ihm den zerknitterten Wisch in die Hand.

„Das ist eine ziemliche Sauklaue“, meinte er stirnrunzelnd, während er die Zeilen überflog. „Man kann nicht erkennen, wer das geschrieben hat. Aber die Zeichnung ...“ Plötzlich stockte er, und eine Gänsehaut kroch über seine Arme. „Das könnte von ...“ Er verstummte, bevor er seinen Verdacht preisgeben konnte.

„Du weißt, wer das war?“, fragte sie ungläubig.

Er schüttelte jedoch nur den Kopf. „Nein, ich habe keine Ahnung.“

Sie war sicher, dass er ihr etwas verschwieg. Nur machte es ihr nichts mehr aus. Sie betrachtete es lediglich als einen Grund mehr, ihn jetzt zu verlassen.

„Du brauchst mir nichts zu verraten. Es interessiert mich eh nicht mehr.“ Sie zog ihre Jacke über und schlüpfte in ihre Schuhe. „Ich gehe jetzt ins Krankenhaus zu Sören und sage ihm, dass ich mit ihm zusammen sein möchte.“

„Oh nein, Isa! Das kannst du nicht machen! *Wir* gehören doch zusammen!“ Kreidebleich starrte er sie an. Der Brief entglitt seinen Händen.

Er war schwer getroffen. Das erkannte sie. Aber darauf konnte sie keine Rücksicht mehr nehmen. Wenn sie jetzt nicht ging, wo sie noch die Kraft dazu hatte, würde sie es nie schaffen. Zwar musste sie heute Abend wegen ihrer Sachen noch einmal zurückkommen, doch darüber wollte sie jetzt nicht nachdenken. Außerdem würde sie bis dahin Sörens moralische Unterstützung haben.

„Ich liebe dich! Und zwar nur dich. So glaub mir doch“, hörte sie seine schluchzende Stimme durchs Treppenhaus hallen, als sie aus dem Haus stürzte.

Sie war erschrocken und neugierig zugleich, da es tatsächlich so klang, als ob er um sie weinte. Doch sie wagte nicht, sich umzudrehen. Wenn sie seine Tränen sah, würde sie umkehren, da war sie sich sicher.

Als sie das Krankenhaus erreichte, war Sörens Büro verschlossen. Lediglich ein Zettel mit der Aufschrift „Komme gleich wieder“ hing an der Tür.

„Na, hoffentlich“, seufzte Isabell laut.

„Haben Sie jetzt einen Termin bei Herrn Friedrich? Er hat gerade Pause", sprach sie plötzlich ein
älterer Arzt an, der den Gang entlang geschlendert kam.

„Eigentlich bin ich mehr privat hier", antwortete sie.

„Ach, wenn das so ist. Ich habe Herrn Friedrich vor wenigen Minuten noch hinten im Park
gesehen. Also, falls Sie mit ihm sprechen wollen ..."

„Danke." Das ließ sie sich natürlich nicht zweimal sagen. Es war wirklich Glück, Sören während
seiner Pause anzutreffen. So würde sie wenigstens nicht bei seinen Terminen dazwischenfunken
und ihn womöglich von der Arbeit abhalten.

Im Krankenhauspark hielten sich nicht viele Leute auf. Daher entdeckte Isabell Sören schon von
weitem. Er stand neben einer kleinen Hecke und unterhielt sich mit einem Mann in
Polizeiuniform.

Isabell war unsicher, ob sie nun stören konnte, und näherte sich daher nur zögernd. Dabei war sie
so leise, dass die zwei Männer sie nicht bemerkten.

Als sie so nah war, dass sie verstehen konnte, was die beiden sprachen, stellte sie erstaunt fest,
dass es sich bei dem Mann in Uniform um Wachtmeister Rödel handelte. Sie blieb stehen und
öffnete den Mund. Doch bevor sie einen Ton herausbringen konnte, hörte sie Sören Marinos
Namen erwähnen.

Sofort hielt sie inne und spitzte die Ohren, um zu erfahren, was er über ihren Freund oder Ex-
Freund zu sagen hatte.

„Leider habe ich ihn nicht länger festhalten können. Noch mehr Lücken im Gesetz gibt es nicht.
Er hat sich die Nacht auch vorbildlich benommen. Hätte ich dem Chaoten gar nicht zugetraut."
Wachtmeister Rödel zuckte die Schultern.

„Das macht doch nichts. Ich weiß, du hast dein Möglichstes getan." Sören klopfte seinem
Gegenüber aufmunternd auf den Rücken. „Ich bin sicher, die eine Nacht im Gefängnis hat
gereicht, um Isabell die Augen zu öffnen. Mit so einem Kriminellen wird sie nichts mehr zu tun
haben wollen. Also ist die Bahn frei für mich."

Isabell glaubte, ein eisiger Sturm schlage ihr entgegen und drohe sie jeden Moment umzustoßen. Sie musste sich verhört haben. Das konnte doch nicht wahr sein. Sie war überzeugt gewesen, dass ‚ihr‘ Sören ein aufrichtiger und ehrenhafter Mann war. Jemand, dem sie blindlings vertrauen konnte. Stattdessen war er ein noch größerer Lügner als Marino! Er hatte das bedauernswerte Opfer gespielt und dabei nur das Ziel gehabt, Marino zu schaden.

Sören steckte mit Wachtmeister Rödel unter einer Decke. Isabell konnte es nicht fassen. Wie hatte sie sich so in diesen Mann täuschen können? Alles Zärtliche, was sie im Ansatz für ihn empfunden hatte, war plötzlich wie weggeblasen. Zurück blieben nur grenzenlose Enttäuschung und Ekel.

„Was bist du nur für ein hinterhältiger, mieser Lump! Ich hatte dir vertraut!“, rief sie laut.

Sie konnte regelrecht sehen, wie der Schreck durch seinen Körper fuhr, als er ihre Stimme erkannte.

„Isabell? Was machst du denn hier? Wie viel hast du gehört?“, hauchte er tonlos.

„Jedenfalls genug, um zu wissen, was hier wirklich gespielt wird! Marino hätte gar nicht ins Gefängnis gemusst, wenn du und dein Handlanger nicht extra dafür gesorgt hättet. Und so was nennt sich Sozialarbeiter! Eine Schande für deinen Beruf bist du!“ Sie spuckte ihm verächtlich vor die Füße.

„Es ist nicht so, wie du denkst. Ich hab das nur gemacht, weil ich dich liebe! Ich wollte mit dir zusammen sein! Und er ist doch nichts für dich. Ich wollte dir nur die Augen öffnen, damit du es endlich siehst. Passiert ist ihm doch nichts“, versuchte er, sich zu rechtfertigen.

„Ja, du hast mir auch eindrucksvoll bewiesen, wie sehr du mich liebst.“ Sie funkelte ihn böse an. „Wag es nicht, mir noch mal unter die Augen zu treten. Verschone mich ab jetzt bitte mit deinen seltsamen Liebesbeweisen. Ich will nichts mehr mit dir zu tun haben.“ Sie drehte sich um und ließ ihn einfach stehen.

Noch während sie davonrannte, ärgerte sie sich schon wieder, dass sie ständig auf der Flucht zu sein schien. Aber sie konnte nichts dagegen tun. Sie wollte so schnell wie möglich weg von Sören.

Er jedoch hatte anscheinend etwas dagegen. Mit schnellen Schritten folgte er ihr.

„So warte doch, Isabell! Du kannst nicht so von mir gehen. Du machst einen Fehler, wenn du mir nicht noch eine Chance gibst."

„Einen Fehler mache ich nur, wenn ich mich darauf einlassen würde!", rief sie über die Schulter hinweg. Dabei konnte sie nicht verhindern, dass ihr schon wieder die Tränen in die Augen stiegen. Verdammt, was bin ich nur für eine Heulsuse!, schalt sie sich. Dieses Mal konnte sie jedoch nicht sagen, ob es Tränen der Wut, Enttäuschung, Traurigkeit oder alles zusammen waren. Auf keinen Fall wollte sie sich aber von Sören einfangen lassen, denn sie wusste nicht, was sie dann tun würde. Doch sicher wäre es nicht angenehm für beide.

Als sie seinen Atem schon fast in ihrem Nacken spürte, beschleunigte sie ihr Tempo noch einmal. Dann hörte sie plötzlich ein polterndes Geräusch und ahnte, dass er gestolpert und hingefallen sein musste. Trotzdem blieb sie nicht stehen, schaute nicht einmal zurück.

Es gelang ihr, um das Krankenhaus herum bis vor dem Haupteingang zu rennen. Dort wäre sie beinahe mit Marino zusammengestoßen, der mit einem riesigen Blumenstrauß mitten auf der Straße stand.

„Wie kommst du hierher?" Mit Schrecken nahm sie wahr, dass seine Augen rot geweint waren. Das brach ihr das Herz. Sie hätte nie gedacht, dass ihm ihre Trennung so nahe gehen könnte. Ganz im Gegenteil. Sie hatte geglaubt, dass er froh war, nun endlich freie Bahn zu haben, dass höchstens sein männlicher Stolz verletzt war, weil sie diejenige gewesen war, die Schluss gemacht hatte. Aber offensichtlich empfand er doch mehr für sie, so viel mehr, dass er sich nicht einmal seiner Tränen schämte.

„Komm zu mir zurück. Ich kann ohne dich nicht leben", bat er, und seine Nase leuchtete wie bei Rudolph dem Rentier. Wenn Isabell das nicht so mitgenommen hätte, hätte sie darüber schmunzeln können.

„Mit dieser Katrin war nichts", erzählte er weiter. „Ich habe sie zufällig vor dem Arbeitsamt getroffen, als ich dort fertig war. Obwohl, mittlerweile weiß ich, dass es nicht ganz zufällig war. Die Schrift in diesem anonymen Brief habe ich zwar nicht erkannt, dafür aber umso mehr die Zeichnung. Da hatte sich die Täterin vergessen zu verstellen. Angela malt die Häuser auch immer so schief und die Pfeilspitzen so rund. Ich wollte dir aber noch nichts verraten, weil ich mir nicht hundertprozentig sicher war und ich sie deshalb nicht vor dir verdächtig machen wollte. Ich habe sie vorhin angerufen und siehe da, sie hat es nicht einmal abgestritten. Es war ja klar, dass sie dich nicht mehr mag seit damals, aber ich habe nicht geahnt, wie weit sie in ihrer Abneigung gehen würde.

Mein Vater muss ihr gesteckt haben, dass ich auf dem Amt bin, und sofort hat sie ihre Kumpeline Katrin informiert. Die war tatsächlich mal Lucas Freundin, aber wohl nur, um mir näher zu kommen. Sie war von Anfang an nur auf mich scharf. Mein Bruder hat das sofort gemerkt und sich deswegen wieder von ihr getrennt, aber ich wollte es bis vor kurzem gar nicht wahrhaben. Ich kann halt manchmal schon ziemlich blind sein. Jedenfalls müssen sich Angela und Katrin diese Intrige ausgedacht haben, um uns auseinander zu bringen.

Katrin hat mich vor dem Arbeitsamt richtig abgefangen und nicht lockergelassen, bis ich mit ihr in dieses Café gegangen bin. Angeblich wollte sie bloß noch mal mit mir über ihre Situation mit Luca sprechen. Ich hatte wirklich keine Lust, weil ich ihr meinen Standpunkt schon klar gemacht hatte. Aber irgendwie kann ich auch nicht Nein sagen, wenn eine Frau so bettelt. Ja, mein weiches Herz eben." Auf seinen Lippen zeigte sich ein zaghaftes Lächeln, das jedoch sofort wieder erstarb. „Im Café hat Katrin dann nur mit mir geflirtet, und da endlich habe ich begriffen, dass sie wirklich was von *mir* wollte. Ja, und während ich mit ihr Kaffee getrunken habe, muss Angela den Brief vor unsere Tür gelegt haben. Das ergibt alles einen Sinn. Sie und Katrin sich von Anfang an super verstanden. Meine Schwester wollte ihre Freundin wohl schon immer als Schwägerin haben. Wenn nicht durch Luca, dann eben durch mich."

„Klar, und wenn sie mich dabei gleich loswurde, war ihr jedes Mittel recht", unterbrach Isabell kopfschüttelnd. „Ich erinnere mich, wie sie mir gedroht hatte, dass ich es noch bereuen würde, wieder in dein Leben getreten zu sein. Nur wollte ich ihre Warnungen nicht ernst nehmen. Hätte ich's mal getan."

„Ich liebe meine Schwester sehr, aber das kann ich ihr nicht so schnell verzeihen. Apropos, kannst du mir denn verzeihen?" Seine schönen traurigen Augen schauten sie so intensiv und bittend an, dass sie nicht nur ihre Sprache, sondern auch die Fähigkeit zu denken verlor. Ihr Gehirn konnte einfach keine Antwort formen.

„Hier, die sind für dich." Marino reichte ihr endlich die Blumen.

„Ich weiß nicht. Bist du sicher, dass du mir nicht was verschweigst?" Langsam funktionierte ihr

Verstand wieder, und die Erinnerungen kamen zurück, somit auch die an das Gespräch mit Luca.

„Ich weiß nicht, ob ich dir trauen kann", fuhr sie fort. „Die Unterhaltung mit deinem Bruder bei eurem Vater war doch recht seltsam. Ich bin überzeugt, dass ihr mich beide belogen habt. Es war klar, dass Luca dir mehr schuldet, als was ihr da behauptet habt. Ich habe keine Ahnung, wie du Katrin von deinem Bruder ferngehalten hast, aber es war bestimmt nicht nur durch deine ach so genialen Gespräche mit ihr. Das nehme ich dir nicht ab."

Marino war bei ihren harten Worten ganz blass geworden.

„Ach, das hatte gar nichts mit Katrin zu tun", entschied er sich, ihr auch in diesem Punkt die Wahrheit zu gestehen, selbst wenn es ihm hier besonders schwer fiel.

„Womit sonst?" Isabell verlor langsam die Geduld. Sie würde keine Ausflüche und Halbwahrheiten mehr gelten lassen, wenn sie ihm eine weitere Chance geben wollte. Und das zog sie tatsächlich in Erwägung.

„Es ist wegen meiner Karriere als Sänger. Verdammt, ich fühle mich wie ein Versager!" Die Feuchtigkeit in seinen Augen verstärkte sich und verließ diese schließlich als Tränen. „Dieser Tony, den mein Bruder angeschleppt hatte, war ein Betrüger. Er ist einfach mit dem Geld, das ich ihm im Voraus gezahlt hatte, über alle Berge verschwunden.

Irgendwie gelangte trotzdem eine Handvoll Singles in kleinere Plattenläden, doch das waren nicht annähernd genug, um 300 Stück zu verkaufen, selbst wenn sich die Leute darum gerissen hätten. Aber durch die fehlende Werbung ist das ziemlich unwahrscheinlich. Somit ist meine Karriere erst mal auf Eis gelegt. Ich schäme mich, dass ich so blöd und naiv war und auf diesen Typen reingefallen bin. Ich hatte nicht mal eine Sicherheit, irgendwas Schriftliches oder so. Mein bisschen Erspartes war futsch.

Ich hatte eine Scheißangst, dass ich dich verlieren würde, weil ich dir nichts mehr bieten kann. Ja, ich weiß, du bist nicht hinter einem reichen Mann her, aber du warst zu dem Zeitpunkt auch arbeitslos, und mein Vater hatte doch Recht: Wie sollten wir uns da ein gesichertes Leben aufbauen?

Außerdem hast du mit Sicherheit nicht gewusst, dass ich Tony für die Produktion bezahlen musste. Es war mir einfach unheimlich peinlich, dir das zu gestehen. Normalerweise müssen

Sänger dafür doch nur Geld auf den Tisch legen, wenn sie sonst keinen Musikproduzenten finden, der freiwillig eine CD mit ihnen aufnimmt. Du solltest ganz einfach nichts von diesem Betrug erfahren, weil ich mich so schämte, dass die Single floppte und ich kein Geld damit verdiene. Im Gegenteil. Ich habe ja noch welches verloren.

Luca hatte nur ein schlechtes Gewissen, weil er diesen Tony ins Spiel gebracht hatte. Also habe ich mich zu dieser kleinen Notlüge entschlossen. Obwohl, genau genommen war die Sache mit Katrin ja nicht völlig erfunden. In den Ansätzen entsprach es der Wahrheit. Ich habe nur ein wenig übertrieben. Trotzdem war das nicht korrekt. Doch du kennst den Spruch: Im Krieg und in der Liebe ...“

„Isabell“, hörten sie plötzlich Sören rufen.

So überraschend, wie seine Stimme herangetragen worden war, stand der junge Mann auch schon hinter Isabell. Als sie seine Hände um ihren Bauch spürte, entfuhr ihr ein spitzer Schrei.

„Nicht erschrecken. Ich tue dir doch nichts.“ Er zog sie rückwärts, bis sie die Bordsteinkante hinter ihr hochstolperte und auf dem Fußweg stand.

Entrüstet drehte sie sich in seinen Armen herum. „Lass mich los. Ich habe dir gesagt, dass mich gegen dich entschieden habe.“

„Ach nee? Und nun rennst du wohl wieder mit dem da mit?“ Sein erzürnter Blick fiel auf Marino, der immer noch regungslos auf der Straße stand.

„Ja, Sören, ich liebe ihn, und ich werde ihn immer lieben.“ An ihren Augen erkannte er, dass sie die Wahrheit sprach und er keine Chance mehr hatte. Resigniert ließ er sie los und ging einen Schritt rückwärts. Es war wie ein Symbol, das er aufgegeben hatte.

Marino dagegen atmete tief durch. Es würde alles gut werden. Endlich waren die Missverständnisse zwischen ihnen beseitigt. Nichts würde sie mehr trennen können.

Isabell dachte genauso. Sie nahm kaum wahr, wie sich Sören mit Tränen in den Augen zurückzog. Sie sah nur noch den Mann, der vor ihr auf der Straße stand und plötzlich strahlte, als ob die Sonne in seinem Gesicht aufging.

Die Zeit schien für einen Moment stillzustehen. Es war fast so, als begegneten sich die beiden Menschen zum ersten Mal und verliebten sich komplett aufs Neue.

Immer noch benommen von ihren überwältigenden Gefühlen, nahm sie nur vage die Sirene des Krankenwagens wahr, der in rasendem Tempo die Notaufnahme ansteuerte. Marino stand noch immer auf der Straße. Reifen quietschten, Schreie ließen die Luft erzittern. Blumen verteilten sich auf grauem Asphalt.

EPILOG

„Du siehst wunderschön aus." Regina lächelte bewundernd, als sie einen Kranz mit weißen Blumen auf Isabells Kopf setzte. Diese drehte sich um und betrachtete sich im Spiegel.

„Ja." Sie nickte sich selber anerkennend zu. Ohne zu übertreiben, konnte sie sich eingestehen, dass sie in der Tat eine bezaubernde Braut war.

Ihr langes weißes Kleid war aus Satin und mit Blütenapplikationen bestickt. Der Schalkragen und der spitz zulaufende Saum deuteten eine Herzform über ihrem Dekolleté an. Dazu trug sie einen mit Perlen besteckten Schleier, der an ihrer klassischen Hochsteckfrisur befestigt war.

Isabell schaute glücklich in die Runde, die sich um sie versammelt hatte. Menschen, die ihr viel bedeuteten, strahlten sie an.

„Ich kann es nicht glauben, wie schnell die Jahre vergehen. Mir kommt es so vor, als hättest du erst gestern stolz deine Zuckertüte in die Schule getragen, und heute heiratest du schon." Isabells Mutter konnte die Tränen in ihren Augen nicht verbergen. Doch es waren Tränen des Glücks.

Isabell konnte es selbst kaum glauben, dass sie heute hier stand. Es gab Zeiten, da hatte sie die Hoffnung komplett aufgegeben und nicht einmal von einer Hochzeit mit ihrem Traummann zu träumen gewagt. Und jetzt waren es nur noch ein paar Minuten, bis sie mit Marino den Bund fürs Leben schließen würde.

In Gedanken versunken, schaute sie aus dem Fenster. Draußen hatte der Frühling mit aller Macht Einzug gehalten, und die Welt glitzerte golden im Sonnenlicht. Es war wie ein Zeichen, dass sie endlich die Schattenseite des Lebens verlassen hatte.

In den letzten Wochen hatten sich die Dinge zum Guten gewendet. Zwar hatte Marino seinen Traum von einer großen Popkarriere aufgegeben, dafür sang er jetzt jedoch fast jeden Abend in der Pizzeria seiner Mutter. Dieser Job füllte ihn aus, sodass er nichts vermisste. Seine Auftritte hatten sogar einen tollen Nebeneffekt: Den Gästen gefiel seine Musik so gut, dass das Lokal immer gut besetzt war. Endlich warf die Pizzeria Gewinn ab. Luca murrte ab und zu, weil er nun nicht mehr so faulenzen konnte wie früher, aber im Grunde war er glücklich, dass er etwas sparen konnte, um Janine bald zu heiraten.

Marino hatte seine Therapie begonnen, und erste Erfolge zeichneten sich ab. Er war schon viel ruhiger geworden. Zwar ging sein Temperament ab und zu noch mit ihm durch, doch nicht mehr so oft und heftig wie zuvor.

Auch Gaetano stellte fest, welch positiven Einfluss Isabell auf seinen Sohn hatte, und er akzeptierte sie schließlich als Schwiegertochter. Da sie und Marino nun endlich einen Job hatten, war Geld auch kein Thema mehr, über das sich der ältere Herr beklagen konnte.

Die beiden jungen Leute würden sogar bald in eine größere Wohnung in einer guten Lage Stuttgarts ziehen. Dort würde Isabell dann auch für lange Zeit zu Hause sein. Immerhin hatten sie bei diesem Apartment an alles gedacht. Auch ein Kinderzimmer war vorhanden. Das wurde zurzeit zwar noch als Abstellkammer genutzt, aber mit Sicherheit würde sich dies in den nächsten Jahren ändern.

Außerdem hatte die Polizei Tony in Österreich aufgegriffen. Wie sich herausstellte, hatte er schon mehrere Betrügereien begangen. Nun saß er endlich in Untersuchungshaft und wartete auf seinen Prozess. Doch das Beste an der Geschichte war, dass Marino fast sein gesamtes Geld wiedersah. Nur einen lächerlichen Betrag musste er abschreiben. Aber damit konnte er leben.

„So schön will ich später auch mal aussehen", flötete Steffi fröhlich. Sie war nun endlich mit Holger zusammengekommen. Der junge Mann hatte Isabells Rat befolgt und es mit Komplimenten und kleinen Aufmerksamkeiten probiert.

Isabell in ihrem Hochzeitskleid zu sehen, hatte Steffi auf den Geschmack gebracht, ihren Liebsten ebenfalls vor den Traualtar zu schleppen.

Isabell musste über Holgers gedehntes „Ja, ja" schmunzeln. Offensichtlich hatte er seinen Widerstand bereits aufgegeben.

Isabell war dankbar, dass sie so viele neue Freunde gefunden hatte. Neben dem Pärchen aus dem Heim, verstand sie sich wieder blendend mit Regina, die sich nicht genug entschuldigen konnte. Isabell hatte auch Peter verziehen, selbst wenn ihre Beziehung manchmal noch einen bitteren Nachgeschmack zu haben schien. Mit Sören dagegen verband sie eine herzliche Freundschaft.

„Sören", seufzte Isabell in Gedanken. Wenn er nicht gewesen wäre, stände sie heute höchstwahrscheinlich nicht hier.

Mit Schaudern dachte sie an den schicksalhaften Tag zurück, an dem ihr Bräutigam beinahe vom Krankenwagen überfahren worden war. Genau wie Marino war sie wie gelähmt gewesen. Sören dagegen, der sich noch nicht allzu weit entfernt hatte, hatte die Gefahr aus den Augenwinkeln wahrgenommen. Er reagierte blitzschnell, sprang auf die Straße und stieß seinen Konkurrenten zur Seite. Dabei wäre er beinahe selbst unter die Räder gekommen.

Erst da wurde Isabell klar, dass ihm ihr Glück doch wichtiger war, als sie vermutet hatte, vielleicht sogar wichtiger als sein eigenes. Er musste sie wirklich geliebt haben. Wahrscheinlich war er daher verzweifelt genug gewesen, um diese dumme Intrige gegen Marino zu spinnen. Aber diese konnte Isabell ihm verzeihen, seitdem er den jungen Italiener gerettet hatte. Isabell war Sören unendlich dankbar dafür. Immerhin hätte er seinen Nebenbuhler auf leichte Weise für immer loswerden können.

Nun hatte Sören angefangen, mit einer netten Krankenschwester auszugehen. Isabell hoffte inständig, dass Annett die Richtige für ihn war.

In diesem Moment bog eine weiße, mit Blumenkränzchen geschmückte, Limousine um die Ecke und hielt vor dem Haus, in dem Isabell wohnte.

„Es ist so weit." Sie atmete tief durch. Jetzt folgte der Schritt in ein neues Leben. Es war ein langer Weg bis hierher gewesen. Doch endlich hatte sie ihr Glück gefunden.